魔法少女兔英俊

illust.四三

魔王在上

PRINCE OF THE DEVILS

III

Gentle Devil & Viscount's Daughter

目錄
CONTENTS

PRINCE OF
THE DEVILS

PRINCE OF
THE DEVILS

第一章

醫藥之神

CHAPTER

I

瘟疫擴散得如此迅速，最主要的原因是四處逃竄的流民。

疫情剛開始爆發的時候，領主發現這種瘟疫不僅醫生們束手無策，傳染性還極強，於是立刻下令要處死感染者。這樣一來，得了病的感染者們不願面對死亡，只能紛紛逃離領地，一路將瘟疫帶到其他領土內。

所有的醫師都對此一籌莫展，他們經過多次商討，做的最有意義的事，大概就是替這場瘟疫命名為「昏睡症」。得了病的人不會立即死亡，但是會出現渾身乏力、毫無幹勁的症狀，只能像病人一樣躺在床上。儘管聽起來不是太嚴重的問題，但如果不幸在室外病發，在這樣的冬天裡，沒過多久就會變成凍僵的屍體。

沒有醫治的辦法、被抓到就要送去砍頭，感染的患者們只能輾轉流亡在各個領土之間。也不知道是從哪裡傳出了謠言，說王都的大人物們把了不起的醫師都藏起來了。為了抓住那傳聞中的一線生機，不曉得什麼時候會倒在路邊的亡命之徒們，浩浩蕩蕩地朝著王都來了。

國王剛派出去的騎士團和醫師又被召了回來。據說接到召回命令時他們還沒有走出外城區，之前說過的慷慨激昂的誓詞，似乎都成了笑話。

一開始芙蕾傳達邊境瘟疫的消息時，大部分貴族還不當一回事，但此刻所有人都面色凝重，希望同僚們能拿出一個可靠的方法。

然而所有人都沉默著。

最後國王嘆息著開口，「在醫師找到解決辦法之前，暫時關閉內城區的大門。」

所有人心頭震動，有人小聲提問，「那外城區的人……」

「告誡他們不要隨意外出，緊閉門窗。」國王疲憊地閉上眼睛，「國境線外的敵人蠢蠢欲動，我們沒有更多軍隊可以守護外城區了，那些流民是……擋不住的。」

芙蕾張了張嘴，但最後還是什麼都沒說出口。

她隨著貴族們走出王宮，一時間心裡有些沉重，但在見到魔王的時候，似乎又稍微安心了一些。她坐進馬車，嘆了口氣，「國王好像打算放棄外城區的居民了。對了，我們的人手……」

「別擔心，魔族不會感染這些疾病。」魔王一開口果然就能讓她放心，「妳對這件事有什麼看法？」

「我能理解國王下這個指令的理由，畢竟在找到治理辦法之前，把患者和健康的人分開，是最安全的做法。僅憑王都的這些人馬，集中人手守住內城區也是更穩妥的決斷。」芙蕾垂下眼，「外城區的那些人……我有點不太忍心，但也沒有更好的辦法。我還在努力思考能不能幫上什麼忙。」

魔王撐著下巴，目光往她身上投去，「我還以為妳會找方法去救助他們，比如說向我求助。」

「我確實是這麼想的。」芙蕾揉了揉眉心，並不掩飾自己的想法，「但我得有確實可行的辦法才能來請您協助，只憑一腔熱血是幫不了那麼多人的，我得冷靜下來。」

魔王眼中閃過一絲溫柔的笑意，「沒想到短短幾個月，妳已經從一個只會騎馬的小女孩，變成頗有女王風範的大人物了。」

「都什麼時候了，您還取笑我……」芙蕾嘀咕了兩句，她哀嚎一聲，「醫藥之神到底藏在哪個角落啊？可惡！」

馬車駛入霍華德府邸門前，她帶著怒氣跳下車，一腳踢飛了旁邊一顆小石子。

魔王笑她，「剛剛還誇妳有女王風範，現在又變回潑辣的小女生了？」

芙蕾心虛地縮了縮脖子。她轉過身，提起裙襬、優雅地向他行禮，裝腔作勢地說：「哦，親愛的魔王大人，我這可真是失禮了……」

話還沒說完，她就忍不住「噗哧」一聲笑了出來。

魔王用一種看傻子的眼神看著她。

芙蕾拍了拍臉，「愁眉苦臉的也沒辦法想出什麼好方法，可不能把壞心情也帶給家人了。不知道妮娜今天準備的晚餐是什麼料理……走吧，魔王大人。」

她剛剛邁進大門，守在身邊的蘭達立刻迎上前，「小姐，您回來了。格雷斯家的那位小姐等您很久了，還帶來了一位小男孩。」

「嗯？」芙蕾有些意外。

春季女神來了？還帶著一個小男孩？這可真是少見，之前她只帶著貝利主教來過。

「是不是格雷斯家的兩個老頭快死了，所以格雷蒂婭又找了新的眷屬？」魔王十分不負責任地猜測。

「魔王大人，您這樣說話是會被人打的哦。」芙蕾搖搖頭，眼帶責怪。走過客廳之後，就不會有僕人隨意跟上來了。魔王甩出翅膀，十分囂張地抖了抖，「祂打不過我。」

芙蕾只能替春季女神嘆了口氣。

他們一眼就看見占據了壁爐前方位置的春季女神，她身邊果然跟著一個漂亮的男孩。他看起來年紀尚小，模樣乖巧可愛，個頭也只有一丁點大。他老老實實地縮著小短腿，坐在春季女神身邊，捧著杯熱茶，膝蓋上還放著一小碟甜餅。

妮娜對他毫無招架之力。她捧著臉頰，一臉慈祥地笑著，關切地問：「夠嗎？吃這麼點真的夠嗎？不要其他的嗎？還有其他甜點哦？」

小男孩神色古怪地看了她一眼，微微搖了搖頭。

妮娜嘆了口氣，似乎有點委屈。「也不用這麼怕生嘛，叫我一聲『姐姐』，好不好？我一直都很想要有個弟弟或妹妹，像你這樣的也很不錯，是個像妹妹的弟弟……」

小男孩神色變得更加奇怪了。他剛張嘴，春季女神就抬起手、把他的腦袋壓了下去。

「他是個啞巴。」春季女神平靜地說。

小男孩的表情一瞬間有些扭曲，但他低下頭，依然什麼都沒有說。

魔王盯著他們，看了一陣子後，微微露出點笑意，「終於來了，這就是妳期待已久的醫藥之神。」

芙蕾一臉震驚，但魔王已經朝他們走了過去。「真虧祢能找到祂啊，格雷蒂婭。」

春季女神點了點頭，也不居功，「是祂自己來找我的。」

眼看他們要談正事，妮娜十分自覺地站起來，朝廚房走去，「我去幫大家準備熱茶和點心！」

芙蕾打量著醫藥之神，他有一頭柔軟的亞麻色頭髮、圓滾滾的小臉，以及一雙人畜無害的黑眼睛，看起來就像一隻怯生生的小兔子。就連芙蕾也不由得放柔了神情。她在他面前蹲下來，用哄小孩的語氣說：「祢是為了那個神奇的藥草來的嗎？」

醫藥之神古怪地看了她一眼，開口就是輕脆的童音，「當然不是，傻子都知道那是騙人的。阿爾希亞剛爆發瘟疫，王都就出現了能讓我感興趣的稀有藥草，怎麼想都會是陷阱吧？」

芙蕾沉默地扭頭看向魔王，眼睛裡寫著：不是說好祂也是個笨蛋嗎？

魔王假裝沒有看見她的眼神，他居高臨下地對醫藥之神抬了抬下巴，「這是怎麼回事，亞修？上次見到祢的時候，祢好歹也是個成年人，是被誰打成小孩了嗎？」

醫藥之神臉上浮現了和善的笑容，「這也是戰略。根據我對人類的研究，這副模樣最容易激起人類的同情心……」

「天災在即，祂不得不做出選擇，但又擔心自己之前不肯露面會惹您生氣，所以變成這副小屁孩的模樣，前來示弱。」春季女神不給面子地把醫藥之神的底細都抖了出來，她面無表情地補充，「我想，應該沒有哪個神靈會期待您心軟，我猜祂的示弱，大部分是衝著您的眷屬去的。」

剛剛真心誠意地把祂當成普通小朋友的芙蕾，忽然有種自己中計了的悔恨。

然而，在魔王舉起手、往醫藥之神的腦袋敲了一下後，她還是不由自主地站起來阻攔，「魔王大人，這樣孩子會長不高的。」

魔王的臉色有幾分古怪，「祂都是幾萬歲的孩子了！」

芙蕾苦惱地抓了抓腦袋，「我知道，但就算心裡清楚，還是會被外表欺騙……」

醫藥之神露出得意的笑容，「我就說這很有用吧？」

魔王抬手又給了他一記，打得祂腦袋微微後仰，圓潤的額頭上微微泛紅，看上去好不可憐。

魔王由上往下盯著他，「有用嗎？」

芙蕾皺了皺眉頭，「魔……」

魔王扭過頭，「只有今天，我可以讓妳摸一下我的角。」

芙蕾的目光又接著落在他細長的尾巴上，魔王渾身緊繃地拒絕，「尾巴不行！」

芙蕾有些遺憾，但還是識相地把頭轉到一邊。她小聲嘀咕：「既然是神明，頭被打個幾下，應該也不會有什麼影響吧……」

魔王得意地朝醫藥之神揚起下巴，「看到了嗎?這才叫有用。祢以為頂著這張臉就可以讓祢不用挨打嗎？」

醫藥之神抽了抽嘴角。「……我是有用處的，我已經配出了解決瘟疫的藥方。」

「就算真的是個小鬼，要在我這裡討一口飯吃，也得先工作。」魔王擺出了相當嚴酷的魔鬼姿態，「那些流民很快就要來到外城區了，是祢大顯身手的時候了。希望祢的小手小腳不會妨礙祢做事。」

醫藥之神撇了撇嘴，沒有出聲抗議。

芙蕾若有所思，「既然國王暫時放棄了外城區的居民，那我們是不是可以趁機接管這些地方？王都的貴族不喜歡我們這些試圖篡位的傢伙，但民眾還是可以拉攏一下的。」

醫藥之神贊同地點了點頭，「在這種亂世下，誰讓他們活下去，他們就會擁戴誰。妳願意幫他們治病，他們很快就會把你們奉若神明的。」

「不過……」醫藥之神的話拐了個彎。

魔王看了過去。

醫藥之神縮了縮脖子，「我不說了。」

「說。」

「哦。」醫藥之神點點頭，「這絕對是疾病之神做的好事。即便有我幫忙，和祂對抗也是一點都不理智的。

「我雖然能克制那個傢伙，但也不是完全不用付出代價的。要救這麼多人，每一天都要耗費大量的草藥，你們的草藥庫存能夠支撐多久呢？」

現場陷入了久久的沉默，芙蕾也皺起眉頭，「希爾王子送的那些只是杯水車薪，要進行救治，恐怕還得和邦尼商會做一筆交易……」

春季女神面色也不樂觀，祂嘀咕：「現在偏偏是冬天，春天的話我還能大量催生藥草……」

「總之先帶我去現場吧。」醫藥之神從座椅上躍下，祂眼中帶著不符合年齡的沉穩，「我覺得你可以直接和疾病之神聊聊，祂看起來並不想和你們撕破臉，否則製造的瘟疫殺傷力不會僅僅是這樣。我在路上看過幾個案例，『昏睡症』的傳染性極強，卻不致命。大部分死亡的都是本身身體就不好，或是家中沒有足夠存糧的貧民。說句不好聽的，即使沒有染病，他們能不能活過這個冬天也很難說。

「這種傳染性高卻不致命的手段……疾病之神似乎更想和你做個交易，而這些人命就是祂的籌碼。」

魔王瞇起了眼睛。

芙蕾有些不安，「疾病之神是個什麼樣的神？我們有什麼祂想要的東西嗎？」

「誰知道那些傢伙在想什麼。」魔王蹙起眉頭。

醫藥之神挪了挪屁股，祂左看右看，接著開口，「我聽說你在阿爾希亞王都混得不錯，所以才來投奔你的。我會努力工作，你也會幫我安排個好住處吧？」

醫藥之神眨了眨他濕漉漉的圓眼睛，看起來楚楚可憐。

然而，鐵石心腸的魔王不為所動。他揮了揮手，「滾去外城區，準備迎接祢的病人。」

醫藥之神見這招對魔王沒有效果，便可憐兮兮地把目光投向芙蕾，魔王長腿一邁，把祂遮得結結實實，並居高臨下地看著他。

醫藥之神扁了扁嘴，「外城區就外城區吧，反正我也不會感染瘟疫。但我需要的東西可得準備好，工作檯、製藥工具、瓶瓶罐罐……」

魔王一臉不耐煩，「找我有什麼用？這種事去找人類。」

魔王看向芙蕾，芙蕾一臉茫然地指了指自己，「我？」

「當然是妳，除了妳以外，在場還有其他人類嗎？」魔王似乎覺得她的問題有些好笑。

話是這麼說，但芙蕾從他的行為裡察覺到了一絲不對勁。

「快走吧，別在這裡吵我。」

不等芙蕾探究，魔王就轉過身，朝樓上走去。

芙蕾仰起頭，盯著他有些急切的背影，若有所思。

「那我們要走了嗎？別擔心，我會跟著你們，祂沒有機會可以動手腳的。」春季女神自認自己是資深成員，有必須審核新入人員的義務，更何況這個人還是祂親自引薦來的。祂十分積極地表現出對弱小人類芙蕾的關懷，絲毫不記得祂當初被人一招制伏的不愉快過往。

「祢們先等我一下，我還要拿點東西！」芙蕾突然提起裙襬，向上跑去。

她忽然有種預感——魔王似乎想要背著她偷偷行動。

芙蕾一路跑上樓，打開自己的房間，探頭探腦地輕聲呼喚，「您在這裡嗎，魔王大人？」

沒有人回答。

芙蕾瞇了瞇眼睛。她沒有就此離開，反而躡手躡腳地走向自己的床鋪，一把掀開了枕頭。

神靈之書靜靜地躺在那裡，好像從來沒有被人動過。

「我已經看見您了，魔王大人。」芙蕾平靜地注視著神靈之書頂端冒出的一點黑色絨毛。她戳了戳變成羽毛、試圖藏在書本下面的魔王大人，「您果然打算背著我偷偷做些什麼！」

黑色的羽毛從她手裡掙脫，魔王有些氣急敗壞地化成原形，耳朵可疑地泛紅，「什麼叫『偷偷做些什麼』？這本書本來就是我賜予妳的，我自己過來看看又怎麼了！」

「您說得有道理。」芙蕾認真地點了點頭，但她現在是個膽大包天的眷屬，已經不會被魔王表面上的憤怒給迷惑了。她露出狐疑的神色，往前走了一步，上上下下地打量著他，「那您為什麼一副作賊心虛的樣子，還悄悄地變成了羽毛？」

「我哪裡心虛了？」魔王抖了抖翅膀。

芙蕾盯著他的翅膀看，「您該不會是打算偷偷聯繫疾病之神吧？這個也沒必要瞞著我吧……」

「本來就沒有什麼好隱瞞的。」魔王努力做出目空一切又理直氣壯的樣子，他揚了揚下巴，「因為沒有必要，所以我根本就沒有刻意隱瞞！」

「不對。」芙蕾微微搖頭，「看神靈之書和聯繫疾病之神都沒什麼好隱瞞的，所以不是這兩件事。」

她抬起頭，直視魔王的眼睛，「您該不會打算自己去見疾病之神吧？因為不打算帶我去，又怕我會吵鬧，所以就想要把我打發走，自己悄悄地去？」

魔王沉默了下來。

「猜中了嗎？」芙蕾笑了起來，眼中閃過一絲狡黠，「魔王大人，您也是個非常好懂的傢伙呢！」

他們在綠寶石領時，魔王就是用這句臺詞來揶揄她的，終於讓她找到機會，把這句話回敬回去了！

不知道他有沒有領悟到這個小小的報復，他看起來有些惱怒，「那又怎麼樣？妳是人類，當然是離疾病之神越遠越好！這次我不會帶上妳的，妳給我……」

「沒問題！」

他似乎還打算說些什麼，但芙蕾已經一口答應了下來。

魔王瞬間停頓住了。他似乎沒想到芙蕾會這麼輕易地答應他，一時間忘了自己剛剛還想繼續說些什麼。

「那我就跟著春季女神、醫藥之神一起去外城區準備、布置工作間了！」芙蕾朝屋外走去，回頭對魔王擠了擠眼，「我並沒有想要蠻不講理地跟過去，魔王大人。我只是想要告訴您，我是個不好騙的眷屬，以及……我會乖乖聽話的，只要您把原因解釋給我聽。

「是我表現得不夠虔誠嗎？您可以再更信任我一點的。」

魔王沉默地看著她走出房間，腳步輕快地朝樓下走去。

他獨自站在芙蕾的房間裡，手指無意識地摩挲了下神靈之書的封面。他有些不自在地垂下眼，笑了一聲。

「麻煩又囂張的小鬼。天底下哪有這樣的眷屬。」

他一邊抱怨，一邊翻開了神靈之書的第十八頁——疾病之神，黑爾斯。

見芙蕾終於下樓，等了一陣子的春季女神抬起頭來，好奇地問：「妳拿了什麼？」

「唉。」醫藥之神無奈地嘆了口氣，「這明顯只是個藉口，祢這種不合時宜的追根究柢是會給人添麻煩的。難道祢要她親口跟祢說，她是上去撒嬌了嗎？」

芙蕾覺得這位醫藥之神或許對自己稍稍有些誤會。春季女神注意到她困惑的目光，十分體貼地回答，「因為斐迪南回到神界，大肆宣揚自己會當你們的證婚人，而且還稱讚了妳。大家都知道會被太陽神稱讚的多半是個美人，因此大部分的神都以為，妳是靠美貌魅惑了魔王……」

芙蕾：「……」

芙蕾覺得這真是個天大的誤會，明明是她被魔王的美貌給……但仔細一想，魔王這麼寵她，到底是為什麼呢？

雖然魔王本身就是個溫柔的人，但即便這樣，她也能感覺到，魔王對待她的方式的確是最特別的……

是為什麼呢？

醫藥之神還在抗議，「斐迪南那個笨蛋的話我才不會完全相信！但祢看剛剛澤維爾的表現，難道看不出來嗎？」

「看出來什麼？」芙蕾下意識地問了出來。

醫藥之神一臉猶豫地看著她，「……妳真的要我說嗎？這麼酸溜溜的話題非得讓我說嗎？我只是個孩子！喂，格雷蒂婭，還是讓祢來吧。」

春季女神不明所以地看向祂，「來什麼？看出來什麼？」

醫藥之神：「……」

祂別無辦法，只能頂著一張彷彿牙在痛的臉，齜牙咧嘴地說出：「……愛啊，魔王的寵愛啊。」

芙蕾只覺得腦海裡「轟隆」一聲，劈過了一道閃電。亮光之下，一切心動和隱密的愛慕都無所遁形。她下意識地推托，「不、不是的，只是魔王大人溫柔……」

醫藥之神斜眼看她，「這世界上，第二個這麼『溫柔』的神明，妳找得到嗎？」

祂把「溫柔」這個詞咬得特別重，似乎是恨不得打開芙蕾的腦袋，幫她治療一下腦子。

芙蕾覺得大概沒有，但現在不能承認。她昧著良心看向笨蛋女神，有些心虛地開口：

「格、格雷蒂婭也很溫柔啊！」

春季女神絲毫沒察覺到她的異樣，還十分驕傲地挺直了胸膛。

醫藥之神冷眼看著他們一個自欺欺人，一個自欺欺神。

他們一同朝著外城區走去。

本來以為國王才在今天剛剛下令，應該還不至於守得多嚴格。但沒想到，那些貴族平常在其他事情上磨磨蹭蹭的，在這件事上卻拿出了讓人震驚的速度——外城區已經被迅速地隔離了起來，一旦出去就再也回不來了。

迫不得已，春季女神只能陪著芙蕾站上城牆的頂端，居高臨下地看著醫藥之神自己去籌備工作室的事宜。祂時不時還會朝城牆頂端發送幽怨的視線。

幸好還有許多留在外城區的魔族為祂提供了幫助。

芙蕾站在城牆上，看著外城區的居民們。他們應該也知道外面瘟疫的消息，看起來多少有些惴惴不安。站在這麼高的地方，腳下的人們好像一群小小的螞蟻。

寒風料峭的冬日，芙蕾穿著一身裙裝站在城牆上。她的模樣讓駐守的士兵忍不住多看了她幾眼，眼中帶著某種奇異的敬重。或許是因為她不僅是個強大的法師，還不畏嚴寒。在一般人看來，她簡直就像個神明。

芙蕾不知道這些士兵們在想些什麼。她站在高樓上，露出有些懷念的神色，「我總覺得，和父母一起來到王都的那天，都還近在眼前。」

春季女神附和著點頭，「我也覺得被妳拿著小刀威脅的那天，似乎也近在眼前。」

芙蕾忍不住笑了起來，她忽然開口詢問，「格雷蒂婭，戰爭是什麼樣子的呢？」

春季女神認真思索了一下。祂不是很擅長講故事，只能有些乾巴巴地說：「會有很多英雄出現，眷者也會比和平年代的強大很多，但也很容易死掉。英雄們一批批地出生，又一批批地死去。凡人的性命如同草芥，所有的英雄史詩都是用血肉鑄成的。

「妳會害怕嗎？」春季女神看向芙蕾，祂只有在這種時候才會比較像個神明。她臉上帶著憐憫與慈悲，「歸根究柢，妳也只是個凡人，在這種時候無論是害怕還是絕望，都是正常的。」

芙蕾微微搖頭，「雖然不能說完全不怕，但比我想像中的好很多。也許是因為不知不覺中，我身邊有了越來越多的人、神，和魔族……這給了我某種奇妙的信心。

「我總覺得，即使是在神界就要塌下來的前一秒，你們也還會在大廳裡吵吵鬧鬧地打牌。」

春季女神也跟著笑了起來。

芙蕾伸了個懶腰，揚起有些狡黠的笑容，「即使要拯救世界，至少也不是我一個人的責任，畢竟我只是個凡人嘛。」

「嗯。」春季女神贊同地點點頭。

「而且。」芙蕾回過頭來，朝祂微笑，「魔王答應過我，等一切都結束之後，他會親自送我回家。祢也知道，他是個信守承諾的神，即使身在深淵也不會忘記約定。」

春季女神神色微動，祂抬眼看向芙蕾的身後。「他似乎聽見了妳的呼喚。」

芙蕾回過頭，「您來接我回家了嗎，魔王大人？」

「嗯。」魔王漫步來到她的身邊，和她並肩站在城牆上，看著城牆下方，「和疾病之神見面有了結果，得立刻好好彙報給我的眷屬，不然她可是會生氣的，對吧？」

他有些狹促地朝芙蕾眨了眨眼。芙蕾腦海中驀地閃過一排「魔王的愛」「證婚人」「寵愛」之類的單字，她猛地閉了一下眼睛，把這些雜念驅逐出去。

「芙蕾？」魔王又喚了她一聲。

「哪裡哪裡。」芙蕾這才能夠從容地回話，她謙虛地低下頭，「都是託您平常寵著我的福。對了，您答應今晚要讓我摸摸您的角，您沒有忘記吧？」

魔王身體一僵，不自然地把頭扭到一邊，「先說正事。疾病之神確實想和我們交易，祂要我們把欺詐神交出來。另外，這件事也不是祂的意思，是黑夜女神的意思。」

春季女神一臉莫名其妙，「欺詐神不是被睡神帶走了嗎？關我們什麼事？」

魔王聳了聳肩，「我也是這麼告訴祂的。」

芙蕾緊張了起來，「祂不相信嗎？」

「不，祂相信了。」魔王微微搖頭，「但祂說既然欺詐神不在我們手裡，那我們就得負責找到祂，然後用祂換取瘟疫停止。在欺詐神回到黑夜女神的懷抱之前，這場瘟疫都不會結束。就算醫藥之神找到解藥，祂也能夠再創造新的病症。」

「蠻不講理。」春季女神的臉色很不好看，「所以祂們家的風評才會那麼差。唯一值得慶幸的是，這場瘟疫的致死率不高。」

「這只是剛開始而已。」芙蕾臉上的笑容逐漸消失，「難以熬過這個冬天的貧民本來就很多了，這場瘟疫更是雪上加霜。邊境的軍隊又在蠢蠢欲動，這時候大量的人口減損是相當不利的。我不知道疾病之神的力量在神靈當中有多強大，但在人類的戰爭中，這是相當可怕的敵人。」

魔王垂下了眼，「我果然不應該讓祂回去的。就算提前和黑夜女神開戰，也應該把祂永遠留下來的。」

芙蕾拍了拍他，「就算您總愛說這種凶巴巴的話，但我們也都知道您不是殺心這麼重的神。」

魔王皺起眉頭，似乎有點不服氣，「我……」

芙蕾在他反駁之前，迅速轉移話題，「但欺詐之神會去哪裡呢？黑夜女神也失去睡神的下落了嗎？」

「看樣子是的。」魔王撐著下巴，眼神一片黑沉，「有人利用了我們，在我們重擊了欺詐神之後帶走了祂和睡神，還讓黑夜女神把這件事算到了我們頭上。」

芙蕾摸著下巴推測，「能抓住那兩位神，應該得有一定的武力，再加上這種老謀深算的性格……能夠縮小神靈的範圍嗎？」

「別擔心，我們會找到祂的……只要祂還活著。」魔王意有所指。

芙蕾也跟著點頭，「畢竟我們手裡有神靈之書和祂的血液，再怎樣都能聯繫上祂的，只是希望祂能配合一點。」

「死到臨頭總會懂事的。」即使事情有了解決的方案，魔王的表情也不是很明朗，「但一想到我們還得去救那個傢伙，就覺得很不爽。」

春季女神認真地擰起眉頭，「祂們特地來找我們，難道是知道了神靈之書的存在？」

「我也懷疑過。」魔王搖了搖頭，「但祂們一直以為是欺詐神惹惱了我，所以我才把祂和睡神一起扣下。疾病之神把這件事丟給我們，也只是想利用我們，祂應該不知道我們有神靈之書。」

「也就是說，目前知道我們有神靈之書的只有格雷蒂婭。」芙蕾拍了拍春季女神的肩膀，「這可是元老級成員才有的待遇啊。」

春季女神也十分高興地點了點頭，似乎非常滿意這分榮耀，「別擔心，不管是誰來問，我都不會告訴祂們的！」

他們回到家的時候，伊莉莎白正等在門口。

芙蕾才剛露面，伊莉莎白就快步迎了上來。她有些緊張地上上下下打量了芙蕾一遍，關切又責備地問：「我聽說妳去外城區了？」

她的傷已經好得差不多了，只是喉嚨的灼傷留下了一些後遺症，至今說話都還有一絲沙啞。因為這個關係，她的話變得更少了，但白痴王子表示這樣她的人緣說不定會變好一點，畢竟她的說話方式也是個大問題。

芙蕾微微點頭，還沒來得及多說什麼，伊莉莎白就一臉焦急地打斷她，「妳是不是瘋了，妳不知道現在外面都是瘟疫嗎？我知道妳想要救他們，但妳也不能自己去那麼危險的地方！」

芙蕾呆愣了半秒，把求助的目光投向魔王。魔王大人挑了挑眉毛，事不關己地把目光挪到一邊，他有些幸災樂禍，「我覺得妳是該被教訓一下。」

芙蕾對上伊莉莎白的視線，迫不得已，只能老老實實地低下頭，「對不起，我下次不會再去那麼危險的地方了。」

伊莉莎白這才鬆了口氣。她稍稍往後退了一步，維持安全的社交距離。

妮娜在門口探頭探腦，「我就想說門口好像有聲音，妳們要不要先進來？伊莉莎白小姐已經在門口等了一段時間了，怎麼都不肯進屋，非要等妳回來。」

芙蕾有些感動，她拉起伊莉莎白，「進去吧。」

「沒關係，我有火系天賦，也沒有那麼怕冷。」伊莉莎白微微搖頭，「我只是來跟妳確認，妳打算照顧外城區那群居民嗎？」

卡文迪許家現在已經差不多和他們站在同一戰線了，所以芙蕾只是微微猶豫，就點了點頭。

「我也猜到了。」伊莉莎白露出欣慰的笑容，她目光中閃動著敬畏和溫柔，「妳一直是個太過善良又愛多管閒事的傢伙，我就知道妳一定會出手的。」

「不，我也沒有那麼……」芙蕾抖了抖嘴角。

伊莉莎白的稱讚讓她有些愧疚。她並不是這麼無畏且高尚的人，她是意有所圖的……

「請不要謙虛了。」伊莉莎白握住她的手，「我一聽說妳前往了外城區，就猜到妳一定想出了解決的辦法，畢竟妳雖然善良，但並不魯莽。是找到治病的方法了嗎？」

芙蕾如實回答，「沒錯，我們找到一位可以治病的醫師，祂已經在外城區準備自己的工作室了。等流民一到，祂就會就把藥分發給他們。」

伊莉莎白接著問：「從遠處過來的流民數量十分可怕，妳準備的草藥怎麼樣了？」

「老實說，我根本沒有什麼藥材庫存，只能從王都的藥材店裡買了。」芙蕾有些無奈，「剩下的或許會考慮張貼委託，請傭兵們幫忙尋找。」

這也是他們目前能想到的最好的方法了。

「那我們應該能幫得上忙。」伊莉莎白真心地笑著，「父親已經出發去尋找邦尼夫人了，據說邦尼家囤積了不少藥草……如果能從他們那裡購買，一定就能挺過去的！」

卡文迪許公爵確實去找邦尼夫人了，最後得到的結果也比他們想像中的還要好，也沒有多費什麼口舌。

邦尼夫人已經答應可以把倉庫內積存的藥草賣給霍華德家，甚至還打了折，說錢不夠的話，暫時賒帳也可以。這可是舉世罕見的優惠，卡文迪許公爵甚至有一瞬間懷疑起她的企圖。

但在卡文迪許公爵確認沒有任何附加條件後，他便真心稱讚她的善良。邦尼夫人聞言，擺出了十分不痛快的表情。她忍不住抱怨，「我才不是什麼慈悲心氾濫的年輕女孩，別跟我來這套。我是個唯利是圖的成熟商人。」

邦尼夫人靠在窗邊，扭頭看著一片繁華的內城區，她低聲說，「我可從來不做虧本生意。」

「唔……」卡文迪許公爵看了看自己手上那份契約書，有些遲疑地想要不要在這時候附和一下。

邦尼夫人似乎看出他的為難，她笑了一聲，「但總得讓人活著，才能從他們身上賺錢。」

卡文迪許公爵從善如流地笑了一聲，「我懂、我懂，您可真是個精明的商人。」

邦尼夫人臉上終於有了笑容。

送別伊莉莎白時，天色已經暗下來了。

儘管到了睡覺的時間，但他們還有一件事沒做。芙蕾用徵詢的目光看向魔王。

魔王接收到她的視線，便勉為其難地揚了揚下巴，「知道了，先去妳房間。」

回到房間，魔王卻沒有急著說欺詐神的事。「除了見疾病之神以外，我還順便打開了深淵的大門，把所有的魔族都帶回來了。趁著流民湧入王都，這時候出現一大堆陌生面孔也不會有人懷疑。亞修一直是個謹慎的傢伙，連祂都不得不做出選擇，那一定是神界的墜落很近了。」

以防萬一，不能再把人留在深淵裡了。」

芙蕾忍不住皺起眉頭，「這麼麻煩的時刻，我們還要跟欺詐神聯繫嗎？萬一是祂準備的陷阱……」

魔王把神靈之書遞給她，看起來一臉無所謂的樣子，「那要不管祂嗎？有醫藥之神在，至少瘟疫能夠控制住，只不過會消耗一點草藥。等到神界墜落之後再動手也可以，到時候說不定連疾病之神都沒空找我們麻煩了。」

芙蕾的手按在神靈之書的封皮上，有些猶豫，「這種難以抉擇的事，您就丟給我來決定……」

「因為我慣著你。」魔王臉上露出了似笑非笑的表情，「這也是魔王的寵愛之一。」

芙蕾現在根本不能聽到「寵愛」這個詞。她紅著耳朵翻開了神靈之書，第二十六頁——**欺詐神，芬克**。

魔王也不問她為什麼會做這個決定。他手一抬，那個能讓欺詐神吐血三升的花瓶又出現了，裡面的血液已經被魔王用去了大半，如今也所剩無幾了。

芙蕾秉持著勤儉持家的美德，只倒出了一小滴。血液迅速融入書頁，消失不見。

芙蕾鬆了口氣。從神靈之書的樣子來看，欺詐神應該還活著。而被神靈之書吸收了血液的神，她都能借用幾分力量，也可以保證對方不能利用神力來攻擊她。

芙蕾摸出筆，還沒來得及寫下什麼，就聽見書裡飄來斷斷續續的聲音：「利、亞姆……

朵、薇拉……還有……門羅……」

芙蕾愣了一下，她立刻追問，「祂們怎麼了？喂？」

然而欺詐神沒有回答，祂像是根本聽不到芙蕾的話一般，只是含糊不清地重複著那三個名字。

魔王瞇起眼睛，「智慧神、睡神、戰爭之神。」

兩人同時在對方眼裡看到困惑，這幾個傢伙怎麼攪和在一起了？

幾日前，智慧神教派往西方國境線的隊伍。

紐因騎在一匹白馬上，瞇起眼睛再次回頭看了一眼。

還有一天他們就要到達此行的目的地——紅瑪瑙領。那裡的領主據說已經扔下領民，帶著食物和騎士們去親戚家避難了。現在那裡的防線全靠城牆和自發性地舉著土叉、鋤頭的民兵維持，情況可以說是岌岌可危。

那裡原本是智慧神教力不能及的地方，智慧神冕下說這正是讓他們信奉智慧神的絕佳機會。

智慧神冕下做的決定一向不會出錯，但不知道為什麼，他總是有些不安。

而且……紐因再次看了智慧神乘坐著的馬車一眼，這一路上祂幾乎沒什麼露面，看起來一直都有些虛弱，也不知道是怎麼了。

「……行軍還坐馬車，也太嬌貴了。」

「就是嘛，要是這樣還跟來幹什麼，在王都等著不就好了！」

「以前紐因聖子都是跟我們一樣騎著馬的，這個不知道從哪裡冒出來的新聖子，憑什麼這麼……」

「噓！別亂說了，你沒看見之前那個說紐因聖子的傢伙有什麼下場嗎？」

紐因無奈地搖搖頭。他扭頭看向他們，板起臉，「不許胡說。智慧神教的一切皆因那位大人存在，我不想再聽見有人在背後說這種話。」

「是！」幾個教眾立刻回答，低下頭不敢再多話。

紐因看他們這麼聽話，一瞬間有些感動又有些無奈。比自己信奉的神明還令人信服，真不知道是好事還是壞事。

入夜，他們途經的這座城鎮沒有智慧神殿，只能就地駐紮。

離開阿爾希亞的王都以後，紐因已經很久沒有做那個古怪的噩夢了。

他也不知道自己該不該放心。

即便心裡裝著不少事，但旅途的勞累還是讓他很快就進入了夢鄉。

幽暗的室內、很有年代痕跡的石頭建築、塗畫著從至高神靈光中誕生的神靈的壁畫……

是那個熟悉的夢境開端。

不知為何，紐因居然鬆了一口氣。他想，這次一定能見到那身後的人了。

他抬步往神殿深處走去。經過長長的走廊和昏沉的石室，走進了在夢中進過好幾次的神殿中央。

他所敬仰的神明如同階下囚，被帶著血腥氣味的鎖鍊困在神像前。這次他比之前看得更清楚了一點——智慧神的口眼都被黑布蒙住了，祂目不能視，也不能開口說話。

同時，他的身後響起了逐漸接近的腳步聲。紐因不由得有些緊張，這個夢終於做到了這個地步！

然而無論他多麼焦急，夢中的他動作依然不疾不徐。他緩緩地轉過身，終於見到了來人的臉——智慧神。

跟在他身後走進這座神殿的人，居然就是智慧神！

這座神殿裡，有兩個智慧神！

突如其來的恐懼，讓他瞬間從夢中清醒過來。他猛地直起身體，才發現自己沒有身處在石室之中。他躺在行軍中臨時搭建的帳篷裡，驚魂未定地看向帳篷之外。

負責守夜的教眾趕緊迎過來，「怎麼了，紐因閣下？」

「沒什麼。」紐因擦了擦額頭的虛汗，他搖搖頭，多問一句，「沒什麼異常吧？」

出乎意料地，守夜人居然沒有十分篤定。他遲疑著回答，「應該沒有吧？」

「應該？」紐因神色古怪地看向他。

守夜人朝隊伍中央的那座帳篷努了努嘴，他壓低聲音說：「剛剛那位也出來問我有沒有什麼異常，還在您的帳篷前站了好一段時間。現在您又出來問有沒有異常，我雖然什麼都沒看出來，但總覺得好像有點異常了……」

紐因眉頭倏然一跳。他猛地想起夢裡的兩個智慧神，不由得開始懷疑。他身邊的這位，難道……

他閉了閉眼，將目光投向黑漆漆的深夜之中，「我們明天應該就會到達紅瑪瑙領了？那裡從來沒有過智慧神殿嗎？」

「就算有，那也是上個紀元的事情了。」守夜人隨口回答了一句。

紐因微微點頭。他交待守夜人：「我也沒察覺到什麼，只是做了個噩夢，就不用驚動聖子大人了。」

守夜人應下了。就算紐因沒有特別交待，現在也沒什麼人會特地去找那位聖子大人。

回到帳篷的紐因徹底沒了睡意。他坐在床鋪上，思考著該怎麼處理這個夢境。

連續出現好幾次的夢境，怎麼想都非比尋常，絕對不能當作單純的巧合。

但這一路都風平浪靜，唯獨在即將進入紅瑪瑙領時，才又有了動靜——難道夢裡的那座神廟，就在紅瑪瑙領？

他思考了半晌，起身打開自己的行李，將兩張空間卷軸貼身保存，然後打開最底下的一個盒子。裡面放著一枚造型獨特的戒指，材質是樸素的紅銅，外觀則是一隻眼睛的形狀。

這是智慧神賜予的神器——全知之眼。

他小心地把戒指套到自己的手指上，在關上盒子之前，他又突然想起了什麼，於是把魔王給他的那根羽毛，和卷軸放在一起。

收拾完後，他在床上躺下，閉上眼睛強迫自己休息。

而此時，聖子利亞姆的帳篷內。

利亞姆神色冰涼，祂瞥向盤腿坐在床鋪上的少女，「祢做了什麼，朵薇拉？」

睡神露出笑容，「別這麼不高興嘛，我只是讓他做了個噩夢而已。那種平常一本正經、胸有成竹的傢伙，我都會格外地想看見他慌亂的樣子。」

「別胡鬧了。」利亞姆擰起了眉頭，「神界就要墜落下來了，我們的動作得快一點。」

朵薇拉若有所思，「祢覺得誰會去扛下即將墜落的神界呢？」

利亞姆冷笑一聲，「誰要奪取阿爾希亞的王位，誰就得去當那個冤大頭。誰叫阿爾希亞王都就在神界下面呢。不過等祂扛下神界，還能不能從虎視眈眈的眾神手裡守住那塊富饒的土地，就難說了。」

利亞姆眼中閃過一絲凶狠。

「哇，真狠啊。」朵薇拉誇張地感嘆了一句，「哥、哥。」

第二章

智慧神

CHAPTER

II

第二天，智慧神教一行人到達了紅瑪瑙領。

這裡早就沒了領主，因此他們也沒辦法找到什麼負責人，只能不請自入，借著空無一人的原領主府邸落腳。

當地的居民們也不敢上前打聽，但眼中都帶著畏懼和希冀。

智慧神教的教眾，很快把城牆上連一把像樣武器都沒有的平民替換下來，暫且布置好了防線。

紐因借著查探敵情的藉口，終於找到機會脫離別人的視線，悄悄找了個四下無人的角落。

他有些緊張地轉動食指上的戒指，直到全知之眼的標記朝上後，他虔誠地將它按在自己的額頭上，光芒湧動。等他將戒指取下時，額頭上就多了一個流金的淺色眼睛符號，他也看見了在虛空之中，那座被掩蓋起來的智慧神廟。

紐因眼皮一跳，事情可能真的一路朝最糟糕的情況發展下去了。他深吸一口氣，不再猶豫，從懷中抽出了空間卷軸。

法陣開啟，他也消失在原地。

一腳踏進被掩藏起來的智慧神廟，紐因只匆匆掃了一眼，就確定這裡面的陳設確實和他夢中的一模一樣。

他沒再多停留，腳步倉促地朝著深處前進。在夢裡，他每次都是謹慎且緩慢地走到神廟底部，如果他動作快一些，也許能在另一位「智慧神」到達之前，先解下裡面那位的束縛，聽聽祂怎麼說。

昏暗的走廊和石室在他面前一閃而過，紐因再次進入了那個無數次出現在他噩夢中的中央神殿——他所敬仰的神明就被束縛在這裡，對於他的到來毫無知覺，就彷彿已經死去。

神不會死去。

紐因強行壓下心中的不安，他往前走了兩步，想要揭開遮住智慧神雙眼的黑布。

「真虧你能找到這裡。」

和夢境中不太一樣，他在聽到身後的腳步聲之前，就先聽見了說話的聲音。

紐因身體一僵，緩緩回過頭。

此時此刻，比起讓自己脫險，他似乎更希望站在自己身後的人，不會是頂著一張和智慧神一樣的臉。

然而事與願違。他扭過頭，對上了自己敬仰的神明面孔。

「……祢究竟是誰？」

他聽見自己用著乾澀的聲音，從喉嚨裡擠出了這句話。

「明明把我當成自己信仰的神明就好了。這樣心裡好歹會好受一點，也不用像現在這麼害怕。」祂幽幽地嘆了口氣，露出一個智慧神絕對不會有的邪佞笑容，「你是智慧神的眷者吧，明明這麼聰明，也想不到我會是誰嗎？」

他有猜過。

能夠把智慧神困在這裡的，必定也是個神明，而膽敢變成智慧神的……只有那位擅長讓信眾變換外表的欺詐神。

說起來，當欺詐神和芙蕾他們作對的時候，智慧神就一直沒有參與。而欺詐神計畫失敗之後，被風神重傷，從那時起智慧神也顯得有些虛弱，還急著要離開王都……

一切都對上了。

紐因心裡一片冰冷，他現在想的，只有如何把消息傳遞出去。他微微側頭看向被束縛在自己身後的真正智慧神。

「真沒意思。」欺詐神嘆了口氣，「你這種傢伙既不會求饒，又很聰明，我最不喜歡殺這種傢伙了。」

紐因猛地轉身扯下智慧神眼前的黑布，大聲呼喊：「利亞姆大人！」

欺詐神冷笑一聲。但是祂才剛剛抬手，一股難以抵禦的睏意便朝祂襲來。下一個瞬間，一柄長矛貫穿了祂的心臟。

祂艱難地回過頭，從喉嚨裡咳出血水，不可置信地咬牙喊出：「朵薇拉——祢！」

睡神笑嘻嘻地往後退了一步，「沒想到吧，哥哥。」

「祢這個……」

祂踉蹌著往前一步，卻發現插在胸口的長矛怎麼也拔不出來，傷口也沒有要癒合的樣子。

祂這才發現深處的陰影裡還站著一個身材高大的男子。祂緩步從陰影裡走了出來，伸手握住那柄矛，有些不悅地皺了皺眉頭，「就為了這個傢伙，利亞姆還要叫我一起來，祂也太過謹慎了。」

「戰爭之神門羅，祢怎麼會在這裡！」欺詐神的表情驚疑不定。

戰爭之神嗤笑了一聲，「只有勝者才能從我嘴裡得到想要的情報，祢輸了，只能面對戰敗的代價。」

祂一手抓著欺詐神的頭髮，拖著祂走到智慧神的面前，揮動長矛攻擊鎖鍊，金屬的撞擊聲鏗鏘作響，然而無論是長矛還是鎖鍊，都沒有產生任何損傷。

「啊，那個是媽媽的鎖鍊吧，怪不得能束縛住神啊。」朵薇拉在戰爭之神身後探頭探腦，「真偏心啊，媽媽每次都要我們幫祢收拾爛攤子，還把神器都給祢用。」

「朵薇拉！」欺詐神似乎預料到接下來會發生什麼事了，祂驚恐地掙扎起來，憤怒地嘶吼，「祢也知道母親偏心於我，等祂知道祢做了什麼……」

「應該會很生氣吧？」朵薇拉在祂面前蹲下，伸手握住了漆黑的鎖鍊。同樣是黑夜女神的子嗣，鎖鍊沒有傷害到祂。祂輕輕伸手一握，它就如同活物一般，從智慧神身上抽了出來。

欺詐神被戰爭之神壓制住，根本掙脫不了，祂面露恐懼，「祢既然知道……」

「但我又不會殺了祢。」朵薇拉對著祂，用鎖鍊比劃了一下，「所以媽媽也不會殺我。而且……

「這不是祢一直教我的嗎，哥哥？故事最精彩的地方就是反轉，祢覺得這個反轉怎麼樣？

有沒有讓祢驚訝到下巴都掉下來了？」

掙脫了束縛的智慧神終於悠悠地睜開雙眼。剛從漫長的沉眠中甦醒，祂緩緩活動了一下肩骨，目光掃視了一圈，最終落在欺詐神身上。

祂微笑著，深沉的眼底卻不見笑意，「我之前就跟祢說過，芬克，挑我下手不是個好選擇。祢看，祢現在就要後悔了。」

「祢究竟是怎麼……」欺詐神還沒來得及說完，朵薇就用手裡的鎖鍊貫穿祂的血肉，將祂吊在神像之前。

在意識被封印之前，祂隱隱約約聽見智慧神笑著說：「我怎麼會直接告訴祢答案呢？如果祢夠聰明的話，也許能像我一樣脫困。」

很快的，欺詐神就徹底失去了意識。神廟之內再次恢復平靜。

紐因的額頭滑過一道冷汗，才短短幾個呼吸之間，獵人和獵物就互換了位置。即便他真正信仰的神明已經脫困，但站在這三位之間，他也沒辦法安下心來。

為什麼戰爭之神會在這裡？祂不是在西方小國之間征戰嗎？睡神又為什麼會和智慧神合作？欺詐神是從什麼時候開始把自己掉包成智慧神的？

他腦海中念頭紛雜，根本沒有餘裕去做出表情。

「呼，終於清靜下來了。」朵薇拉伸了伸懶腰，「我已經忍這個總愛給人添麻煩的傢伙很久了。」

「似乎比我想像中的簡單很多。」戰爭之神看了利亞姆一眼，「不要忘記祢答應過的代價。」

智慧神點點頭，「當然，我們出去吧。」

祂的目光終於落到了紐因身上。紐因不由自主地捏緊了拳頭，他低下頭，「智慧神晃下。」

智慧神打量著他，不知道在想些什麼。經過一段令人窒息的沉默後，祂扭過頭，「你也一起出來吧。」

紐因硬著頭皮走在三位神靈身後，跟著他們一起跨過陣法，離開了那座隱藏在虛空中的智慧神廟。

智慧神看起來還有些虛弱，祂抬起眼，「那麼，按照約定，這塊領土就交給祢了。」

戰爭之神爽朗地笑了起來，「好！祢也別忘了，等祢坐上了阿爾希亞的王位，要給我的可不只是這些。」

「雖然我更希望你忘記。畢竟比起平白得到的城池，我更喜歡自己親手得到的。」

「我當然不會忘。」智慧神面色平靜，似乎對祂略帶威脅的話語無動於衷。

戰爭之神往前一步，消失在原地。

「該回王都了吧？」朵薇拉打了個哈欠，「去通知國王，可憐的智慧神教徒們一心為國，但很可惜的，全部都死在了戰爭之神軍隊的鐵蹄之下，只剩聖子利亞姆、和他的小可憐紐因是活著回去的……」

紐因面露驚訝，「智慧神冕下，您要……」

智慧神側過頭、看著他，「你可以選擇跟我走，也可以選擇留下來。」

他們明明站在同一塊土地上，但紐因還是感覺到了神明漠然的高高在上。

他不知道該怎麼形容他此刻的心情，只能艱難地垂下頭，「我、我不能丟下他們……」

智慧神教的教眾看著他長大，宛如他的親人，就算智慧神冕下已經把這座城池交給了戰爭之神，至少也該把人一起帶走……

「那你就去吧。」自始至終，智慧神的臉色都沒什麼變化，無論紐因做了什麼樣的選擇，似乎都不會讓祂太過吃驚。

紐因的心沉了下去。他沒有再多說什麼，只是沉默地轉身離開。

「真狠心啊，他會死在這裡的。祢知道門羅不會手軟。」朵薇拉似笑非笑地看向智慧神，「他不是還奮力地前來救祢了嗎？」

「如果沒有祢們在，他也救不了我。」智慧神轉身，邁開腳步。

「而且，如果是連自己信仰的神被人頂替了，還一直都沒發現的眷屬，也沒有必要再留下了。」

「嗯，這倒也是。」朵薇拉跟上他，「不過他畢竟是祢的眷屬，死了的話祢也會受到一點影響吧？」

「無所謂。」智慧神的眼睛抬也不抬，「我現在的狀態本來就算不上好，而且我從來都不是靠力量行事的。」

「畢竟祢很弱嘛。」朵薇拉笑咪咪的，似乎完全不覺得自己說的話有多過分。

「聖子利亞姆，哼。」智慧神冷笑一聲，「欺詐神是故意要這麼做的，就是要讓凡人也能念誦我的名，以此當做對我的羞辱。不過這正好讓我可以順理成章地得到王位，我得好好謝謝祂。」

「總有一天，我也會讓人們以為芬克是惡魔的名字。」

「報復心可真強。」朵薇拉笑了起來，「別忘了，王都還有個麻煩的傢伙呢。」

深夜，假寐中的魔王猛地睜開眼睛。

他看了芙蕾房間的方向一眼，然後毫不猶豫地扭頭消失在黑夜裡。

他現身的地方，是在一間還算華麗的建築內，只不過擺設有些空蕩，看樣子已經被洗劫一空了。一群臉上髒兮兮的小蘿蔔頭們擠在一起，手裡舉著一根燒了一半的羽毛。見到魔王的出現，他們的嘴巴紛紛張成傻兮兮的半圓形。

「真的來了！」

「紐因大人沒有騙我們！」

「是神靈冕下、神靈冕下！救命啊！」

小孩子們七嘴八舌地叫嚷了起來，魔王只覺得一陣頭痛。他擺手示意他們安靜，這才發現目光所及之處，還藏著更多的人。

他們的衣著也不像是流民，更像是領地裡的普通居民，其中還有一些穿著智慧神教的教士服。

智慧神殿的教眾之中，有人認出了魔王，「是芙蕾伯爵身邊的傭兵！」

「他怎麼會突然出現在這裡？」

「他們說他是神明？怎麼回事？」

眼看現場的騷亂越來越大，魔王嘆了口氣，舉手讓強風吹過大廳。為了不被灌入一整口的冷風，眾人一下子就安靜了下來。

魔王滿意地點點頭。他打量了下這些人，開口詢問，「這根羽毛怎麼會在你們手上？紐因呢？利亞姆呢？」

很快就有人搶著回答，最後又變成了七嘴八舌的嚷嚷聲。

魔王對沒有帶上芙蕾而感到有些後悔。他原本以為照紐因的性格，會用上這根羽毛，怎樣都該是千鈞一髮的時刻，叫醒芙蕾的時間都夠他救人了。但此時此刻，他卻無比懷念那個能言善道、跟什麼人都能說上兩句話的小女孩了。

「安靜點。」魔王不耐煩地抬了抬眼，他隨手指了個穿著教士服的人，「你來說。」

「我嗎！」對方立刻擺出一副受寵若驚的樣子，「報告大人，敵人在我們還沒有做好戰鬥準備的時候，趁著深夜偷襲了紅瑪瑙領！紐因殿下出去和他們談判了，一直到現在都沒有回來……」

小不點裡有一個搶著回答，「是那個大哥哥跟我們說，如果數到一千他都還沒有回來，就點燃這根羽毛，會有神靈來救我們的！您果然來了，請您救救他吧！」

現場的教眾眼睛都有些濕潤，「紐因殿下……」

「他還活著嗎？」有人不安地小聲詢問。

魔王透過大廳的窗戶往外看了一眼，窗外象徵著戰爭之神的刀斧旗幟下，懸吊著一道身影。

——那道身影身著的外袍，是紐因的。

數到一千之前。

戰爭之神的鐵蹄踏破了紅瑪瑙領的城牆，牆頭的哨兵還沒來得及發出聲響，就被訓練有素的弓箭手一箭射穿了腦袋。

軍容整肅的隊伍在戰神的率領下，一步步往前踏進，而所有的法師都是戰神特別關注的對象。在還沒吟誦咒語之前，祂就會神出鬼沒地出現在法師們的身後，伸手擰斷他的脖子。

沒有能夠扭轉戰局的法師，教會的教眾也不過是比平民更虔誠一些的民兵。

被打得措手不及的教眾和居民們倉皇而逃，紐因只能率領他們，一步步退入被廢棄的領主莊園裡。

緊接著，手持火把的軍隊就把這座莊園團團圍住了。

紐因知道，如果再猶豫下去，他們或許就會放火燒了這座莊園，到時候所有人都得死在這裡。

他回頭看了一眼。無論是教眾、還是茫然跟進來的平民，所有人都用希冀的眼神看著他，就如同在教會時一樣。

他只能強迫自己不露出軟弱的表情，扭頭看向那道大門。

他摸了摸自己的懷裡，那裡還有一張時空卷軸，如果他想丟下身後這些人、一個人跑掉，還是能辦得到的。

除此以外，還有風神給的羽毛。

紐因苦笑一聲。到了這種地步，他已經不敢相信神明了。

——畢竟他剛剛才被自己的神明拋棄，而門外想要殺死他們的，正是另一位神明。

他很聰明，所以他能明白，對神明而言，凡人的性命沒有任何意義。祂們並不慈悲。

如果他能狠下心，就不用背負這些枷鎖了。

如果他足夠強大，也不用為自己的善良感到後悔。

但偏偏他是個半桶水，是個不堪重任的半吊子。

他站在這座摩肩接踵的大廳裡，再一次對自己軟弱的善良和無能為力感到痛苦。

他深吸一口氣，回應滿大廳裡看著他的眼睛，像平時一般從容地說，「你們在裡面待著，我出去和祂交涉看看。」

他還抱有一絲希望——戰爭之神是智慧神的盟友，也許他可以以自己眷者的身分，請求祂手下留情。他們願意放棄這座城池，只要讓他們活著出去就好。

他才邁出一步，身後就有孩子不安地哭了起來。

他頓了頓腳步，回頭看了一眼。猶豫片刻，他便把魔王留給他的那根羽毛遞了過去。

「這是什麼？」孩子們問。

「是殺手鐗。」紐因耐著性子，對他們笑了笑，「萬一談判失敗了，你們就點燃這根羽毛，神明就會來救我們的。」

教會眾人一時間都鬆了一口氣，他們以為這是能夠召喚智慧神的東西。

只有紐因自己在內心苦笑了一聲。他知道智慧神不會來的，而風神……

這更相當於安慰小孩的、虛無縹緲的東西。

他走出莊園，獨自面對戰爭之神麾下的千軍萬馬，目光凝重。

戰爭之神饒有興致地看向他，「我好像見過你，怎麼，利亞姆沒把你帶走嗎？」

「大人要我留下來，希望您能讓我帶著這些平民離開，而這塊紅瑪瑙領我們會拱手相讓……」他說了謊，但他表面看起來沒有任何異常，只有寬大教袍底下的手，緊緊地握成了拳頭。

「這樣啊。」戰爭之神露出遺憾的表情。紐因還沒來得及鬆口氣，就聽見祂接著說，「但利亞姆和我交易的時候，明明說這裡的所有人都是我的祭品。」

祂似笑非笑地看向紐因，這讓紐因心一沉。

祂沒有上鉤。

他往前一步，試著說服祂，「但是，隨意屠殺平民的話，對您將來治理王國也是不利的，您……」

「我對那些沒有興趣。」戰爭之神遺憾地搖了搖頭，「我只想要戰爭，席捲整片大陸的戰爭。刀口之下威名傳播。凡人的性命，也不過是成就我英雄傳說的一部分。」

紐因沉默地看著祂。他明白，其實無論是戰爭之神，還是智慧神，哪怕是欺詐神，祂們本質上都是一樣的。祂們是不在乎人命的、高高在上且冷酷的神明。

「其實我對殺死弱小的凡人也沒什麼興趣。」戰爭之神笑了起來，語氣輕快得像是在討論擺盤上桌的菜餚，「但我的士兵會很高興。他們遠道而來，手中的刀劍都還沒有好好痛飲鮮血。」

「哦！」

「殺了他們！」

「哈哈哈！」

嘈雜如同惡魔的吼叫從四面八方傳來，紐因甚至覺得盯上他們的不是人類，而是隨時準備進攻的嗜血野獸。

「這就是您的軍隊嗎？他們已經失去了人類的理智。」紐因仰起頭，第一次直視戰爭之神的眼睛。

「我只需要好用的刀，可不需要像你一樣、這麼聰明的下屬。」戰爭之神遺憾地搖搖頭，「人只要生得太聰明，就會有反抗之心。他們不一樣，只要給他們酒肉、女人，讓他們殺人，他們就會心甘情願地成為我的刀刃。

「把他抓起來，讓我們給這位智慧神的聰明眷屬一個體面的死法吧，讓我想想……」

「燒死他！」

戰爭之神好笑地搖搖頭，「那是對付女巫的做法，他是個男人。」

「給他一刀！一人給他一刀！」

戰爭之神也不滿意，「我想讓他留個全屍，你們下手不知輕重，很容易就會缺手缺腳的。」

「那就吊死他！」

「嗯，這個不錯。」祂的目光落到紐因身上，覺得有意思般地笑了笑，「你不跑嗎？我能感覺得到你懷裡還有一張卷軸。雖然不一定能逃過神的追蹤，但我覺得你應該賭一賭的，賭我沒那個興趣去追你。」

紐因的臉色有些難看。

「哦，你是擔心身後的凡人嗎？」戰爭之神遺憾地搖了搖頭，「這就是凡人的弱點，無論是多聰明的凡人，也總會因為一時的衝動而做出蠢事。」

他被士兵推著套上麻繩，麻繩的另一頭掛著橫杆，他緊緊盯著戰爭之神，「……我不是一時衝動。」

「嗯？」已經對他失去興趣的戰爭之神把頭扭了回來。

從告別智慧神、一個人留下來開始，他的腦袋裡就已經浮現最壞的結局了。這或許還不是最壞的那一種。

「……我是想好才留下來的。」

戰爭之神看了他半晌，微微搖頭，「那我收回剛剛的話。

「你真的不怎麼聰明。」

巨大的壓迫瞬間從他下顎底下傳來，痛苦的窒息感讓他腦中一片空白。他雙眼含著生理性的淚水，不甘心地仰頭看著天空。

他信奉的神明，原來都是毫無慈悲的……惡魔。從今以後，那些孤苦無依的人們，又該向誰祈求呢？

房間裡的孩子還在不安地數著數，有人驀地抬起頭，「外面是不是有什麼聲音？」

「我數到哪了？」

「五百、五百多少……」

「哎呀不管了，點吧！」

他們七手八腳地掏出打火石，細小的火星終於落下來。羽毛燃起青煙，然後亮起了火光。

下一個瞬間，黑色的神明就出現在這裡。

窗外的燈火搖曳著，門外的軍隊一邊拍響盾牌，一邊晃動火把，宛如有千軍萬馬襲來。他們步步接近，莊園裡的人們也跟著發出細碎的哭喊聲。在這樣的壓迫下，他們連放肆尖叫都不敢。

魔王透過窗戶看著紐因懸掛在風中的身體，掩蓋悲傷般地垂下眼，「這下麻煩了，芙蕾會傷心的。」

窗戶破碎聲響起，激起屋內一片驚慌失措的驚呼。魔王展開羽翼，呼嘯的風把試圖入侵的士兵們吹得人仰馬翻。

戰爭之神握緊了手裡的長矛，目光灼灼地看著從大門口走出來的人影。祂爽朗地大笑著，「真是好久不見了，澤維爾！」

祂話音未落，立刻策馬揮動長矛、刺了過來。

「小心啊！」魔王赤手空拳，不少人都為他擔心了起來。

然而所有的風都是他的武器，四面八方的風刃朝著戰爭之神盔甲下的空隙切割過去，逼得祂不得不回防。

兩人只過了一招，戰爭之神就瞇起眼睛，「不知道是不是我的錯覺，澤維爾，你似乎變得比以前更強大了。深淵給了你汙染和暴虐，還給了你強大的力量是嗎？」

魔王沒有理會祂。他伸手將紐因的屍體解放下來，用風溫柔地托舉著，送進了大廳。裡面立刻響起了驚呼和哭喊。

士兵們蠢蠢欲動，戰爭之神卻忽然抬頭看向天上。

這座廢棄的莊園屋頂上，不知何時已經站滿了身形各異的魔族。他們目光森冷地盯著底下的士兵，看起來隨時準備收割生命。

戰爭之神眉頭一挑，「看來這塊土地也不是那麼容易拿下的啊。」

「祢不是就喜歡這樣的嗎？實力懸殊的戰役多沒有意思啊。」魔王微微搧動翅膀，他笑著，朝戰爭之神勾了勾手指，「豁出性命和我打一場吧，讓我看看祢能不能活著離開，鬥羅。」

戰爭之神甩動長矛，「你要和我戰鬥？那你未必可以大獲全勝，至少你身後那些凡人……猜猜看最後有幾個能活著離開呢？」

魔王神色不動，「如果有鼎鼎大名的戰爭之神給他們陪葬的話，我想他們也死而無憾了吧？」

「哈哈哈！」戰爭之神一眼就看穿了他的虛張聲勢，他搖搖頭，「你肯定會捨不得的，他們只會綁手綁腳。等到我們都能拋開一切，那時再真刀真槍地打一場吧。澤維爾，我給你這個面子，你可以帶著他們離開了。」

「看樣子祢還不想亮出所有的底牌。」魔王沒有給祂留面子，他瞇起眼睛，「這塊土地暫時讓給祢也沒什麼，反正像祢這樣的人也不會種地，頂多就是留下來當作自己的版圖，然後就丟在一邊。但我這次出來得有點急，還沒來得及跟我的眷屬說一聲，她知道了肯定會生氣的。」

戰爭之神擰了擰眉頭，沒有聽懂他究竟想說什麼。

魔王接著說：「為了哄哄她，我得帶點禮物回去才行。」

戰爭之神冷笑一聲，「比如紅瑪瑙領？」

「不，她應該不會喜歡這種東西。」魔王的目光落到對方手裡的武器上，「她喜歡用長槍，矛和槍其實是差不多的東西，對吧？

「那是祢的神器吧，戰爭之矛？」

戰爭之神：「……」

片刻後，魔王一手拎著戰爭之矛，看著魔族護送平民和教眾離開了紅瑪瑙領。

戰爭之神身邊的士兵不安地詢問：「大人，您的矛……」

「不用在意，那也不是什麼了不起的東西。」戰爭之神盯著魔王的背影，「我很期待把它討回來的那一天，而且……他最好快點回去看看，否則，可能連收禮物的人都見不到了。」

深夜的王宮突然有客人到訪，還在睡夢中的國王陡然驚醒。聽清了侍從的傳話以後，他不顧形象地踉蹌爬起，披了件外袍就衝了出去。

他一邊快步往大廳走去，一邊焦躁地發問，「除了那位聖子利亞姆，一個都沒逃出來？」

「不，他身邊還跟了一個……年輕的女孩。」侍從望著國王的臉色，不敢多說，「我沒有多問就趕緊來請示您了，您親自問吧。」

國王大步邁進大廳，聲音急切，「利亞姆卿！這到底是……」

大廳中央，臉色蒼白得過分的利亞姆咳嗽了一聲，祂在國王關切的眼神中站了起來，卻沒有行禮。

「你就是這代的王嗎？」祂用評估貨物般的眼神打量了他一眼，伸手展開一張卷軸，「看到這個，你總該明白了吧？」

國王還沒來得及對祂的無禮感到反感，在看到那個卷軸的一瞬間，腦袋裡就先轟隆作響——卷軸最後的落款，赫然是他們大名鼎鼎的先祖，派翠克．馮。

號稱自由包容的阿爾希亞王室其實也曾出過神靈的眷屬。為了得到這分榮耀，那位傳聞中的大魔法師，「無盡之風」派翠克．馮，就與神明簽訂了契約。

外人只知道他是位了不起的風系大魔法師，因此多半會猜測他是天空之神的眷屬。然而他們不知道，風系天賦是派翠克天生就擁有的，與他簽訂契約的神隱去了姓名，還要他幫忙做一些事。

除了派翠克本人，就連其他王室成員都不知道他和神做了什麼樣的約定，但王位的繼承者代代相傳著一句話——手持卷軸的神明出現之時，阿爾希亞就必須付出代價。

從現在的情況來看，這分代價多半就是王位了。

國王不太懂高高在上的神明要人類的王座做什麼，但他知道自己沒有反抗的能力。國王有些心酸地低下頭，「原來是您……智慧神冕下。」

到了這個地步，他也明白了。這位突然出現的「聖子」，就是真正的神明。

智慧神看向他，語氣冷淡，「按照交易，阿爾希亞享受著神的眷顧，現在該償還了。奉上王位吧。」

身旁的睡神忍不住笑了一聲。祂知道祂在笑什麼，智慧神之前一直被欺詐神囚禁在神廟內，根本沒有庇護阿爾希亞。但他們的先祖接受過祂的神眷，並在阿爾希亞建造了最初的神廟，這就是被祂庇護過的證明。

智慧神表面上無動於衷，心裡卻有點惱怒。

祂原本計畫得很好的。

儘管沒有對外公開，但祂實際上是阿爾希亞的正統信仰。祂只要再得到平民的支持，繼承王位就是順理成章的事，阿爾希亞從上到下都會稱頌祂的名。

結果卻橫空殺出那個胡鬧的欺詐神。

幸好欺詐神不知道祂暗藏的計畫，只是模仿了祂的外貌而已。祂不知道阿爾希亞王室暗地裡也信仰著智慧神，沒辦法騙取王位。祂多年的經營差點毀於一旦，害祂不得不和戰爭之神、睡神這兩個危險的傢伙結盟。

智慧神不動聲色地瞥了睡神一眼。神界人人都知道，黑夜女神的子女是最差勁的合伙對象。祂們喜怒無常，做事只看心情，有可能會在下一刻突然轉身捅你一刀。那位現在被祂鎖在神廟中的欺詐神就是很好的前車之鑑。

「明天，你宣布退位。」智慧神的口氣不容置疑。

國王眼中透著絕望。神出現了。

他用有些乾澀的聲音說：「明天恐怕……之前我宣布的王位繼承者共有六位，如果沒有經過正統的繼位程序，就貿然地把王位交給您，我會很難向人民交代……」

智慧神皺起眉頭。祂看出了國王卑躬屈膝之下隱藏的抗拒。

睡神還在火上澆油，「啊，如果祢能守住紅瑪瑙領，說不定就還有一些藉口呢，但沒辦法，祢打不過門羅嘛。」

智慧神眉毛一挑，祂揚起下巴，「那就把另外幾位繼承者也叫來吧。」

國王心裡一陣忐忑，但也只能低下頭，「是，明天一早，我就……」

「現在。」智慧神不容拒絕，祂看向窗外，「時間也差不多快到了，如果你再拖下去……你會後悔的。」

國王隨著祂的動作看了看窗外，忽然變了臉色。他想起邦奇曾經告訴過他的預言——天災。

芙蕾被人從睡夢中叫醒的時候，臉上還有些茫然。她下意識地歪頭尋找魔王的身影，然後一邊跟著妮娜換衣服，一邊詢問，「國王半夜叫所有王位繼承者進宮？有說是什麼原因嗎？魔王呢？」

妮娜手腳麻利地替她梳了個乾淨俐落的髮型，一邊回答，「什麼也沒說，只看得出來他很著急。魔王大人應該在房間內吧？要叫他嗎？」

芙蕾皺了皺眉，她忽然感覺到魔王似乎不在這附近。她叫了一聲，「庫珀？」

站在門口的庫珀遞給她一件外袍，帶著她往樓下走去。他低聲說：「魔王送給紐因聖子的羽毛被點燃了，他擔心叫醒您會耽誤時間，就自己先去了。」

「嗯。」芙蕾微微點頭。這倒是沒辦法怪他，只是……她心裡有點不安。

在魔王不在的時候，國王這麼突兀的召見到底是為了什麼？

庫珀壓低了聲音，沒有對芙蕾隱瞞，「智慧神和戰爭之神做了交易，智慧神把紅瑪瑙領交給了戰爭之神……」

芙蕾憤憤地罵了一句：「我就知道利亞姆不是什麼好人！不是什麼好神！不是個好東……」

「紐因聖子死了。」

芙蕾的怒罵戛然而止，她腦內的睏意一瞬間消失無蹤。她清醒了過來。

「……沒趕上嗎？」沉默許久之後，她開口詢問。

庫珀垂下眼，「羽毛不是他點燃的，他把羽毛給了被困的孩子們。」

芙蕾拉了拉身上的外袍。有了太陽神的賜福以後，無論是深夜還是寒冬她都不會覺得寒冷，但此刻，她卻打從心底泛起了一絲涼意。

「如果是他的話，可能到死都不會點燃那根羽毛。」芙蕾聽見自己輕輕地說，「他很聰明，又打從心底相信人的善良。他和我不一樣，我無論面對什麼樣的絕境，都會向魔王求救。但他或許……會擔心魔王也救不了他，反而被他連累。」

庫珀伸手摸了摸她的頭，「堅強點，好孩子。等一切結束之後，我們可以為在這場戰爭裡逝去的朋友和付出的代價盡情流淚，但現在還不是時候。智慧神此刻就在宮殿裡。」

芙蕾閉了閉眼，她深吸一口氣，「庫珀先生，替我拿上弓和書。另外，魔王快要回來了嗎？」

「就快了。」庫珀點了點頭，「別擔心，在這之前，我們無論如何都會保護好妳的。」

芙蕾閉上眼睛。她聽見呼嘯的風聲，還有風中魔族的呼吸。

她踏上馬車，「走吧，讓我們去見見那位落敗而逃的智慧神冕下。」

芙蕾趕到王宮的時候，其他人已經在那裡等待著了。

還沒來得及寒暄，他們就被帶進了王宮內。芙蕾發現白痴王子也頂著一頭不肯被馴服的亂髮，一臉睏倦地站在大廳裡。而他身側，就是他們有一陣子沒見的智慧神利亞姆。

芙蕾腳步微微一頓，利亞姆也回過頭來看她。

神靈之書就在她身上，風神弓則由庫珀代替她拿著。他因為攜帶武器，不能就這樣走上大殿。但芙蕾知道，魔族們也都在注視著這座宮殿。

國王坐在王位上，看上去有種說不出來的頹喪，像是一夕之間被人抽走了所有希望。他苦澀地抽了抽嘴角，不再客套地開口，「明天，我將會舉行利亞姆冕下的繼位儀式。」

所有人都露出了震驚的神色。按照以往的慣例，阿爾弗雷德王子在這個時候擔當了第一個說話的角色，「什麼！為什麼是他！」

國王還沒有說話，利亞姆就客氣地笑了笑，「如果您不服氣的話，也可以試著從我手裡奪走王位。」

國王立刻訓斥王子，「阿爾弗雷德！不要胡鬧了！」

格雷斯家的奧尼爾看向芙蕾，伊莉莎白也不動聲色地朝她靠近了一步，邦尼家那個名叫卡繆拉的女孩，見勢也悄悄地移到了芙蕾身後——畢竟半夜突然將繼承者們叫來，並通知了這樣一個消息，怎麼看都事有蹊蹺。

芙蕾覺得自己這時候應該要說點什麼，她看著智慧神，「祢看起來和平常很不一樣。」

「妳應該用敬稱。」智慧神瞇起了眼睛。

「是嗎？」芙蕾打量著祂。祂看起來確實和之前大不相同了，「我平時都是這樣跟祢說話的。」

智慧神突兀地抬起手，一道光猝然打向芙蕾。但芙蕾早有準備，她從背後取出了神靈之書。

智慧神神色一變。祂一抬手改變攻勢，那道光便在她身前悄然潰散。

祂剛剛忽然有種如果攻擊下去，自己也會跟著受傷的預感。祂驚疑不定地說：「怎麼回事？」

芙蕾臉色古怪地看著祂，「祢不知道嗎？不是祢自己把血液交給我的嗎？」

「血？」智慧神的臉色迅速陰沉了下來，「那個傢伙……」

芙蕾猜不透祂的古怪從何而來，但她還有一個疑問。「我之前一直很好奇，那位風系大魔法師，『無盡之風』派翠克．馮先生究竟是誰的眷屬。現在看來，難道他是智慧神的眷屬嗎？」

阿爾弗雷德王子驚愕地瞪大了眼睛。芙蕾之前也問過他這個問題，被她委託之後，他也試著在王室內詢問過，但不是被搪塞過去，就是被勒令不要再過問，所以他也不知道真相。

風系大魔法師跟智慧神又有什麼關係？

那個智慧神殿的前聖子紐因也不是風系法師啊！哦不對，他是全系法師……

利亞姆擰起眉頭，「是又怎麼樣？」

「那我就沒找錯人。庫珀！」

芙蕾剛一出聲，站在門口的庫珀就開始移動腳步了。他帶著優雅的笑容，凶悍地撞開了大廳的門，然後將手裡的弓扔給芙蕾。

芙蕾伸手接住，「我是不知道祢為什麼表現得像換了一個人一樣，但如果那位『無盡之風』是祢的眷屬，也就證明了……祢就是指使派翠克・馮在所有風系魔法中，抹去風神姓名的那個神明。

「那我是不是可以認為，當初愚弄諸神的騙局，就是祢和欺詐神共同設計的？」

除了庫珀以外，現場的人都不知道所謂愚弄諸神的騙局是指什麼，但這並不妨礙他們理解現在的情況。芙蕾是在說一件大事——一件與諸神有關的祕辛！

伊莉莎白更加直接，當芙蕾提起欺詐神的時候，她已經毫不猶豫地做出了準備攻擊的姿態。

「區區凡人也敢指控神靈！」智慧神瞬間露出了惱怒的神情，並且再次發動攻擊。芙蕾這次沒有用神靈之書抵擋，而是讓飛舞的風元素展開反擊。

在神靈之書上留下血液的神靈，並非完全不能違抗它的持有者。祂們依然能夠反擊，只是在傷害對方的同時，也會對自己造成損傷。

但祂是神明。神明不會死去，普通人類可不行。

各種元素的魔法攻擊步步近逼，芙蕾全靠風元素的守護，才能在一片狂轟濫炸中保持著安然無恙的狀態。她拉開弓，箭尖直指著智慧神。

還沒來得及說句有氣勢的狠話，空氣中忽然傳來草木的清香。一直低頭祈禱的奧尼爾驚喜地抬頭，「女神，您是來拯救您的信徒……」

他話還沒說完，就看見女神的荊棘化成盾牌、擋在芙蕾身前。

奧尼爾：「……」

抱歉，是我多想了。

春季女神看著利亞姆，皺起眉頭，「祢不太對。」

「哼。」智慧神冷笑一聲，「祢一個人來的？不把祢的姐妹和母親一起叫來嗎，格雷蒂婭？祢可不是我的對手。」

春季女神難得鬥志昂揚，「那祢就試……」

話才說到一半，半空中就驀地伸出一隻蒼白修長的手，一把掐住了智慧神的咽喉。

芙蕾驚喜地喊出聲，「魔王大人！」

在場的諸位更加摸不著頭緒，之前不是說是風神嗎？怎麼又叫魔王了？

但那位從虛空中走出來的黑色神明，祂的形象的確十分符合「魔王」這個稱呼。

魔王歪了歪頭，「我想說門羅怎麼磨磨蹭蹭的，一點也不像祂的個性，原來是想拖住我，趁機欺負我的眷屬嗎？」

春季女神皺了皺眉，「我正要打祂呢，您別插手！」

魔王聳了聳肩，委婉地表示，「但是祢們兩個打架的樣子，實在是有些……丟神的臉。」

春季女神和智慧神的臉色同時變得很難看。

他隨意甩手，風刃就包裹著智慧神撞進了牆裡。芙蕾覺得這個場景有些眼熟，好像在第一次見到智慧神的時候，就見魔王這樣對付過祂了。

魔王來到芙蕾的眼前，垂下眼抓了抓頭髮，含糊不清地說：「路上耽擱了一下。」

「您沒事就好。」芙蕾鬆了一口氣，覺得不安的心臟一下子平穩了下來。

魔王看了她一眼。芙蕾有時雖然很難纏，但在外人面前還是很給他面子的，自己雖然沒有帶上她，但她也沒對魔王發脾氣。

他把從戰神那裡拿來的長矛遞給她，「給妳的禮物，戰神之矛。」

芙蕾眨了眨眼。她看了還在鬥法、打得整座宮殿都搖搖欲墜的春季女神和智慧神一眼，再看了看害怕被神靈戰鬥波及，而各自尋找安全地帶的貴族、王室成員，最後才看向魔王手中的戰神之矛。

她總覺得現在應該不是個送禮的好時機，但她沒辦法拒絕魔王的禮物。

她用雙手接過，低聲說：「謝謝，我很喜歡……紐因他……」

「他救下的群眾一起埋葬了他。」魔王如實回答。忽然，有一團火球朝著這邊直衝而來，魔王伸出羽翼攔下，皺起眉頭，「沒看見我們在說話嗎？」

霎時，利亞姆就像瘋了一樣，一點也不管和祂你來我往的春季女神，祂集中全力衝向了魔王。就連春季女神都沒想到祂會突然來這一招，一下子愣在了原地。祂懷疑智慧神想不開，想要去自殺。

不出所料，祂的所有攻擊，在魔王面前都顯得不堪一擊。然而，芙蕾看見眼前一道黑影閃過，在她的大腦轉動之前，她的身體就率先動了起來。

她揮動手裡的長矛，將逼近魔王身後的黑影狠狠打了出去。

她這一下用了百分之百的力氣，根本沒有留手。只聽見「轟」的一聲，一個看不清面目的身影撞破了王宮大殿的牆壁，被掩蓋在瓦礫之下，並且猛地咳嗽了起來。

可惜她的目的似乎已經達成了。芙蕾回頭看見一個粉色的、帶著蕾絲花邊的柔軟物體，它正貼在魔王的後腦勺上——那是一個十分可愛的枕頭。

「唔。」魔王猛地抖了抖翅膀，但他依然難以抵抗洶湧而來的睡意，緩緩闔上了雙眼。

「魔王大人！」芙蕾一把扯掉那個枕頭，接住了搖搖欲墜的魔王。他就這樣毫無防備地倒進了芙蕾的懷抱裡，發出一聲綿長舒適的呼吸。

比平常更加洶湧的魔氣攀上了他的臉龐，他微微睜動的雙眼裡頓時閃過一道紅光。

芙蕾瞬間嚇出一身冷汗——魔王如果失去意識，就會在睡夢中被暴虐的深淵意志主宰！

芙蕾只覺得懷裡一空，魔王就化作黑霧消失了。

「小心！」

智慧神趁她分神，發動了攻擊。春季女神的植物替她攔下了，但魔王一消失，現在就是祂以一敵二的局面了，祂明顯地緊張了起來。

庫珀也攔在芙蕾身前，「沒事的，芙蕾。魔王的身軀還在深淵之中，他沒有出事！」

「我知道。」芙蕾強壓下心中的擔心，她捏緊手裡的戰神之矛，站了起來。她看向牆壁上的破洞，「祢就是……睡神冕下嗎？」

凹陷處裡響起了磚塊落地的聲音，一位少女一邊拍著自己身上的塵土，一邊朝芙蕾走來。

「對，是我。妳似乎不太喜歡我呢，怎麼下手這麼狠啊？我之前還聽說妳救了露西呢。」

芙蕾神色不動，「您說得對，我不喜歡任何會給魔王找麻煩的傢伙。」

「還要打嗎？」睡神歪了歪頭，顯得有些興致缺缺，「可是我們的目的已經完成了吧？」

智慧神顯然不想就這麼放過芙蕾，「祢忘了她剛剛才對祢動過手嗎？」

「我可沒祢這麼小心眼。」睡神笑了起來，一副和事佬的姿態，「算了吧，反正魔王又不在，你們也無法殺死我們，我們要殺死你們也很麻煩。打了格雷蒂婭，會把祂的妹妹們引來，說不定大地之母也會登場。而那個人類的眷屬擁有風神的力量，還握有好幾個神器，怎麼想都很費力啊。」

智慧神皺了皺眉，似乎還想說些什麼。睡神看向窗外，「而且，時間快到了。祢不省點力氣準備去扮演救世主嗎，利亞姆？」

眾人隨著祂的目光看去，天空突然亮如白晝。

阿爾弗雷德王子呆呆地說：「天亮了嗎？」

「不。」伊莉莎白面色凝重，「是火光，有什麼巨大的東西……從天穹之上掉下來了！」

春季女神倒吸了一口涼氣，「神界墜落，開始了。」

芙蕾瞬間有些慌亂。她緊緊握住神靈之書，下意識地想要脫口問出「那怎麼辦」。但她猛地醒悟，魔王不在這裡，所有人都等著要問她同樣的問題，她不能慌。

芙蕾看向窗外。王都裡有不少人都發現了天上的異象，他們茫然地走上街道，仰頭看著天空。

芙蕾有了決定，「我們先離開。」

幾名貴族立刻緊跟在她的身後，春季女神則警告般地看了智慧神一眼，護著他們往王宮外走去。

芙蕾深吸一口氣，猛地拍了拍自己的臉頰，「我想過了，我們得先把魔王帶回來。我會試著用神靈之書聯絡他，但除此之外，庫珀，還有其他能聯繫上魔王的方法嗎？」

庫珀有些猶豫，他微微搖了搖頭。

芙蕾停下腳步，直視他的眼睛，「那前往深淵的方法呢？」

第三章

失落遺跡

CHAPTER

III

庫珀沒有立刻回答。

春季女神沒有讀出他的猶豫，祂點了點頭，「可以去失落遺跡，那是深淵最初出現的地點，也是諸神降下封印的地方。神界墜落，深淵的封印也一定會有所鬆動，用妳手上的那些神器應該能短暫打開一條通道。」

「但神器開闢的通道並不穩定。更何況現在是神界墜落的時刻，深淵也許也會有相應的變化，我們誰都不知道裡面會發生什麼事情。」庫珀緊緊盯著芙蕾，「進入深淵並不是個好主意。即使是神明，進入深淵也會被迅速汙染、墮落，我至今仍不知道魔王為何能挺過那些暴虐的情緒。但是……森林女神只被汙染了半隻手臂就性情大變，讓整座森林變成吞噬萬物的魔化森林。

「之前妳也看見了，欺詐神在深淵面前也毫無抵禦能力。」

春季女神贊同地點了點頭，「對，祂當時的狀態也很不對勁，明明身受重傷卻還要去殺人。除了祂本身睚眥必報的性格，應該也跟被深淵汙染有關……對了，讓魔族回去怎麼樣？」

庫珀苦笑了一聲。「如果是清醒的魔王，那我們去一趟深淵當然沒什麼大不了的。但現在他失控了，我們回到深淵恐怕也只會去一個留下一個，和魔王一樣變成混亂暴虐的怪物。」

春季女神蹙起眉頭。

芙蕾平靜地開口，「那只能由我去了。」

庫珀搖了搖頭，「不，即使妳是魔王的眷屬，在他毫無神志的情況下，誰都不能確保妳的神眷還有作用。如果妳身上的神眷失效，就等於是一個凡人前往深淵，妳很有可能永遠都回不來了……我們不能把賭注全部壓在魔王跟妳的特殊關係上，這太危險了。」

春季女神這時候才意識到，對於一個容易受傷、死去的凡人而言，這是一趟多麼危險的旅程。祂沉默下來、看向芙蕾，等她自己做個決斷。

芙蕾握緊了手裡的長矛。她並不是不害怕，但是……

她低聲說：「我是他的眷屬，我享有他的力量以及……寵愛。如果我不去，那誰來叫醒他、帶他回家呢？

「不用擔心，就算魔王的起床氣有點大，我也能應付得來的。你知道，他一向是很好哄的。」

她故作輕鬆地笑了起來，然而大家都沒辦法在這種時刻跟著扯出笑容。

芙蕾抬起頭，看向一片異象的天空。如果瞇起眼睛，已經能隱約看見遠處墜落的建築模樣了。那座宏偉的空中神殿失去了托載它的力量，正在一步步走向衰敗，變成一堆平凡的沙石瓦礫。

她語氣篤定，「利亞姆既然想要在阿爾希亞成為王者，那祂就不會眼睜睜看著神界崩塌。就算暫時把這個王國交給祂也沒關係，等我們帶回魔王，我們會把一切從祂手裡奪回來的。」

庫珀閉了閉眼睛。他明白芙蕾看起來溫柔軟和，但她一旦打定了主意，就不會再改變了。

他低聲說：「要回去和妮娜……」

「不，不用了。」芙蕾沒有回頭，「現在沒有悠哉告別的時間了，我們得快一點。這是你自己說的，神界在墜落，深淵也同時在發生異變。萬一深淵的入口消失，那一切就都來不及了。」

春季女神鄭重地說：「如果有什麼意外，我會盡力帶妳回來的。要把亞修也叫來嗎？祂雖然也不是打架的好人選，但比我更擅長救人……」

「先讓祂在外城區穩住流民吧。」芙蕾搖了搖頭。

在所有人仰起頭、不安地看著天空中比太陽還耀眼的火光時，芙蕾一行人悄悄離開了王都，風馳電掣般朝著失落遺跡前去。

在此之前，芙蕾並沒有聽說過這個地方，地圖上也沒有任何關於此處的標識。

庫珀解釋說，這也是諸神封印的效果，除非特地尋找或者機緣巧合，一般人是不會看見這個地方的——這也是當年霍華德子爵瀕死之時遇見魔王的地方。

說是遺跡，其實只是一口破敗的枯井。它漆黑幽深的入口彷彿一路通往地心，據說就連神通廣大的神靈們也不知道這是誰打造的。

芙蕾探頭看了看這座平平無奇、只是讓人感覺時代格外久遠的深井。她一隻腳跨了上去，「只要跳下去就好了吧？」

「不不不！」庫珀像是擔心她會魯莽地一躍而下，趕緊伸手緊緊地將她拉住，「得先打開深淵的大門才行，否則只會落入井底摔死的！」

芙蕾訕訕地放下腳，「我只是想顯得更有氣勢一點，我不會真的直接往下跳的。」

庫珀臉上寫滿了不信。

芙蕾把自己擁有的神器在春季女神面前一字排開，風神弓、戰神之矛、春季女神杖、神靈之書。

春季女神把神靈之書還給她，「這個妳還是拿著吧，必要的時候或許能救妳一命。」

接著祂手一揮，三件神器懸空而起，分別占據了這口井的三個點。芙蕾曾經見過的、層層疊疊的各色法陣，一次在井口上方浮現，只是和當初相比，這些陣法的顏色都變淺了，看樣子神界的墜落確實讓深淵的封印變淡了許多。

三神器之間露出了一個漆黑的缺口，裡面不斷發散著不祥的黑霧。芙蕾深吸一口氣，動作輕巧地躍上了井口。

庫珀有些緊張地看著她，「芙蕾，雖然我不想說什麼喪氣話，但是……我都這把年紀了，如果還讓我體會白髮人送黑髮人的痛苦，我會受不了的。」

芙蕾笑了起來，「您還沒有白頭髮呢，而且我的頭髮也和媽媽一樣是金色的。別擔心，我還沒跟妮娜、爸爸還有媽媽告別，怎麼會一去不回呢？」

她轉過頭，不再猶豫，從漆黑的洞口一躍而下。

庫珀無聲地注視著芙蕾離去的身影。春季女神猶豫著安慰道，「別太擔心了，相信你也知道，芙蕾是特別的，澤維爾無論如何都不會傷害她的。」

「我明白。」庫珀輕聲說，「他的信徒都知道，我們的魔王擁有寬廣的胸懷、對萬物一視同仁的慈悲，以及永遠保護弱小的英雄情結。

「除此之外，只有芙蕾還看見了他漫不經心的背後，隱藏的浪漫和寵愛。

「我只是心情有點複雜……」

春季女神的表情看起來有些困惑。

庫珀無奈地搖了搖頭，「芙蕾這樣的孩子能夠在沒有魔物肆虐的土地上平安長大，就證明我們曾經的努力沒有白費。而魔王大人……他是我們可以毫不猶豫用性命守護的大人，如果能夠拯救他，我們願意付出任何代價。

「但讓芙蕾為了魔王豁出性命，我們卻什麼忙都幫不上，這種滋味並不好受。」

春季女神望著庫珀、望了他一陣子。祂並不擅長安慰人，剛剛那兩句話已經是竭盡祂所能了。祂只能模仿人類常做的動作，拍了拍庫珀的肩膀。而這果然也很受用。

「我感覺好多了，非常感謝您，女神冕下。」

芙蕾覺得自己墜落了很久。

周圍一片漆黑，伸手不見五指。她眼前好像不斷有黑色的霧氣在扭曲晃動，彷彿在這讓人目不能視的黑暗裡，潛藏著無數形態可怖的怪物。

但芙蕾很清楚，深淵裡的魔族已經被魔王全部接出來了，現在整個深淵裡就只剩魔王一個人了。如果這扭曲的黑影只是魔王想要嚇唬她的把戲……芙蕾突然覺得一點也不可怕了，反而還變得可愛了起來。

她摒除腦中的雜念，感受著圍繞在自己身邊的風聲。魔王的神眷還沒有失效，只是來到深淵以後，就連一向自由活潑的風元素都變得壓抑了起來。它們似乎隱隱在畏懼著什麼——也許就是它們的主人，現在脾氣不太好的、沉睡中的魔王。

「啪」的一聲，芙蕾終於感覺到自己的雙腳踩到了地。她小心翼翼地跺了跺腳，腳下便響起了一點水聲。

芙蕾有些困惑，深淵裡面有水？如果是這樣的話，她猜庫珀肯定會預先告訴她的。這一定是深淵發生的某種變化。

腳下的不明液體讓芙蕾心裡有些毛毛的，但即便緊張，她也只能硬著頭皮往前走。做為魔王的眷屬，她目前還能感應得到魔王的方位。

然而不幸的是，她感覺到周身的風元素正在不斷地被壓制。它們保護不了她太久的。

芙蕾試著掏出石中火，但這個弱小的魔法道具也抵擋不住深淵的侵蝕，變成了一根漆黑的普通管子。就連神靈之書也被汙染了。和之前被魔王寄宿時的漆黑不太一樣，現在的神靈之書上沾染了星星點點的黑斑，看起來格外得不祥。那些黑斑還在不斷地往外擴張，到最後似乎會把整本書完全侵蝕染黑。所幸在那之前，它還能散發出一點微弱的螢光。

芙蕾借著光，看了看腳下的液體——是血，黑紅色的血海。

這麼大量的血，居然還沒有一絲血腥味？芙蕾覺得自己這時候居然還有心思想這些，真不愧是見過世面的魔王眷屬。

這不是魔王的血。

芙蕾異常冷靜。雖然這個想法沒什麼依據，但她就是可以這麼斷定。

說起來，她好似見過類似的場景——在那個奇怪的夢裡，她就是一路穿過濃稠的黑霧和不祥的黑血，見到了深處困在繭內的魔王。

如果真的和夢裡一樣，那她只要往裡面走就一定能見得到魔王。芙蕾樂觀地想著。

越往暗處走，黑色的血水就越深，沒多久就漫到了芙蕾的腰部。沾水的裙襬變得沉重，幸好芙蕾的力氣還算大，否則換成其他嬌弱的貴族小姐，這時候可能已經走不動了。

芙蕾忽然覺得脖子有點癢癢的。她擰著眉頭、伸手摸了摸，碰到了一片光滑冰涼的細小鱗片。

芙蕾心裡一驚，她已經徹底感覺不到風元素的存在了。

她開始被魔化了。

但奇異的是，她並沒有感受到傳聞中暴虐的深淵情緒。她邁步繼續往深處前進，腦袋裡天馬行空地想：就算她是庫珀先生的後代，也沒有同樣被魔化成半人馬啊。那會是什麼動物的鱗片呢？不會是魚吧？但她的雙腿還好端端地存在著。難道是蛇？這就有點麻煩了，妮娜從小就怕蛇。

如果是龍鱗的話，其實還挺帥的。芙蕾私心地想著。

黑色的血水很快地漫過了她的胸口，讓芙蕾不得不停下腳步。她有些猶豫，因為再走下去她就得游泳了，她實在是不太想把臉埋進這不知道是什麼來路的血水裡。

芙蕾苦著一張臉。她鼓起勇氣，試探地喚了一聲，「魔王大人？您在嗎？」

她下意識扭頭望著某個方向，那裡傳來了她熟悉的感覺。但她還來不及驚喜，就看見黑暗中一絲紅光一閃而過——那是魔王的紅色眼睛，是他失控時的象徵。

芙蕾硬生生停住了腳步。偏偏在這個時候，苦苦支撐的神靈之書也被完全染成了漆黑。她再次陷入無法視物的窘境裡。

但這次黑暗中不再是全無動靜，她聽見了不遠處有淺淺的呼吸聲。

是魔王，他就在自己身邊。可他沒有出聲。

芙蕾遲疑著舉起手，不抱太大希望地低聲念出咒語，「**光輝閃耀的太陽神啊，請給予您身陷黑暗的子民引領前路的光芒，點亮照徹長空的燭火吧——**」

太陽神的咒語和他本人一樣浮誇，一個最初級的燭光術都要念這麼誇張的咒語。芙蕾一點都不虔誠地腹誹著。

她手心「噗」地亮起了跟指甲差不多大的光團，她忍不住鬆了口氣。

魔王曾經說過，她本身有那麼一丁點光系魔法的天賦。雖然只有一丁點，但總算有了光亮。這是屬於她自己的小小光芒。

她抬起頭，猝不及防地對上近在咫尺的魔王。只要她再往前邁進一步，他尖利的指尖也許就會戳破她的腦袋。

猩紅的雙眼就在她眼前，代表魔王此刻還沒有恢復正常。

然而，不知道是幸還是不幸，他似乎被她手心的光芒吸引了目光。他遲疑著伸出利爪，輕輕碰了碰那團光。小小的光團閃爍了兩下，頑強地沒有熄滅，但魔王就像受驚的貓一樣，振翅退得遠遠的。

有什麼好害怕的呢？芙蕾看著他謹慎的表情，有些悲哀地想。她現在唯一的攻擊手段就只有這麼一小團光，再高級一點的光系法術她也根本用不出來。就這樣的一個光團，她連放個煙火都嫌麻煩。

「魔王……」

芙蕾剛剛開口，魔王又回到了她眼前。他這次對光團沒有興趣了，他貼近芙蕾，微微側過頭，像是在確認氣味一般嗅了嗅她身上的味道。

芙蕾「唰」地紅了臉。

儘管魔王的目光純淨……暴虐到純淨也算是純淨的一種吧？總之就是沒有任何雜念，宛如野獸確認獵物能不能食用一般的本能行動，但……這實在太像是接吻前的動作了。

芙蕾眨了眨眼，她注意到魔王的模樣也有了些變化──帶有荊棘倒刺的細長尾巴變得更加粗壯了一點，就連他很不滿意的小角也長大了一些。

芙蕾心頭忽然湧上一股委屈，她小聲開口，「您之前答應過要讓我摸角呢，魔王大人。」
魔王似乎覺得她有點熟悉。要不要吃了她呢？他一時之間還拿不定主意。
芙蕾再接再厲，「如果您還清醒著的話，這時候一定會說……要把我掛到城牆上。」
魔王盯著她、擰起了眉頭。他伸出手，朝她潔白纖細的脖頸移動過去。
——他會掐斷我的脖子。
芙蕾腦內的求生本能不斷地發出警告，但她仍然緊緊盯著魔王，強迫自己站在原地。
他的指尖搭在芙蕾的耳後，一路蔓延的鱗片便停止了生長。
芙蕾鬆了一口氣。
然而魔王倏然扭頭看向芙蕾來時的方向，猛地皺起了眉頭。
她的心跳再次漏了一拍。一灘死水般的血海瞬間沸騰了起來，她忽然意識到有什麼事情即將要發生——深淵的大門要關上了。
她轉頭看著魔王凝重的臉，心一橫，膽大包天地一把抱上去。芙蕾緊緊閉上眼睛，「魔王大人！您還答應過我，等一切結束之後要送我回家！您不能說話不算話，不然、不然我就只能跟您一起死在這片深淵裡了！」
魔王瞪大眼睛，滿臉不敢置信，一副想把她扯開卻又不敢的模樣。他身後的六隻翅膀都僵硬地往後伸，像是被一隻無形的手給扯住了。
他有些遲疑地伸出手，緩緩落在芙蕾身後，略帶笨拙地拍了拍她，但他的表情卻十分迷茫——此刻的他毫無理智可言，所做的一切都被本能主宰。那他為什麼會這麼做呢？

芙蕾的來路忽然爆開一團極為燦爛的光芒，魔王瞇了瞇眼睛，扭頭避開光線的直射。

守在失落遺跡的春季女神同樣發現了井口的異狀。那個如同漆黑霧氣般流動的洞口忽然劇烈沸騰了起來，而且體積正在急速縮小！

「女神冕下！」庫珀驚呼出聲。

三件神器搖搖欲墜，春季女神猛地抬起手，隨後警覺地回過頭——天上落下了一道耀眼的光，光線中顯露出從頭到腳都散發著光澤的身影。

是太陽神。

春季女神稍微鬆了口氣。

太陽神根本沒觀察到此刻的氣氛，祂一臉輕鬆地指了指天上不斷下墜的神殿，「神界就要掉下來了，我的高塔準備好了嗎？」

春季女神根本不會騙人，祂如實回答：「可能要沒了。」

「什麼！」太陽神大驚失色，「怎麼回事！難道我看走眼了嗎！不對啊，我看好的人應該很幸運……」

「借過。」春季女神皺起眉頭，一臉肅穆地抬起雙手。春季女神杖忽然光芒大盛，井口也跟著綻開了簇簇鮮花，細長的藤蔓牽住了搖搖欲墜的另外兩件神器，拉開了即將消散的洞口。

一接觸到漆黑的深淵氣息，藤蔓就迅速枯萎，但新生的藤蔓立刻又補了上去。它們就這樣不斷拉扯著，維持著一種奇異的平衡。

「哦！」太陽神感嘆了一句，「祢這是在做什麼？」

「看不出來嗎？我在拉著深淵的入口不讓它消失！」春季女神有些費力地說。她的額頭滑下一道冷汗，「祢又為什麼會來這裡？如果祢想要高塔，可以考慮跟利亞姆要！」

「那傢伙絕對會要我付出遠超過高塔價格的代價。」太陽神拒絕地搖了搖頭，回答了春季女神的問題，「我察覺到澤維爾的眷屬，在一個讓我毛骨悚然的地方念誦了我的名字。畢竟我也替她賜福過，多少還是能感知到她的位置……她不會跑到深淵裡了吧？」

「對！」春季女神有點氣憤，「不想幫忙的話，祢為什麼不離開？」

太陽神有些為難地摸了摸下巴，「我不太明白，格雷蒂婭，這是澤維爾的眷屬，祢為什麼想要救她？」

「不只是她。」春季女神回答，「還有澤維爾。」

「好吧。」太陽神一派悠閒，「那我換個問題，祢為什麼想要拯救澤維爾和他的眷屬？」

如果是別人，這時候可能稍微敷衍一句就算了，但春季女神不會說謊。太陽神這一句話，反而讓她開始思索自己都沒細想過的問題。

「我不知道。」春季女神思考了半晌，坦率地回答。

「咳……」太陽神露出了哭笑不得的表情。

「反正，我就是個不折不扣的笨蛋。」春季女神抿緊了唇，「因為捨不得最初的眷屬，所以世世代代庇護著他的子孫；因為捨不得我親眼看著他們建設起來的土地，所以打算什麼都不多加考慮地留下來。

「澤維爾是我的朋友。我們從很久很久以前開始就是朋友了。」

太陽神點了點頭，「我們也是朋友……」

「不一樣。」春季女神搖了搖頭，「我的朋友很少。」

太陽神一時不知道該怎麼接話。

說到後面，春季女神像是自暴自棄般地低下頭，「我當時沒有相信我的朋友。他被困在深淵裡的時候，我和其他神明一樣以為他失敗了，我和祂們一起把他封印在了深淵裡。」

太陽神摸了摸鼻子，他也是降下封印的神明之一。

春季女神指尖的神力不斷逸散，細長的藤蔓源源不絕地攀扯著深淵大門。祂皺了皺眉頭，「這一次，我無論如何都會相信我的朋友，他們一定會從深淵內回來的。

「所以別看熱鬧了。走開，斐迪南。」

「這可真是……」太陽神臉上浮現了苦惱的神色。他無奈地伸出手，燦爛的光芒憑空出現在深淵大門之上，宛如一輪小型的太陽，掙扎的深淵之門暫且老實地蟄伏了下來。春季女神終於得以喘息，她詫異地看了太陽神一眼。

「我是至高神的右眼，是見證人間興衰盛亡的見證者，我原本不該影響這個世界的發展的。」太陽神垂下悲憫的雙眼。祂微微張開雙手，背後忽然亮起了光芒，「我讚美祢高尚的品格，這是祢應得的獎賞。稱讚我吧，格雷蒂婭！」

春季女神終於能夠騰出手來，她抬起腿踹了祂一腳，「省點神力多撐一下！」

「哦！」太陽神一臉震驚地揉了揉自己的屁股，身後的光芒迅速收斂。他不敢置信地瞪大了眼睛，「這是如何粗魯的舉動！格雷蒂婭，祢究竟被凡人變成什麼樣子了？」

庫珀站在一旁當一個盡職的雕像，專心致志地盯著深淵大門，絲毫不想攪和進神明之間的恩怨裡。

「唉。」

芙蕾聽見自己耳邊傳來一聲輕輕的嘆息，她驚喜地睜開眼睛，「魔王大人！」

他眼中的猩紅褪去，顯現出原本金色的瞳孔。他神色有些疲憊地半靠在芙蕾身上，不滿地嘀咕，「我原本不想醒來的。」

芙蕾瞬間板起了臉，「這可不行，您不知道大家有多擔心您……而且利亞姆那個傢伙性情大變，今天就要繼位了！神界也要掉下來了！總之外面變得天翻地覆了，您快點跟我……」

「我遲早得回來的。」魔王打斷她的話，有些無奈地低頭看著她。

芙蕾心中忽然生出一種不祥的預感。她不安地眨了眨眼，下意識拉住了他的手臂，似乎是害怕他會變成一團煙霧，從她指縫間溜走，「您、您在說什麼呢！」

魔王溫柔地低下頭，用額頭抵著芙蕾的額頭。明明是這麼親密的姿勢，芙蕾卻根本無暇感到害羞，她緊緊拉著魔王，生怕他下一秒就把她扔出深淵，然後把自己留在這裡！

「芙蕾，妳現在已經擁有力量了，即使在諸神混戰的年代裡，妳也能夠保護綠寶石領了。」魔王難得用這麼溫柔的語氣和她說話，但芙蕾卻不由自主地鼻頭一酸，眼淚都在眼眶裡打轉了。

魔王低聲哄她，「妳最一開始不是這麼祈願的嗎？妳想要擁有能夠保護綠寶石領的力量，妳現在已經有了。」

芙蕾用力吸了吸鼻子，也不管劈里啪啦地落下來的眼淚，「可是我現在變貪心了！都是因為您平常太寵我，我現在希望能夠保護整個阿爾希亞，能夠保護我看見的所有人。我……我還想帶您一起回去。

「您怎麼了？為什麼要留下來？深淵裡什麼也沒有，以後就沒有小甜餅、沒有華而不實的小蛋糕，也沒有會給您找麻煩的眷者了。您……您不要我們了嗎？」

她哭得上氣不接下氣，魔王卻忍不住笑了起來。他害怕自己銳利的指尖會戳傷她的臉頰，只能屈起手指，溫柔地用指節替她擦去眼淚。

「妳為什麼要把自己和甜餅、蛋糕放在一起？妳比它們都重要多了。」

「那……」芙蕾深吸一口氣，想要仗著魔王的寵愛，試圖把他拉回人界，但魔王卻微微搖頭。

「我會告訴妳為什麼的。」魔王垂下眼，「妳有沒有想過，在深淵面前，神靈和其他生靈都會一視同仁地被汙染，那為什麼只有我能夠保持理智、還能護住我的信眾？」

芙蕾呆呆地回答：「因為您是風神，您許下的承諾，無論怎樣都會達成……」

魔王張開翅膀，無奈地笑了笑，「跟我來吧。」

他朝著離光更遠的地方飛去。芙蕾回頭看了看代表出口的光，毫不猶豫地轉頭跟了上去。

然而才走了兩步，她就停了下來。

芙蕾有些無奈地說：「魔王大人，我得游過去嗎？」

魔王的翅膀停頓了一下，他有些猶豫地朝芙蕾伸出手，笨拙地將她抱起。

不知道是不是芙蕾的錯覺，他的身體似乎比平常更加僵硬。他有些生硬地開口，「我現在狀態很不好，一不小心就會讓本能占上風，妳最好……安分一點。」

芙蕾窩在魔王懷裡，乖乖地把手放在膝蓋上。她抬頭看著他，故意說：「那我是不是一不小心就會死掉？要不然趁死之前……」

她看了看魔王額頭上的角。

魔王動作一頓，有些惱怒地說：「我就應該把妳掛到城牆上！」

聞言，芙蕾露出帶有幾分懷念的神色。她像是鬆了口氣般，把頭靠在魔王的胸口上，「不知道為什麼，聽見這句話，就會覺得魔王還是魔王，居然讓人有點安心。」

魔王垂下眼看著她。她濕透的裙裝黏在身上，襯得她身形單薄。一張蒼白的臉才剛哭過，現在還在輕輕抽噎著，看起來楚楚可憐。見到她這副模樣，魔王好不容易硬起來的心又軟化了不少。他冷哼了一聲，「莫名其妙。」

他帶著芙蕾來到血海中央。和當初的夢境不同，這裡沒有困住魔王的繭，芙蕾不由得好奇地東張西望——魔王要她看什麼？

「不是上面。」魔王垂下視線，「看下面。」

芙蕾跟著他低下頭。

——那裡有一道人影。

巨大的、浩瀚的身影，光看一眼就能為之震撼。她不由自主地從心底產生崇敬，以及孩童般的孺慕之情。

她剛剛止住的眼淚又落了下來，芙蕾茫然地摸了摸從自己臉上滑下的淚水。那是一道光看一眼、就能讓人覺得祂肯定塑造了無數英雄傳說的雄偉身影，但此刻祂毫無生機，顯然已經死去多時了。

芙蕾呆了呆，遲疑著詢問，「這是……」

魔王的眼中滿是悲傷，他輕輕嘆息了一聲，「是我們的父親。眾神之父，萬物之主，創造了這一片大陸的——至高神。」

芙蕾錯愕地瞪大眼睛，傳說中，至高神從第二紀元之後就消失了，但從來沒有人敢猜測祂已經死去！

魔王微微垂首，「我也是進入深淵之後才發現的。父親祂……應該是預見了自己的死亡，沒有人知道無所不能的至高神為何會逝去，但祂似乎明白，祂的死亡會為這片大陸帶來毀滅。因為深淵……就是從祂的遺體中誕生的。

「祂為了延長這場災難到來的時間，建造了這座通往地心的井，獨自前往大陸最深處等待死亡。但深淵還是順著這座井來到了人界。」

他扭頭看向芙蕾，微微閃躲著眼神，「我、我從祂的遺體中取走了祂的血液，奪走了至高神最後殘存的力量。我不是被深淵汙染的。汲取了至高神的神力後，我就是深淵。我如果降臨人間，就會成為災厄本身。」

他深吸一口氣，閉上眼睛，「從我奪走父親力量的那一刻起，我就不再是風神了，我是被詛咒的惡魔。」

芙蕾腦中嗡嗡作響。「不是的……」

她下意識想要反駁，卻不知道該如何開口。

魔王睜開眼睛，平靜地看向她，「神界終將毀滅，深淵也一樣。

「我太累了，芙蕾，我想好好睡一覺。就讓我留在這裡吧，至少我能安心地閉上眼睛，等待深淵消失的那一天。」

芙蕾惶然無措地拉著魔王的手，總覺得有哪裡不對。自己曾經預想過的那些最壞的想像，全都成真了。

魔王輕輕抽出自己的手，「回去吧。他們還在等妳，回去吧。趁門還沒有關上。」

芙蕾沒想通哪裡不對，但她猛地握住了魔王的手。她拿出了蠻不講理的氣勢，「您明明答應過我，等一切結束後要送我回家的！無論您是風神、是魔王、是深淵本身，您都不可以騙我！」

她根本不給魔王開口的機會，一股腦把想說的話全都倒出來，「如果您要留在這裡，那麼我也要留在這裡！

「我是您的眷者，我分享您的力量、享受您的榮光，也理所當然要背負您的罪孽！

「如果您是被詛咒的惡魔，那我就是不知悔改的魔女，我不會丟下您的！」

她咬牙、死死抱住魔王的手臂，大有一副死都不會鬆手的無賴架勢。

魔王身後的翅膀抖動了一下，他幽幽地嘆了口氣，「……妳怎麼沒上當呢。」

芙蕾的表情有幾分茫然。

魔王看向至高神。

芙蕾跟著看過去，祂的屍體靜靜沉睡在血海之中……等等，血海？

芙蕾突然憤怒了起來，她猛地甩開魔王的手，大聲反駁，「你根本沒有吸收至高神的血液！不然下面怎麼還會有血海！你、你居然……」

魔王挑了挑眉毛，「哦，這個膽大包天的眷屬，面對神靈已經連敬稱都不用了嗎？」

芙蕾憤怒地握緊拳頭，「大騙子！騙子魔王！」

魔王抖了抖翅膀，有些得意地偏了偏腦袋。他無奈地拉下芙蕾要拽他臉的手，嘆了口氣，「我也沒有全騙妳，我只是……沒有吸收光而已。」

只有每次深淵中的魔族快要撐不下去的時候，祂才會咬牙借助至高神的血液。祂低頭看著腳下洶湧的血海，低聲說：「芙蕾，這片血海，就是至高神最後殘存的力量。妳覺得，祂為什麼要把它留在深淵深處呢。

「我究竟該怎麼做，才不會浪費祂最後留下的……這分力量。」

「我不了解至高神。」芙蕾抿了抿唇，她遲疑地握住魔王的手，「但我了解您。您無論何時都不會讓人失望的。」

說完，她有些小心眼地補充，「剛剛騙我的時候除外。」

「噗。」魔王從嘴裡漏出一聲悶笑，他清了清喉嚨，一本正經地說，「我好歹是個魔王，偶爾做點壞事也是很正常的。」

芙蕾還沒來得及抗議，魔王就溫柔地拉住她的手，「芙蕾．霍華德，從今以後，妳願意與我分享所有的力量與權柄、榮光與罪孽嗎？」

芙蕾微微仰起頭注視著他。

「我正是為此而來。」

魔王嘆了口氣，他伸手摸了摸芙蕾耳後的鱗片，低聲說：「……可能變不回去了。」

芙蕾渾身僵硬。她忽然明白為什麼魔王之前總是不給她摸角了，魔化的這塊地方，似乎、似乎……格外敏感。

「但沒關係，妳依然很漂亮。」魔王眼中染上笑意。他附在芙蕾耳邊呢喃，然後輕輕吻了她耳側的鱗片。

芙蕾必須緊緊拉著他的衣襟才不會摔下去。她紅著臉，結結巴巴地開口，「你……我……您、您還沒有……給我摸、摸角……您、您也不能摸……我的、我的……」

魔王理直氣壯地回答，「聽不懂。」

芙蕾只能捏著他的衣領洩憤。魔王伸手把那一片被捏得皺巴巴的布料從她手裡解救出來，眼裡帶著笑意，「先做正事。」

血海湧動，黑紅色的血液帶著無與倫比的神力呼嘯而上，化作腥紅色的繭，包裹住半空中的兩人。

片刻之後，深淵之中不再有黑色的血海。魔王牽著芙蕾，一步步從空中走下，來到逐漸消散的至高神遺體前。

這位曾經創造了這片大陸所有的一切、至高無上的神明，緩緩消失在無人知曉的深淵裡。

芙蕾用力眨了眨眼睛，把眼裡的淚水逼回去，她今天掉的眼淚夠多了。她彎下腰，虔誠地閉上雙眼，向祂行禮，「——從此，山川湖海，您無處不在。」

魔王閉了閉眼，深淵裡吹起嗚咽的悲風，他溫柔的告別被風吹向遠方。

「我們走了，父親。」

第四章

歸　來

CHAPTER

IV

失落遺跡井口的黑霧忽然猛烈地抖動了起來，春季女神心裡不由得一緊。顫抖的霧氣被一隻蒼白的手掌撕裂，魔王信手扯開了一條一人高的通道，帶著芙蕾跨了出來。

春季女神有些脫力地搖晃了一下，總算露出了放鬆的笑容，「你們回來了。」

「嗯。」魔王微微點頭，他似乎知道格雷蒂婭都做了什麼，目光難得溫和。

芙蕾一臉驕傲地舉起手，「我就說我會把魔王從深淵裡救回來吧？」

魔王斜眼看她，「妳怎麼救的？靠無理取鬧和掉眼淚？」

「咳。」芙蕾有些心虛地抬頭、望向天空，「總覺得神界越來越近了啊，智慧神還不出手嗎？說起來，天上這麼亮，都讓人分不清楚現在是白天還是黑夜了……」

太陽神不甘寂寞地開口，「已經天亮了。按照平常，太陽應該已經升起來了。」

魔王這時才發現祂的存在，「祢怎麼也來了？」

「哦，我當然是因為……」太陽神的話才說到一半，就被春季女神無情地打斷，「說起來太麻煩了，總之祂稍微幫了點忙。」

庫珀深吸了一口氣，「有一個好消息。你們回來得很及時，智慧神還沒繼承王位，現在回去還來得及。」

芙蕾扭頭看向魔王，握緊拳頭，「走吧，魔王大人，我覺得現在自己充滿力量了。我要讓智慧神知道，和魔王以及魔王的眷屬作對會有什麼下場！」

「妳現在的確充滿了力量，這可不是妳的錯覺。」魔王仰起頭，漫不經心地說，「智慧神那種傢伙的話，妳一個人也能對付。」

春季女神不放心地皺起眉頭，「她一個人去嗎？沒有你在，我們也只能暫時拖延時間而已。」

魔王挑了挑眉，「她現在有這樣的能力了。」

他帶著幾分驕傲、仰起頭，「她是我的半身，擁有我擁有的一切，包括深淵的力量。」

芙蕾若有所思，「您要去阻止神界的墜落？不等智慧神出手了嗎？」

「祂未必打算阻擋神界下墜。」魔王瞇起眼睛，「祂或許只打算護住王都，這是祂一貫的性格。信仰祂的信眾得到的庇護有多可貴，就得用不相信祂的人下場有多悲慘來體現。」

芙蕾眨了眨眼睛，她稍微想了想，覺得以智慧神的性格來說，祂完全有可能會做出這種事。

每個神想要的東西都不同。欺詐神想要一場驚世騙局，戰爭之神想要一場史無前例的戰爭，智慧神……祂要的，或許是世人的尊崇和永久被傳頌的名聲。

祂並不在乎阿爾希亞平民的死活，甚至不需要食物和寬闊的疆土。祂要的是所有人的心悅誠服、心甘情願地奉祂為王，哪怕只在一個小小的王國裡。

——這是芙蕾在王宮和智慧神打過照面之後感受到的。她看人一向很準，所以才格外感到奇怪，智慧神離開王都一趟之後，似乎產生了很大的變化。

她微微點頭，「我明白了。您阻止神界墜落之後，我會等著您為我加冕。」

微風吹拂，風元素歡快地彰顯自己的存在感。她揚起頭，綠寶石般的眼睛閃著無畏的光芒。

魔王盯著她。她和當初闖進石堡藏書室那時比起來，似乎變得很不一樣了，但又好像什麼都沒有改變。

「我會帶禮物回來給妳的。」他伸展翅膀，黑色的羽翼震動。一眨眼，他就消失在原地。

王宮外。

天空出現了異象，所有人都沒辦法安然入睡。除此之外，令人錯愕的消息也一個接一個地傳來。

外城區出現了一位神祕的藥師，他的藥能夠治癒「昏睡症」。他身處在「六翼魔王」傭兵團的團團保護下，沒有任何人能見到他的模樣，只知道這位了不起的醫師是芙蕾伯爵找回來的，就連草藥都是她自掏腰包買下的。

王都內，國王宣布今天就要舉行繼位儀式。馮氏千年的王室傳承即將中斷，但沒有人知道他到底打算把王位傳給誰。

智慧神教的前聖子紐因戰死在紅瑪瑙領。智慧神教內部宣稱，前往紅瑪瑙領的人馬都有去無回，但卻聽說有人在外城區看到了這群人的身影。他們憤怒地指控現任聖子利亞姆是臨陣脫逃的懦夫，是個騙子。

而智慧神教則給出了更驚人的消息，他們聲稱利亞姆就是智慧神真身，是真神降世。幾條消息放在一起看，就有些耐人尋味了。

然而利亞姆並不在意。這些人現在還有各式各樣的想法，等到祂從天災之中保護了王都、展露了真正屬於神的力量，他們就會誠惶誠恐地為自己褻瀆的想法而懺悔了。

按照國王的召令，所有王位候選人都應該前來。但伊莉莎白一心等待著芙蕾的消息，奧尼爾還在春季女神教會和貝利主教一起虔誠地祈禱，卡繆拉在邦尼夫人的示意下突染急病，也無法出席了。

所以真正到達王宮之前的王位繼承人，就只有智慧神一個。但祂並不意外。真正見過了神的偉力後，凡人不敢與之相抗是多麼正常的事情。

智慧神在眾人的目光下走向王宮。除了身後的凡人們，偶爾會用自以為祂聽不見的聲音念出祂的真名，讓祂十分惱火以外，祂現在的心情還算不錯。

多年來的圖謀雖然在途中拐了個彎，但如今終於又再次走上正軌。祂即將擁有自己的神國，這裡所有的居民，都會是將祂如至高神般膜拜的虔誠信眾。

祂一步步往上走去，失去神力的神界不斷下墜。無知的民眾惴惴不安，而知曉一切的神明即將走向祂的王位。

祂的身影消失在王都眾人的視線裡。

有人驚呼出聲：「所以國王要將王位傳給智慧神教的聖子？」

「太草率了！這種平民……」

「而且說起智慧神教，不應該是紐因聖子嗎？那位俊美的可憐聖子……」

「其他的繼承者呢？怎麼一個都沒來？到底是怎麼回事！」

「小聲點，蠢貨，你們沒聽到那個有關神的傳聞嗎！」

突然，馬匹的嘶鳴在人群中響起。人們驚呼一聲，看著一匹額頭有著尖角的白馬如同一道白色閃電，載著牠的主人從眾人頭頂一躍而過，落在了王宮前方。

馬背上的少女有著一頭耀眼的金髮，鬢角的長髮編成細辮、束在腦後，其餘的長髮披在背上，隨著風微微揚起。她頭上沒有任何裝飾，讓人莫名地覺得——她也許很適合戴個王冠。

黑金色的修身長裙襯得她更有上位者的氣勢，裙襬輕盈也不會影響行動。她從馬背上翻身而下，把長矛和弓箭背在了身後。她漂亮的碧綠眼眸沒有給任何人一個多餘的眼神，就這樣朝著王宮走去。

王宮的守衛面面相覷。她帶著武器，照理說應該攔住她的，但……國王下令，今天不用阻攔任何王位繼承者，兩位守衛一時之間有些猶豫。

芙蕾的腳步沒有停留，她越過二人、進入宮殿，也消失在眾人的視線裡。

智慧神推開了宮殿的大門。

盛裝的國王與王后端坐在王位上，他們面前的金紅色絲絨軟墊上擺放著阿爾希亞權力的象徵——冠冕與權杖。

儘管已經預料到了，但真的看到來到這裡的只有智慧神一人時，老國王臉上還是不由自主地露出了一點悲涼。

智慧神似笑非笑地看著他，「你在享受自己最後身為王的時間嗎？」

國王艱難地嚥了嚥口水。他正打算從王位上站起時，宮殿的大門就再次被推了開來——那個從出現在王都開始，就不斷帶來意外的少女，芙蕾·霍華德，也邁進了這座宮殿。

驚愕之下，老國王再次跌坐下去，他瞪大眼睛，原本的臺詞被噎在了嘴裡。他用一種奇異的，包含著悲傷、不安和希冀的眼神看向芙蕾。

芙蕾被他寄予厚望的眼神看得渾身發毛，忍不住清了清喉嚨，「咳。我記得智慧神冕下說過，如果有人不甘心，隨時可以試著把王位從祢手中奪走，所以我就斗膽前來了。在我們分出勝負之前，國王陛下，您還可以在那裡休息一下。」

王后顯而易見地緊張了起來。老國王握住她的手，深吸了一口氣，不發一語地看向場中對峙的凡人和神明。

智慧神擰了擰眉頭，祂知道芙蕾是故意的。

她刻意對國王這樣一介凡人用了「您」的敬稱，卻偏偏在面對神明時，毫不尊敬地用「祢」來稱呼！

智慧神的表情漸漸變得陰沉，「看來妳是存心想要激怒我啊，人類。

「讓我想想，是誰給了妳這樣的底氣。澤維爾從深淵內逃出來了？他現在就在這裡吧，等我放鬆警惕的時候……」

「噗。」芙蕾像是沒忍住般地笑出聲。她趕緊伸手掩了掩嘴唇，有些做作地驚呼，「祢在想什麼呢，我們怎麼會做這樣的事！雖然我們也不是什麼特別光明正大的人，但是……如果要攻擊祢的話，就連格雷蒂婭都不需要偷襲吧？」

智慧神戒備著四周，但芙蕾的話還是讓祂無法抑制地黑了臉。即使清楚知道對方是在挑釁，祂滿腔的怒火也不會減少半分。

——澤維爾應該是從深淵出來了沒錯，但他的性格確實是不會做偷襲這種事。既然他不在這裡，那多半就是去阻擋神界墜落了。

想通了這些，智慧神倨傲地抬起了下巴，「人類，妳會為自己的愚蠢付出代價的，但妳已經無法改正自己的錯誤了……」

「我的確犯了個錯誤。」芙蕾握住戰神之矛，周身的氣場陡然一變。不僅僅是風，還有別的力量……

「我不該拿格雷蒂婭來和祢比較的。畢竟祂雖然很笨拙、又不太擅長打架，但祂和祢不一樣，祂是個溫柔又可愛的好神明。」

「只有愚蠢的凡人才會把那種優柔寡斷當作是好品格。」智慧神冷哼一聲，率先發動了攻擊。大概是擔心魔王不知道什麼時候會出現，祂沒有絲毫保留，無數魔法從祂手中迸發，毫不節省從指尖流逝的神力。

呼嘯的風為她攔下大部分的魔法攻擊，芙蕾揮舞著戰神之矛，步步緊逼，嘴上也不讓對方占上風。她冷笑一聲，「只有連讓凡人打從心底喜歡、崇敬都做不到的無用神明，才會擺出這副高高在上的面孔。」

或許是戳中了祂的痛處，智慧神的攻擊霎時密集了起來，居然短暫地阻擋了她的腳步。王座上的國王和王后戰戰兢兢地看著他們你來我往地互相猛攻，充分懷疑等他們的戰鬥結束以後，他們這兩個真正的凡人，會因為知道太多祕辛而被滅口。

芙蕾躲過直衝她臉上而來的光系魔法，腳步一晃，掄動長矛、對著智慧神揮了出去。智慧神不閃不躲，居然咬牙硬扛下了這一擊，祂不顧自己身上的傷口，死死握住了長矛。

芙蕾有些詫異，祂什麼時候變得這麼有骨氣了？

智慧神憤怒地咬牙吼道：「祢還在等什麼！朵薇拉！」

芙蕾陡然出現一股危機感。她沒有回頭去看，只是反射性地鬆開長矛、彎腰側仰，一個熟悉的粉色蕾絲枕頭就擦過她的睫毛飛了出去。

「可惡！」智慧神怒罵一聲，為了躲避飛來的枕頭，不得不有些狼狽地飛撲了出去。

芙蕾有些高興地彎了彎眼睛，「真丟臉啊，神明大人。」

「妳這個伶牙俐齒的臭傢伙。」智慧神陰沉著臉，把戰神之矛從傷口中拔了出來，露出猙獰的血窟窿。

這樣的傷口如果出現在凡人身上，幾乎就是致命傷了，但神明根本不在乎這點攻擊。只是好歹是被神器損傷，不能立刻恢復到毫髮無損的狀態而已。

睡神站得遠遠的，還維持著丟出枕頭的姿勢，有些遺憾地聳了聳肩，「我還以為瞄得很準……」

「朵薇拉！」智慧神冷著臉，「為什麼要用扔的，祢明明可以……」

「外面光太亮了，現在可是白天欸。」朵薇拉沒什麼精神地打了個哈欠，「在這種時候要我戰鬥，祢可真會為難神。

「而且，如果是之前的她，應該是躲不過這一招的。」

朵薇拉眯著眼睛打量著芙蕾，「難道妳也被掉包了？妳其實是澤維爾嗎？不，澤維爾肯定不會願意穿裙子……」

芙蕾：「……」

被祂這麼一打岔，智慧神似乎也反應過來了。他皺起眉頭，有些遲疑地打量著芙蕾。按照他們的計畫，澤維爾即使僥倖從深淵裡回來了，一定也會元氣大傷，他的眷者當然也會一起受到影響。

同樣的，如果芙蕾變得更強了，也就意味著……澤維爾也變得更強了。

「不可能……」智慧神終於開始覺得有些棘手了，祂扶著自己的額頭，「澤維爾，怎麼可能……」

「放心。」睡神不怎麼真誠地安慰祂，「反正祢也不是第一次失算了，多少也該習慣了。」

「閉嘴！」智慧神陡然提高音量。

睡神愕然瞪大了眼睛，接著她的神情迅速地陰沉了下來。因為變化得太過自然，以致於就像是換了一個人一樣，「是祢自己的計畫出了問題，利亞姆。

「從至高神的靈光裡誕生的、掌管智慧的智慧神，被神靈欺騙也就算了，面對凡人還頻頻失手，這可真是讓人不敢相信啊。」

祂們內訌得太過理所當然，以至於芙蕾雖然抽出了風神弓，但還是有點猶豫要不要直接動手。

「朵薇拉！」智慧神沒想到祂會突然這麼說，臉色變得很不好看。祂深深地看向睡神，再次意識到——祂是黑夜女神的子女，是喜怒無常、行事隨心的邪神，和祂做交易從來都不能掉以輕心。

「煩死了。」睡神抬手召回自己的枕頭。祂抱住那個可愛的蕾絲抱枕，整個人彷彿像個精緻的人偶。然而在場沒有人敢小看祂，祂的能力太過古怪，就算強大如魔王，也可能一不小心就會中招。

「我們散伙了，蠢貨。祢自己挨打吧，我才不陪祢呢！反正她的目標也只有祢一個！」祂一邊說，一邊試探著往後退了一步。見到芙蕾沒有追上去，這才放鬆地轉過身。

智慧神知道祂一向我行我素，但沒想到祂會任性到這種地步，居然在戰場上轉身就走！

「祢……」祂一時間不知道該先勸阻祂停下，還是破口大罵。

祂愣了幾秒才看向芙蕾，表情有些微妙地開口：「妳就這樣放祂走？」

芙蕾並沒有放鬆手裡的弓，她瞄準了智慧神，饒有興致地挑了挑眉毛，「我不貪心，先抓一個也可以。」

「是嗎。」

芙蕾以為祂會暴跳如雷，但沒想到智慧神很快就冷靜了下來。

祂盯著睡神離去的背影，「妳會後悔放祂走的，畢竟……當初構陷風神的計畫裡，也有睡神朵薇拉的幫助。」

睡神悄然離去的身影猛地一僵，祂正準備要快速逃走，就聽見芙蕾喊了一聲，「攔住祂，格雷蒂婭！」

一道刺眼的光芒攔在她的身前，從頭髮到腳尖都閃爍著光澤的太陽神從光芒中走出，祂莊嚴地張開雙臂。「天亮了，該從睡夢中醒來了，祢無處可……」

祂話還沒說完，憤怒的春季女神就從祂身後一把推開了祂的臉，「她喊的是我的名字！現在是我登場的時候，祢給我讓開！」

「唔，不要對我俊美的臉龐這麼粗暴……」太陽神艱難地扭過被她推得有些變形的臉。祂嘆了口氣，用一種商量的口吻說，「至少讓我先用光牢把祂困住，祢知道，黑夜的神祇都是很狡猾的。」

「不用祢費心，我用樹木也能困住祂！」

春季女神不願退讓，兩人幾乎同時伸出了手，睡神身上瞬間多出了雙重牢籠。

芙蕾有些尷尬地清了清喉嚨。剛剛還在嘲笑別人當場內訌，結果他們這裡的情況也差不多。

睡神壓根兒就沒有抵抗，祂抱著自己的枕頭，眼睛一轉，老老實實地投降。「我可沒做什麼，你們別聽利亞姆瞎說，祂現在為了拖我下水，什麼謊話都說得出來！

「我當時只是覺得很有趣……」

祂看了芙蕾的臉色一眼，迅速改口，「不，其實也沒那麼有趣……反正，我只是幫了一點微不足道的小忙。」

太陽神搖了搖頭，露出無奈的神色，「怎麼說呢，至少祢的求生本能令人讚嘆。」

春季女神板著臉，「幫了什麼忙？」

睡神老實交代，「我窺見了命運之神的夢境，並且給祂們看了。」

「祂們？」芙蕾瞇起眼睛，沒有放鬆，「這麼說來，構陷風神的計畫，不僅僅是祢和智慧神做的？」

「怎麼能把我也算進去！」睡神不滿地抗議，「明明是利亞姆委託我，要我想辦法從命運之神的夢境裡窺見澤維爾的命運……你們別這樣看我，我是閒得發慌才會幫忙的。」

「我只不過是跟命運之神聊了聊澤維爾，然後讓祂睡了過去而已。大概是還殘存著睡前的記憶，祂確實夢到了澤維爾。」

太陽神收斂了笑意，「我們見到的、人類祈求神靈幫助，風神墮魔的畫面，是祢從命運之神的夢境裡看到的未來？」

「不是哦。」睡神搖了搖手指，「命運之神的預知夢也不是全然不可改變的，祂能預見的只是當下最大的可能性。

「祂當時夢見的，是風神被人類稱頌、奉為最偉大的神明，然後在人界和人類幸福快樂地生活在一起……啊，簡直就像是哄小孩的故事那樣美好的畫面。

「我把自己看到的如實告訴了利亞姆，誰知道祂就生氣了，一下子罵風神愚蠢，一下子又罵人類愚蠢……嘿嘿，祂氣急敗壞的樣子可有意思了！我偷偷存下了那個畫面，祢們要看嗎？」

睡神雙手握著春季女神製造的樹木牢籠欄杆，一臉討好地看向祂們。

春季女神沒見過這麼能屈能伸的神明，一時間不知道該說什麼才好。

太陽神清了清喉嚨，「祢還是接著往下說吧。」

「哦。」睡神看起來居然有點失望，祂撇了撇嘴，「然後利亞姆不知道想了什麼壞主意，就去慫恿我的笨蛋哥哥芬克了。

「大家都知道嘛，我的哥哥們多多少少都有些毛病，芬克那個傢伙一聽說要欺騙諸神，就激動得要跟我借枕頭，這樣他晚上才能睡得著覺——」

「咳。」太陽神不得不再次出聲糾正祂，「雖然祢們兄妹間的日常也很有意思，但祢能不能先把重點說完？」

「好吧好吧。」睡神面露惋惜，但是十分配合，「芬克讓自己的信徒，其實算是半強迫的信徒，就是那個很有名的阿薩家族，芙蕾小姐妳應該知道吧？」

芙蕾只能點點頭做回應。

「祂讓阿薩家族的小騙子們向神靈祈求，假裝風神墮魔、危害人間，結果祢們就真的上當了。」睡神惋惜地嘆了口氣，「後面就沒什麼了。哦，對了，智慧神後來就遭到報應了，祂被我哥哥欺騙，被囚禁在自己的神廟裡好多年……」

看到眾人露出錯愕的表情，睡神精神一振，「對啊！你們還不知道吧？這個我也知道！「之前的智慧神都是笨蛋芬克假扮的！我們在紅瑪瑙領才把祂們掉包回來，祂還把自己的眷屬都丟掉了！你們想聽嗎？這段我也能講！」

由於睡神太過配合地積極坦白，芙蕾一開始準備的狠話都還沒來得及說上幾句，場面一時變得有些尷尬。

智慧神的臉色變了幾次，最後還是變回了一副處變不驚的標準神明臉。祂既沒有阻止睡神繼續往下說，也沒有為祂所說的話做出反駁。

睡神依然興致勃勃，「芬克把利亞姆鎖在隱藏於虛空中的智慧神廟裡，大概是覺得很有意思，祂偶爾也會用利亞姆的身分行動。

「然後祂就按照慣例，到處遊蕩、做點壞事啦，順便也考慮一下神界傾塌以後我們要去哪。祂的阿薩家族四處流浪，這片大陸的各個國家內都潛藏著不少人，而隱藏在阿爾希亞的似乎發展得最好，已經和王子訂下了婚約。

「祂發現王室內似乎也有潛藏的信仰，只是不知道是哪一位神。於是祂打算利用人類之手，製造大貴族和王室之間的矛盾，最好變成一片混亂，趁機得到點好處。但誰知道王室背後的神一直很沉得住氣、沒有出現，反倒是當年消失的風神忽然出現了。

「芬克雖然是個蠢貨，但祂也知道，如果當年的事情敗露了，自己肯定要倒大楣的。正巧國王也有點小動作，想要反抗身後那位不知名的神靈，祂就索性扮演利亞姆，拿下一個名額，順便接近魔王，打探一下他清不清楚當初的事情。

「萬一看情況不妙，還能把責任都推到智慧神身上，反正祂現在用的也是祂的身分。但祂沒想到你們沒管利亞姆，反而先管起了祂的眷屬……

「祂差點被魔化殺死，看樣子是嚇壞了。正巧這時候得到了戰爭之神的訊息，立刻就帶人前往紅瑪瑙領。當然，祂還不知道這是個陷阱——利亞姆、門羅跟我早就暗中商量好了，我們把祂騙到智慧神的神廟裡，把祂鎖在那裡了！嘿嘿，那個鎖鍊是我媽媽的東西，被困住的人會陷入沉寂的黑夜。芬克可得吃點苦頭了！」

祂自己笑得很開心，才後知後覺地發現，在場的人臉上都沒有笑容，於是又閉上了嘴。祂意猶未盡地咂了咂嘴，「說完了，沒了。」

「還沒完。」芙蕾抬起眼，「祢還沒說紐因為什麼會死在那裡。」

「嗯？」睡神有些困惑，祂思索了一下，才恍然大悟地拍手，「妳說那個沒跟我們回來的眷屬？不知道啊，他沒跟我們走，應該是捨不得那些弱小又沒辦法逃離的人類吧？至於為什麼要殺他，妳就得自己去問問戰神了。」

「是他的愚蠢害死了自己。」一直安靜地聽他們說話的智慧神，忽然勾起一抹嘲諷的淺笑，「他以為自己能成為英雄、能以一己之力保護那些凡人。但他忘了，沒有神靈的庇護，他也不過是一介凡人。

「芙蕾．霍華德，妳也一樣。就算妳現在借助了神的力量，連偉大的諸神都不放在眼裡，但一旦妳惹怒了澤維爾、失去了神眷，妳也只不過是一介凡人而已。」

芙蕾不為所動，她只是掃了智慧神一眼，「祢大概永遠不會明白何謂真摯的情感。祢這樣的神不討人喜歡，被自己的眷者丟下也是應該的。」

「是我丟下了他！」利亞姆拔高了音調，祂似乎一下子被芙蕾的話給激怒了，「那種連自己信奉的神明都會搞混的愚蠢眷屬！他如果足夠聰明，那他一開始就不會出現在門羅面前！戰爭之神是戰無不勝的代名詞，如果祂在軍隊面前放走了紐因，就等於是在告訴世人祂忌憚我的名諱。這是不可能的！

「他只看到了表面上我和門羅結盟，卻根本沒想到背後的這些意義。我見過太多這種自作聰明的凡人了，是他的愚蠢把自己送上了死路！」

芙蕾垂下眼，她還記得那位笑起來會讓人心生警惕、像狐狸一樣的聖子曾說——他很期待她成為女王的那天。

但他永遠不會看到了。他長眠在遙遠的紅瑪瑙領，成為諸神爭鬥中的犧牲品。

芙蕾聽見風精靈在憤怒地尖嘯，沸騰的血液提醒著朋友死去的事實，但她的大腦卻格外清醒。

——祂想激怒我。

祂故意詆毀我的朋友，想讓我在憤怒之下露出破綻。

弓弦拉滿，狂風挾著利刃呼嘯而至。智慧神早有準備，祂側身閃躲，但芙蕾已經逼近祂身前。智慧神剛揮動手裡的戰爭之矛，芙蕾就一腳狠狠踹在祂的手腕上，智慧神纖細的手腕傳來骨骼碎裂的聲響，被迫鬆開了長矛。芙蕾舉手接住，另一手直接掄動長弓，迎面給了祂一記鈍擊。

智慧神被打得眼前一黑，踉蹌摔落在地。祂忍不住破口大罵，「蠢貨，誰教妳這樣用弓的！」

如果這不是一件神器，這樣胡亂使用早就斷了！

戰爭之矛的矛尖抵著祂的喉嚨，芙蕾低下頭，翠綠的眼眸沒有一絲憐憫。

智慧神被踢碎的右手喀喀作響，只要不是被神器損傷，凡人對神靈造成的傷害馬上就會復原。

祂的手很快就恢復了原樣，但祂沒有輕舉妄動。

「他並不愚蠢。」芙蕾居高臨下地看著祂，「他一直都很聰明。

「他當初選擇留在紅瑪瑙領，就肯定已經預想過了最壞的結局。他是想清楚所有的代價之後，才會選擇成為違抗神明的愚者。別把他的死亡說成一時失算。他是被神靈謀殺的凡人，是甘願赴死的英雄，是我引以為傲的朋友。」

「自己選擇死亡的人怎麼稱得上聰明。」智慧神伸手握住了矛尖，祂挑了挑眉毛，「既然這麼悲傷，不如就多為他流幾滴淚吧。」

祂猛地把芙蕾往下一拉，看樣子勢必要讓她在極近的距離下挨一記魔法攻擊。芙蕾順勢用戰神之矛把祂刺穿，接著撐著長矛翻身一躍，躲過祂蓄謀已久的一擊。

她抽回長矛，正要乘勝追擊，智慧神手心忽然閃過一道電光。她腳步一頓，但智慧神已經將這一擊甩了出去。

「小心！」春季女神驚呼出聲，國王和王后已經絕望地閉上了眼睛。

整個宮殿瞬間被雷暴籠罩，雷電衝擊即將把在場的所有人捲入。

短暫的雷電停歇後，自己也挨了不少攻擊的智慧神，拍了拍自己的袍子站了起來，祂冷笑一聲，「妳以為我真的會毫無準備，只指望那個喜怒無常的小女孩嗎？」

被困在原地、無處可躲的睡神被迫挨了雷劈，祂張嘴吐出一團黑煙，氣急敗壞地把枕頭摔在地上，「祢完了！利亞姆！祢絕對見不到明天的太陽！等我出去就把祢給……」

「咳，我覺得這句話更像是在威脅我。」太陽神無奈地聳了聳肩。

太陽神剛剛擋在無辜的凡人身前，而芙蕾站在更前面。她微微喘氣，此刻的裙襬有了些微破損，手上的傷口也有些猙獰。但她完全攔下了這道攻擊，沒讓一點力量洩露到她身後。

太陽神回頭看了眼把兩位凡人用藤蔓捆得結結實實的春季女神，友善地提醒，「親愛的格雷蒂婭，他們是凡人，不能呼吸會憋死的。」

春季女神抬了抬手，藤蔓扭動，露出了兩人的鼻孔。

祂朝芙蕾點了點頭，「妳不用分心，這裡交給我。」

太陽神探頭過來，「是交給我們。」

芙蕾看著智慧神手心的閃電，試探著飛出一道風刃。智慧神抬手一揮，一面圓鏡便出現在祂手中，風刃被圓鏡吸收進去，緊接著又原封不動地打了出來。

芙蕾微微側頭，避開那道彈回來的風刃。

「雷神閃電、月光神鏡……祢這傢伙到底搜刮了多少好東西啊！」睡神憤憤不平地握住了欄杆。

「哦，這真是……」太陽神臉上多了點驚愕，「月神的神器賜給凡人之後一直沒有回到祂手裡，沒想到居然是被智慧神拿走了。」

祂對上芙蕾困惑的視線，解釋了一句，「是我妹妹菲洛米娜的鏡子，能反彈一切的魔法攻擊，妳……」

芙蕾點了點頭，「那麼，就要麻煩祢替我對祂說聲抱歉了。」

風神弓拉滿，狂風呼嘯而起，吹得她的裙襬獵獵作響，而她卻如同風中磐石，穩穩地站在風暴中央。

她閉上眼、深吸一口氣，想起了魔王的模樣。

蓄勢待發的暴風染上危險的黑紅色，她潔白脖頸上的黑色鱗片也跟著顯露。智慧神的臉色瞬間一變，「魔化！」

祂把月光神鏡往前一推，下意識地轉身而逃。

風箭呼嘯而至，月光神鏡不堪重負地顫抖了起來。終於，「喀」的一聲、裂紋擴散，鏡片飛濺化作月光散逸。更多的風箭追上了智慧神，勢如破竹地貫穿了祂的身體。

「咳！」智慧神咳出一大口血液，祂翻滾著撞上了欄杆。

「啊！發生了什麼！」

「天吶，那是……那是利亞姆！」

「裡面怎麼了？皇宮裡到底發生了什麼事！國王和王后呢！」

智慧神勉強直起身體，這才意識到自己跌在了王宮的露臺上——這裡能夠眺望阿爾希亞王都的廣場，自己也能被廣場上的人們看見。按照慣例，每任國王繼承王位之後，都會在這裡向等待的民眾們致意。

「該死！」智慧神怒罵一聲，卻忽然覺得有哪裡不對。祂的身體突然泛起了難以忍耐的痛癢，就好像有什麼要從祂體內破開鑽出。

「啊！」祂痛得叫出聲，接著才驚愕地發現，自己的左肋骨掙扎地伸出了一隻帶有黑色倒鉤毛刺的蛛腿！

芙蕾單手提著戰神之矛，一步步地走到祂面前，她低下頭，用只有他們兩人聽得見的聲音說：「恭喜祢，尊貴的、從至高神靈光中誕生的智慧神冕下，祢將在這麼多凡人的見證之下，蛻變成魔物了。」

第五章

智 慧 神 之 死

CHAPTER

V

智慧神突然伸手狠狠地把那隻蛛腿從祂腰間扯下來，但是一切都是枉然。祂很快又感覺到那讓人心寒的痛癢。

「祢看，他們都在看著祢。」芙蕾的目光越過智慧神，看向廣場上的民眾。大多數人都努力踮起腳尖，試圖看清楚發生了什麼事。

剛剛利亞姆的動作很快，不少人根本沒有看見在祂身上發生的異變。但再這麼下去，他們遲早都會發現的。

芙蕾露出一個十分符合貴族小姐禮儀的優雅笑容，「他們會眼睜睜地看著祢變成魔物。恭喜祢，從此以後，智慧神的真名『利亞姆』將永遠和魔物連結在一起。」

她似乎非常清楚怎樣才能更加精準地戳中人的痛點，利亞姆再次吐出一大口鮮血。

「妳不可能把我完全魔化的，妳不可能擁有弒神的力量。」祂不甘心地抬起頭，像是在說給芙蕾聽，也像是要讓自己安心一般地開口，「就算澤維爾擁有這種力量，他也不可能把它分給妳！」

祂越說越覺得自己講得很有道理，於是祂越說越大聲、越說越理直氣壯。

「如果讓妳擁有了弒神的力量，妳不就也擁有殺死他本人的可能性？」利亞姆不知道打哪來的力氣，祂猛地坐起來，十分篤定地說，「他不可能把自己的性命交到別人的手上！」

芙蕾微微搖頭，眼帶憐憫，「祢不會明白的。從一開始他就不曾防備過任何人。」

利亞姆覺得自己彷彿聽到了世界上最愚蠢的話。

「我本來還想問祢為什麼要構陷魔王的，但後來我覺得不用了，看著祢這個樣子，我就明白了。」芙蕾搖了搖頭，「因為祢嫉妒他。祢嫉妒他被人稱為『至高神的親生之子』，嫉妒他深受人類的喜愛，享有比其他任何神靈都崇高的名聲。這些都是祢費盡心機也得不到的。

「祢在阿爾希亞王都籌謀了這麼久，人人讚頌智慧神殿，人人讚頌智慧神……的聖子。

「祢一定連自己的眷者都很嫉妒吧，畢竟祢才是最希望得到世人讚譽的虛偽神靈。」

「住口！」利亞姆渾身顫抖了起來，「妳又知道什麼了，區區人類也敢詰問神靈！

「那些、那些愚蠢的人類，如果沒有我為他們降下智慧，他們也不過是茹毛飲血的野獸！我教他們使用工具，教他們創造書籍、將擁有的智慧記錄下來。只要他們真心地讚頌我、供奉我、聽從我的號令，我就會毫不吝嗇地把我的智慧賜予他們！

「但這群愚蠢的人類總會犯錯，他們總會被情感困住，做出衝動又愚蠢的決定！這也沒關係，只要把這種信徒驅逐掉就可以了，用他們淒慘的下場警示其他人……

「然而他們偷走了我的智慧！他們利用我授予他們的智慧，在其他地方生存，甚至發現了我還沒有教給他們的知識，在沒有我允許的情況下！

「這是偷竊！他們盜取了我的智慧！這世界的智慧都是屬於我的，只有聽從於我、讚頌我的人才能得到我的庇護！」

祂已經開始胡言亂語了。原本還算俊美的臉上涕泗橫流，蛛腿抽動著從祂的體內衝出。

芙蕾知道這是魔化的副作用。祂的理智正在消退，暴躁的負面情緒逐漸占了上風。但祂所說的這些，或許就是祂曾經深藏於心，卻又不敢說出來的東西。

「澤維爾那個蠢貨，他只會庇護那些受到傷害的人類！但他就沒有想過，那些人，那些弱小又愚笨的人，他們活該死在這樣的世上！如果人人都能活下去，智者和愚者沒有分別，那我的存在還有什麼意義？」

祂的理性逐漸崩壞。忽然，祂猛地伸出手拉住芙蕾的腳踝，「告訴我！像澤維爾那樣的笨蛋，像格雷蒂婭那樣的笨蛋，為什麼會得到凡人真心誠意的愛戴？」

「祢還不明白嗎？」芙蕾低頭看著祂，語氣居然帶著一絲溫柔，「因為真心誠意啊。」

「我不明白。」在失去自己的意識前，祂喃喃地說。

暴虐而冰冷的情緒逐漸占據了祂的大腦。祂沒辦法再思考了，只覺得臉上格外搔癢，似乎又長出了兩雙眼睛。

祂引以為傲的理智分崩離析，只有強烈的飢餓和捕食的本能驅使著祂。

魔化之後祂似乎變得更加謹慎了，祂本能地察覺到眼前人的危險，「唰」地扭頭竄向下面的廣場——那裡多的是手無寸鐵的美味人類。

「啊！這是什麼！」

「是魔物！是該死的魔物！救命啊！」

「呀——走開！不要過來，不要過來！護衛隊呢，法師大人呢?!」

「看來祢也不怎麼聰明。」說完這句話，芙蕾把手中的戰神之矛拋起，再次握住後、用力甩出。她根本不用瞄準，風元素就會將它帶到她想要的目的地。

長矛貫穿了魔物的喉嚨。

這是一位神的末路。

太陽神微微頷首，閉上了眼睛，「沒想到真的會見證一位神的死亡。」

春季女神似乎也有些震撼，但祂很快便冷靜了下來，「遲早的事。」

太陽神驚訝於祂的灑脫，春季女神接著說，「神界都將不復存在，或許不久之後，也不會有神靈存在了。」

太陽神目光閃動，祂贊同地點了點頭，「或許吧。」

深受驚嚇的廣場民眾們才剛冷靜下來，就又有人驚呼出聲，「快看天上，那是……宮殿？」

「天吶，天上有宮殿掉下來了，快跑啊！」

有人絕望地跪倒在地，「跑？跑去哪裡？這麼大的宮殿，整個阿爾希亞都……」

「世界要毀滅了嗎？從天而降的宮殿，重出深淵的魔物……神吶，救救我們吧！」

不少人都匍匐在地、開始祈禱，也有人注意到露臺之上的芙蕾。他們開始竊竊私語，推測她是不是最終的勝者。

芙蕾沒有理會他們。她仰頭看著天上，尋找著魔王的身影。

神界。

魔王振翅，落在崩裂坍塌的神界之上。他有些懷念地左右看了看。雖然四周是一片衰敗的景象，但勉強能看出曾經輝煌的模樣。他像是在花園散步一樣，信步走到了花叢前方。

他記得這裡。以前偶爾還會停駐在神界的時候，他最喜歡這個地方了。

花壇裡的玫瑰依然盛開，魔王笑了笑，伸手摘下了一朵，然後又摘下了另一朵。他盤腿在一旁坐下，皺著眉頭，試圖把一朵朵玫瑰折成一個勉強能看的花環。

暗中觀察著他的眾神都呆了一下，終於有某位沉不住氣的神明率先開口，「你到底在做什麼？」

魔王沒有回頭，隨口回答：「花環。」

海神從虛空中走出，站到他的身邊，提醒他，「神界就快掉下去了。」

「我知道，不是還有一點時間嗎？」魔王毫不在意，「等等真的落下去了，就再也見不到這種永不凋零的花了。我得把握時間。」

海神居然覺得他說得很有道理。

祂抓了抓頭，陪著他蹲下，「你做的是花環？這也太醜了，你會不會啊？」

魔王憤怒地瞪了祂一眼，「難道祢會嗎？」

「當然了。」海神驕傲地挺胸，「你沒聽說過關於我的美麗愛情傳說嗎？從妖異艷麗的海妖，到清純的漁女……」

「閉嘴，海爾多，祢吵到我了。」魔王可沒心思聽祂講什麼愛情故事。

「你不能那麼用力地折斷它，只要稍微折彎一點就好了。」海神不跟他計較，只是熱心地提供幫助。

魔王覺得這個建議似乎有點用處，他點了點頭，隨口問道，「祢在海上怎麼樣了？」

「別提了。」海神露出了苦惱的神色，「我找的那個眷屬品格實在說不上好。就是因為他，我的好名聲都要被敗光了。我只要稍微不注意，他就會做出一些匪夷所思的事情來。我現在考慮要不要幫助他的對手，先把他幹掉再說，但是……」

祂看了魔王一眼，「現在時機有些特殊，每減少一分力量都有可能招致失敗，對吧？」

「如果祢不給我找麻煩的話。」魔王瞥了祂一眼，像是在給出一個承諾，「我也不會去找祢的麻煩。」

「我當然知道祢不喜歡替別人找麻煩。」海神笑了笑，十分得寸進尺地說，「我的意思是，你不考慮和我結盟嗎？」

魔王偏著頭思考，手上的動作卻不慢。

「拜託，你就不想要一整片海域嗎？」海神循循善誘，「只要你和我結盟，我就立刻去整治那個性格扭曲的臭小子！」

「也用不著親自殺死他，給他點教訓就好了。」魔王瞥了祂一眼，「反正祢的壽命還很長，等他死了以後，祢還能去他的墳前嘲笑他。」

「可惜我們那裡不流行土葬。我們在大海上，他或許沒辦法擁有一座墳墓。」海神露出惋惜的笑容，「不過我還是可以去他葬身的海域跳舞。」

「嗯。」魔王敷衍地應了一聲。他抬起手中的花環，上上下下打量了一遍，滿意地點了點頭。這已經稱得上是一個不錯的花冠了。

魔王站起身，「我得回去了，躲在那邊的傢伙也可以回去了。

「用不著祢們出手，我會去阻止神界的墜落。

「不過，祢們最好也別給我找麻煩。今天是我的女孩加冕的好日子，我不介意天上落下些神血為她助興。」

「嗚嗚。」春季女神聽到動靜後，回頭望去，被她包裹成兩個綠色植物人的國王和王后微微掙動了起來。

智慧神已被殺死，睡神還老老實實地待在囚牢裡，眼見四周也沒有什麼危險，春季女神就解除了對他們的強制保護。

「結束了嗎？」國王看向露臺。他從藤蔓的縫隙之中看到事情的經過，但即便如此，還是有些不敢置信——那個從偏遠的綠寶石領前來的貴族少女，真的殺死了神。

國王很快就回過神來，他扶著自己顫抖的雙腿、試圖站起來，但是並沒有成功。有人伸手扶了他一把，他感激地看過去，霎時神色一僵。他下意識地開口喝斥，「阿爾弗雷德，你怎麼會在這裡！我不是叫你……」

阿爾弗雷德王子把他扶回王座上，將他氣急敗壞的嘮叨當作耳邊風。他目光複雜地看向芙蕾，而她也似有所感地回過頭，微微朝他點了點頭。

他深吸一口氣，聳聳肩膀，「我聽見外面的打鬥聲停下來了，心想應該是有結果了。看吧，父親。我的眼光似乎比你好一點，我就說她會贏到最後的。」

他的臉上掛著有些得意的笑容，只是那笑意無法到達眼底。

他代替雙腿發抖的老國王，走向擺著權杖和桂冠的絲絨墊子。他雙手捧起那頂莊嚴華麗、鑲滿鑽石的桂冠，有些不捨地用手指摩挲了一下。但他沒有停下腳步，直直朝著芙蕾走了過去。

他低垂著眼、看向手裡的王冠，有些感慨地對她說：「這頂王冠，是阿爾希亞的王族馮氏代代相傳的桂冠。看起來是不是有點華麗過頭了？」

他像是故作活潑般地笑了起來。

芙蕾低頭望去，雖然是在開玩笑，但其實也沒說錯。這頂王冠每個可以鑲嵌上寶石的地方都沒有被放過，不僅如此，上面的寶石個個都碩大無比，顏色還十分不統一。老實說，看起來非常貪心，簡直就像是在炫耀自己的寶石珍藏。

芙蕾委婉地表達：「這一定很重。」

阿爾弗雷德王子哈哈大笑，「看妳的表情我就知道妳在想什麼，我們的品味可沒有那麼差，這是有典故的。

「在初代阿爾希亞國王建立王國的時候，他擁有的只是一個樸素的金冠，畢竟那個時候白手起家的國王也是一窮二白。但等到他要將王位傳給自己的兒子時，阿爾希亞已經是個強大而富饒的國度了。他有點捨不得換掉自己開國時的王冠，但就這麼傳下去又不夠氣派，所以他想了一個新的方法——將王冠傳給下一任國王時，再送給他一顆代表前任國王期許的寶石，讓他鑲嵌在金冠上。

「這個習俗一直被保留著，我父親是第二十八任阿爾希亞國王，所以這上面有……」

芙蕾忍不住笑了出來，「二十七顆滿載期許的寶石。你們也太難為工匠了，真虧他還找得到地方。」

阿爾弗雷德也跟著她一起笑了起來，「這次情況比較特殊，誰也不知道最後的繼承者會是誰，我猜我父親也還沒有準備好寶石。」

他身後的國王尷尬地清了清喉嚨，「也並非完全沒有準備。我以為這個國家會落到智慧神手裡，所以準備了一顆橄欖石——希望祂仁慈，能為這個國家帶來和平。」

「我猜妳不會想要繼承智慧神的遺物。」阿爾弗雷德用商量的語氣說道，「之後再補給妳吧，妳先把王冠戴上。」

「不急。」芙蕾抬頭看向天空。

阿爾弗雷德明白她的意思，「妳在等待魔王大人回來嗎？」

芙蕾微微點頭。見狀，他便遲疑地開口，「我……調查了一些派翠克的事情。」

芙蕾有些意外，「那位『無盡之風』？」

阿爾弗雷德點了點頭，「他沒有繼承王位，而是一直生活在王國的法師塔裡。據說他活到了三百多歲，是令人驚愕的長壽，這也成為了他身為神靈眷屬的佐證之一。

「在王室內部的記錄裡，他幾乎不會干預國家大事，只有在需要的時候才會現身，是王國守護神一般的角色。他一生見證了四位國王的繼位儀式，據說……最後一任的那顆寶石，是由他贈與的。」

阿爾弗雷德抬起頭、看向芙蕾，像是在觀察她的表情，考慮要不要繼續說下去。芙蕾很給面子地問：「是什麼寶石？」

阿爾弗雷德如實回答，「一顆琥珀。」

說著，他還把金冠轉過去給她看。芙蕾果然看見皇冠的最後鑲嵌了一顆琥珀，裡面還有一隻試圖逃脫的蟲子。芙蕾摸了摸鼻子，「……這個大概是我見過，最不適合鑲嵌在王冠上面的寶石了。」

阿爾弗雷德也十分贊同地點了點頭，「這才是真正地為難工匠。不過，重要的是他的寄語，他贈送這顆琥珀時，給出的祝福是——自由。」

他低頭看著那顆琥珀。透明的樹脂內，那隻渺小的蟲子到最後一刻還在試圖掙脫。他有些不好意思地抓了抓腦袋，「妳可以當作是我在為他開脫，但是……他在王室內部的記載中，除了『如果有神靈手持我的信物出現，就直接答應祂的要求，否則會招致神靈的怒火』以外，再也沒有留下隻言片語。祂似乎也有意讓王室遠離那位神明。

「我想，最初聽從智慧神的命令，在風系魔法咒語中抹去風神的名號……他之後一定是後悔了。他應該也發現那不是一位易與的神靈，但又無法掙脫神靈的束縛，就像貪圖香甜氣味、最後卻被永遠困在琥珀內的蟲子一樣。

「雖然不知道妳會不會接受，但我還是想為我的先祖向妳道個歉。」

芙蕾側身躲過他的鞠躬，她笑了起來，「他又不是抹去了我的名諱，為什麼要對我道歉呢？再怎麼說也該是對魔王道歉，而且我也沒有資格替他原諒誰。」

阿爾弗雷德抓了抓腦袋，小聲嘀咕，「但我還是有點怕那位魔王……」

「我可以猜猜看魔王會有什麼反應。」芙蕾摸著下巴，忽然擺出魔王一貫懶洋洋的模樣，學著他的語氣開口，「啊？我哪有時間跟一個死人計較，誰要你替他道歉了？」

阿爾弗雷德本來還想稍微正經點的，但他抽了抽嘴角，還是沒忍住笑。

「啊！那是什麼！」

廣場裡再次傳來一聲驚呼，不少人尖叫著跌坐在地，顫抖著手胡亂祈求。

芙蕾仰起頭，她看見一閃而過的身影——是魔王。

他將六隻羽翼伸展開來，看起來如同魔神降世。

芙蕾一眼就看出他這是在故意嚇唬凡人。

看樣子深淵對他也不是毫無影響，魔王似乎變得更加壞心眼了。

漆黑的漩渦驟然張開，深淵的大門宛如一面漆黑的鏡子，靜靜懸置在阿爾希亞上空。持續了半天的耀眼光芒被黑暗的陰影替代，芙蕾聽見廣場上已經有人不堪重負、暈了過去。

然而，如果他們擁有神靈的懸空能力、從天穹之上往下看的話，就會發現整個神界，其實是正在被深淵平滑而緩慢地吞食下去。

芙蕾鬆了口氣。她原本還在擔心魔王阻止了神界的墜落之後，打算把神界扔到哪裡去，畢竟找遍整個大陸，可能都找不到這麼大一塊的空地。把整個神界送進深淵裡，或許是諸神和魔物都要落幕的時代裡、最好的結局了。

曾經輝煌的神界落入深淵，讓諸神都惴惴不安的天災就此完結，看起來似乎輕鬆得有些過分。但芙蕾明白，如果魔王沒有繼承至高神最後的力量，沒有將整個深淵掌控在手中，事情恐怕遠沒有這麼簡單。

她環視了四周，覺得有不少神靈應該就在不遠處。但見到魔王阻止神界墜落之後也沒有消耗多少力量，祂們就應該都不會輕易動手。

魔王關上了深淵的大門，異常的黑暗和光芒都消失之後，人們才驚訝地發現，已經來到太陽下山的時間了。日落時分，溫暖的橘色光影提醒著人們，這混亂又令人不安的一天也即將走到盡頭。有些人一整天都沒有吃多少東西，直到現在肚子才後知後覺地餓了起來。

但大多數人沒有選擇離開，他們伸長脖子、看向王宮的露臺，彷彿在等待最後的結果。

魔王收起翅膀、落在露臺上。廣場上不少人都發出了驚呼，但也有人認出來了，他就是一直跟在芙蕾身邊的那個傭兵首領。大家面面相覷，腦海中一時間都出現了諸多跌宕起伏到可以出書的猜測。

「借過！」

一個棕色頭髮、身材嬌小的少女擠進人群，希爾王子匆匆跟在她身後，有些擔憂地替她隔開周圍的人潮。

妮娜如同一隻在山林間穿梭的小鹿，靈巧地鑽到人群最前方的位置，兩眼發光、難掩激動地朝著露臺上揮手。「姊姊——」

芙蕾忍不住笑了起來，她看向魔王，「我還在等您為我加冕呢，魔王大人。」

魔王的目光落在那個過分奢華的冠冕上，露出了十分嫌棄的表情。

阿爾弗雷德小聲說明：「啊，這個，品味上雖然有點問題，但其實是很有意義的，真的。是馮家代代相傳的冠冕，每一顆寶石都代表著先祖對這個國家未來的期許……」

「你留著吧。」魔王不怎麼感興趣。

「啊？」阿爾弗雷德有些呆滯。

魔王沒有看向他，他專注地看著眼前的芙蕾，「無論是馮家的期許，還是什麼迫不得已的苦衷，你們都自己留著吧。她不用背負這些。」

他把藏在身後、用永不凋零的玫瑰做成的花冠取出來，動作輕柔地戴在她頭上。他露出滿意的笑容，「她更適合這個。

「——我要同時贈與妳荊棘與玫瑰。妳行走於世間，是我的半身，是力與美的象徵。」

他微微後退半步，溫柔地彎腰親吻她的指尖，眼中帶著揶揄的笑意，「我為您效忠，女王陛下。」

繼位儀式結束之後，王宮內的侍女們開始緊張地準備著芙蕾的寢宮，修補宮殿的工匠們也匆匆忙忙地趕了過來。

芙蕾並不打算立刻趕走原王室的人，他們還有時間慢慢尋找住所。這個古老的家族還是積累了不少財富，即使在外面生活也不會過得太拮据。

這大概算是不錯的結局了，至少老國王看起來很欣慰。

阿爾弗雷德避開所有人的視線，一個人走到王宮內的偏僻處，失魂落魄地隨意在臺階上坐了下來。

如果是以前，為了顧及自己在王室內的身分，他就算胡鬧裝傻，也不會這麼不顧形象地坐在地上。但現在無所謂了，他已經不是王室成員了，所有性命的威脅、肩上的重擔都被卸下，照理說他應該如釋重負的。

他確實鬆了一口氣，但又不可抑制地……覺得悲傷。

他正毫無形象地坐著發呆，一聲「你在幹什麼？」把他嚇得差點從地上跳了起來。

他羞愧難當，本來匆匆忙忙地拍掉褲子上的灰塵就要站起來，但轉念一想，自己又不是王族了，當即又一屁股坐了下去。他回頭，一臉坦然地看向身後的人，「幹嘛啊？」

接著兩人都愣了一下。

阿爾弗雷德沒想到身後的人會是伊莉莎白，伊莉莎白則是沒想到他會突然變成這樣。她皺著眉頭，上上下下打量了阿爾弗雷德一遍。阿爾弗雷德莫名地覺得有些心虛。他覺得以伊莉莎白的性格，她多半會教訓他幾句，但又覺得這時候馬上站起來會顯得自己很蠢。於是他做了更愚蠢的選擇——拗著脖子坐在原地，繼續和她僵硬對峙。

出乎他的意料，伊莉莎白按住裙襬，也在他身旁坐了下來。

她說：「都結束了啊。」

阿爾弗雷德有些彆扭地別過頭，「啊……算是吧，至少阿爾希亞的內亂被扼殺在襁褓之中，之後……之後還要看我們能不能抵禦其他神明的入侵。

「不過我想多半是沒問題的，畢竟芙蕾她……連神都殺死了。」

「嗯。」伊莉莎白贊同地點了點頭，「還有未曾出手的魔王大人，我總覺得他比原來更強大了。」

阿爾弗雷德沒有吭聲。

伊莉莎白平靜地轉頭看他，「但你看起來似乎不怎麼高興？還有點心不在焉的。」

阿爾弗雷德沉默了半晌，否認道：「沒有。」

「是嗎。」伊莉莎白的語氣依然沒什麼變化，「但是從在宮殿開始，我就跟了你一整路，結果你都沒有發現我。」

阿爾弗雷德當即跳了起來，「妳跟著我幹嘛！」

「我本來是想問你芙蕾在哪裡，但沒想到你根本沒看見我，還一副失魂落魄的樣子。我擔心你做傻事，就跟過來了。」伊莉莎白擰起了眉頭，「沒想到你只是找了個地方坐下來發呆。」

阿爾弗雷德憤憤地說：「……我只是想找個沒人的地方而已，誰要做傻事了？」

伊莉莎白顯得有些困惑。

「我沒有不高興。」阿爾弗雷德抬起頭，「只是就算想通了一切，我還是忍不住覺得，以後我就無家可歸了。」

他努力讓自己顯得平靜，但語氣裡還是透出了些許不安。

伊莉莎白看著他。阿爾弗雷德把頭扭到一邊，「妳要教訓我就說吧，我可以適當地聽一聽。」

「我並不打算對你說教。」伊莉莎白緩緩搖頭，她遲疑著開口，「芙蕾小姐有告訴過你嗎？我並不是卡文迪許家的女兒。」

「什麼？」阿爾弗雷德瞪大了眼睛，表情看上去有點傻氣。

他只知道欺詐神想對伊莉莎白下手，被芙蕾他們阻止了，但他們可沒說伊莉莎白居然不是卡文迪許家的女兒啊！

伊莉莎白忍不住笑了一聲，「我猜她也不會說，她不是那種喜歡在背後散播別人祕密的人。

「我是阿薩家族的女兒，卡文迪許家的那個女孩，早在當年就和卡文迪許夫人一起死去了。」

阿爾弗雷德呆愣了幾秒，才在自己的腦袋裡理清了事情的來龍去脈。他張了張嘴，試圖安慰她，「妳、妳也不用告訴我這些，我不是那種知道妳比我更慘，就會覺得好過一些的人……」

伊莉莎白笑著搖搖頭，「我也不是打算這麼安慰你，只是想告訴你，我能夠感同身受——在卡文迪許家那場大火燒起來的同時，我得知自己出生在那個著名的騙子家族。我一瞬間也覺得自己無家可歸了。

「但我的父親依然愛我。阿爾弗雷德，我還交到了新的朋友，我是知曉一切之後，才選擇成為現在的伊莉莎白的。也許一開始會不安、會自我懷疑，但一切都會好起來的。」

阿爾弗雷德伸手捂住了臉。「妳的喉嚨被燒壞以後，倒是會說話了不少嘛！」

伊莉莎白只是笑了笑。

阿爾弗雷德忍不住哽咽，「我知道。我知道我沒有選錯，芙蕾會照顧好這個國家的，她大概是最好的託付對象了。但我還是忍不住會想，如果我沒有這麼弱小，如果我不用依靠他人的力量，就能守住這個國度……就不用在他們戰鬥的時候，躲在一邊，也不用把這個國家交給其他人了……我只是痛恨自己的弱小和無用。」

伊莉莎白遲疑著，但她還是伸手拍了拍他，「我知道。但這世界上又有幾個人能夠強大到讓自己毫無遺憾呢？」

她仰起頭，看著一片緋紅的天空，「今天的太陽，總覺得紅得特別動人。」

阿爾弗雷德順著她的話，抬起頭。鮮紅的落日餘暉灑在地面上，像是印證一個時代落幕的紅絨布簾，他閉了閉眼睛。

「……至少我們都還活著。」

夜幕很快降臨，侍女們也用最快的速度，幫芙蕾和魔王將房間準備好了。這也得多虧妮娜帶著霍華德府邸的女僕們前來幫忙。芙蕾原本是打算讓妮娜也一起住下來的，但她還在操心要從霍華德府邸清點哪些東西讓芙蕾帶進王宮，怎麼也無法放心留下。

她一邊捲起袖子，一邊信誓旦旦地說：「放心吧姊姊！明天妳會見貴族們之前，我一定會趕回來的！」

於是芙蕾只能一個人走進女王的寢宮。

這裡當然比綠寶石領、或者王都的霍華德府邸都豪華多了。芙蕾小小地助跑兩步，撲進柔軟的床鋪裡，滾了兩圈。

她抱著枕頭，不由自主地想到魔王之前對她說過的話——他叫她「女王陛下」。

芙蕾只覺得自己的耳朵都在發燙，她有些苦惱地想，難道以後魔王大人叫她「女王陛下」，她也要繼續叫對方「魔王大人」嗎？這算哪門子的糾結關係？

不過……

芙蕾搓了搓自己的指尖，把頭悶在被子裡，笑了兩聲。

窗戶毫無預兆地被風推開，芙蕾受到驚嚇，「唰」地打滾爬起。她的雙膝併攏，在床鋪上正襟危坐，「魔、魔王大人！」

魔王從窗臺上跨了進來。他伸展著翅膀，挑了挑眉毛，「妳怎麼知道是我？」

芙蕾如實回答：「整個阿爾希亞除了您，沒有別人有爬窗的習慣了。您怎麼過來了？對房間有什麼不滿意的地方嗎？」

「我叫他們把床鋪的帷帳拆了。有那個在，我的翅膀根本張不開。」魔王有些煩躁地抖了抖翅膀。他瞇起眼睛，看向芙蕾，「我原本還擔心換了個陌生的房間，妳會不會不習慣……但妳看起來很開心呢，那我就先走了。」

他說完，抖抖翅膀，朝著窗戶轉身。

芙蕾下意識開口：「啊……」

她才發出第一個音節，魔王就已經停下了腳步。她懷疑這傢伙一開始就在等自己挽留他。

芙蕾無奈地笑了笑，「沒辦法。妮娜帶了蛋糕給我當宵夜，但既然您也來了，只好分一點給您了。」

「小氣鬼。」魔王在桌前坐下，他撐著下巴，「如果我不來，妳就打算自己一個人吃掉嗎？」

「嘿嘿。」芙蕾不好意思地笑了起來。她從床頭端過賣相十分可愛的蛋糕，擺在桌上和魔王一起分享。

儘管換了個地方，但做的事情和在霍華德府邸裡也沒什麼差別。她好像又安心下來了。

一安心下來，芙蕾就想起了別的事情。

她的目光緩緩落到魔王和以前相比、稍微長大了點的角上，有些期待地舔了舔嘴角，「魔王大人，您是不是忘了什麼事？」

「嗯？」魔王顯得有些困惑。他思索了一下，恍然大悟地點頭，「權杖是嗎？我沒準備，妳暫時先用格雷蒂婭的那個吧。等回去以後，我叫她幫妳把它加長一下，短杖還是不太適合當王室的權杖。」

「不不，權杖什麼的根本不重要！」芙蕾覺得再暗示下去，魔王也不會明白，索性心一橫地直接說，「摸角啊！您當初答應過的！還沒有兌現呢！」

魔王插蛋糕的動作一頓。他飛快把蛋糕塞進嘴裡，一邊含糊不清地說「啊，吃飽該去睡覺了」，一邊迅速朝著窗口走去。

「等等！」芙蕾追了上去。然而侍女準備的寶石拖鞋有些不太合腳，她腳下一滑，一陣天旋地轉之後，魔王就被她按在身下了。

魔王瞪大眼睛，像是受到驚嚇的貓。他的喉嚨動了動，把最後一口蛋糕嚥下去，才幽幽地開口：「芙蕾・霍華德，妳……」

芙蕾乾巴巴地解釋：「不、不是的，我本來沒有想做這麼膽大妄為的事情，只是看您逃跑了，就忍不住……這、這也算是狩獵的本能！」

魔王瞇起眼睛，打量著她，露出了有些曖昧的笑容，「剛剛殺死了智慧神，晚上就敢這樣對待魔王。真是了不起啊，女王陛下。」

芙蕾沒有動彈。

她頂著一張通紅的臉，目光堅定地盯著魔王頭頂上的兩隻角。它們看起來和以前很不一樣，雖然長大了不少，但依然稱得上小巧，跟魔王心目中威風的角比起來，大概還有很大一段差距。

……也不能在打架的時候，用來頂人。

芙蕾內心有點惋惜，她錯過了曾經只有一個尖頭的小角。誰會想到魔王只是去了深淵一趟，角就長大了呢！有些角一旦失去，就再也不在。芙蕾的目光呈現了前所未有的堅定，現在她內心只有一個大膽的想法——摸它！

她已經錯過一次了，萬一現在磨磨蹭蹭的，又錯過了這個尺寸的怎麼辦！神魔的壽命如此漫長，誰知道魔王是不是還在成長期！

芙蕾動了動手指，魔王目露警惕，「唰」的一聲掀開翅膀，想把芙蕾從他身上抖下去。但芙蕾臨危不亂，她躲過翅膀明顯收力的攻擊，一把抱住了魔王。

「芙蕾．霍華德！」魔王也不敢真的用力，他抬手阻擋芙蕾摸向他角的手，有些氣急敗壞地開口，「妳到底對角有什麼特殊愛好！給我住手！妳這個膽大包天的……」

他覺得這時候應該罵她兩句，但他在腦海裡搜索了一圈，又覺得哪個詞都不太合適。

芙蕾趁著他走神的間隙，又將身體壓近了一點。她奮力伸出指尖，還企圖用歪理來說服他，「我也沒有特別喜歡角啊。啊，對了，魔王您還記得珍珠嗎？牠帶有一些魔獸的血統，所以腦袋上有一個小小的突起，在前陣子終於長出角了！那個角長得真的很可愛！」

「我和馬可不一樣！」魔王憤怒地捏住她的指尖。

「當然不一樣，珍珠很喜歡我摸牠的角。真的，每次我摸牠的角，牠都會驕傲地抬起腦袋，舒服得連站都站不穩呢！」芙蕾循循善誘，她覺得自己大概也受到了深淵的影響，至少在哄騙魔王這點上有了幾分精進。

「角上根本沒有觸覺！才不會覺得舒服！」魔王咬牙反駁。

「不試試看怎麼會知道呢？」芙蕾試圖討價還價，「我猜珍珠是因為特別喜歡我，所以我摸牠的角才會讓牠覺得格外舒服……」

魔王無奈地看著她的手指逐漸接近。他閉上眼睛，瞬間放鬆了抵抗。

芙蕾終於順利摸到他的角了。她用手指觸碰角的紋路，指尖順著堅硬的角落入魔王的髮間。芙蕾得寸進尺地摸了摸他的腦袋。

她小心翼翼地瞥了魔王的臉一眼，他居然到現在都還沒有出聲制止，讓芙蕾有些驚訝。

魔王撐著下巴，低垂著眼，表情還有點微妙的不愉快，但他的耳朵已經泛起了粉意，身後的尾巴也忍不住晃了兩圈。

芙蕾試探地再摸了摸，魔王的尾巴便愉快地打轉，但他的臉上還是那副不高興的模樣。

芙蕾忍不住笑了起來。

「有什麼好笑的？」魔王抬起眼，擰起眉頭，一副嫌棄的模樣，「妳摸完了沒？」

芙蕾看著他那似乎有些不捨的尾巴，清了清喉嚨，善解人意地說：「就一下子，再摸一下子。」

魔王閉上眼睛，冷哼了一聲。

他總覺得自己太過縱容芙蕾了，但偶爾又覺得，這樣縱容她其實也無所謂。

他是自由自在、無牽無掛的風，就算落在某棵樹上，也只是一時休息。但他總是一不小心就會被人類牽住目光。他似乎從骨子裡嚮往那種熱烈而燦爛的情感，每當他看著他們為生活奔波，用力氣、智慧想方設法地生存下去，都會泛起溫柔的情緒。

庫珀說他很喜歡人類。他嘴上沒有承認，但心裡大概也是這樣想的。

他就是個喜歡人類的傢伙。

他睜開眼睛，看向芙蕾。芙蕾動作一僵，有些心虛地收回手，並結結巴巴地開口：「我摸、摸完了。」

魔王笑了一聲。他忽然伸出翅膀，一把拉過芙蕾，讓她靠著自己的翅膀坐在他身邊，一起看著窗外。魔王開口，「神界已經墜落了，深淵的大門也在我的掌控之中。除非我將來失控，否則它應該永遠不會再打開了。」

芙蕾眨了眨眼，她試著一點一點地放鬆力氣，讓自己靠在魔王寬大的羽翼上，似乎是擔心他的翅膀能不能支撐她的重量。她問：「您會失控嗎？」

「我已經失控過了。」魔王笑了笑，「在妳之前，我也試著找幾個人協助過，那時見到我的人，才是真正被迫和惡魔做交易的人吧。」

其中還有妳的父親。不過這種事就不用說了。魔王意味深長地看了她一眼。

芙蕾沒有理解他的意思，她摸著下巴，「是像我一開始在古堡裡見到的那樣嗎？」

「不太一樣。」魔王的肩膀和她碰在一起，「見到妳的時候，我已經在試圖壓制深淵的情緒了。在這之前，我並沒有反抗，我放任深淵將我侵蝕，讓自己滿心都是復仇。我當時想，如果神界終將崩塌，那我就當第一道業火。我所有為了離開深淵的隱忍，都是因為要向神界復仇。」

芙蕾沒有說話，她只是朝魔王挨近了一點，想透過身體的溫度表達「我在」。

「我使用了父親的力量之後，都會有一瞬間的清醒。每次看見那群跟隨我、相信我而來到深淵的人，我都會有些動搖。

「到最後，千萬年的仇恨沉澱，我只想帶他們回家。如果他們的家已不在，那我就建一個給他們。」魔王歪過頭，看向芙蕾，「先把他們安置好，之後我再去神界復仇。」

芙蕾對上他的視線，魔王漂亮的金色眼瞳溫和而平靜，她微笑，「沒想到是我們這些傢伙太讓魔王操心了，一直拖著您的腳步直到現在。真是可惜呀。」

魔王也跟著笑了起來，他伸手戳了戳芙蕾的額頭，「還不是妳這個麻煩的小鬼害的。」

「什麼！」芙蕾不服氣地回嘴，「明明就是庫珀比較麻煩，他之前還非要妮娜幫他縫一條屁股後面有暗藏空間的褲子！說他平常魔化的時候也可以穿，結果還不是撐壞了！」

魔王忍不住大笑。他笑得渾身抖動，眼裡帶著不加掩飾的歡愉。他伸手捏住芙蕾的臉，「都怪妳，誰叫妳是全世界最麻煩的眷者。」

是她牽住了風神的心臟，給予了他無論身在何處，都可以安心歸去的地方。所以他放下神靈的尊嚴和驕傲、放棄魔王的復仇和不甘，就只是留在這裡，為了她，成為了一個普通的男人。

「您也差不多是全世界最麻煩的魔王了，雖然全世界可能就只有您這一位魔王。」芙蕾嘀咕了兩句。

魔王挑了挑眉毛，「是嗎？那妳就該把偷偷摸我翅膀的手放下來。」

芙蕾一開始還老老實實坐著，但是不知道從什麼時候開始，她就偷偷把手伸向魔王的翅膀，還專門挑了羽毛根部格外細密的絨毛摸。魔王花了很大的力氣，才忍住抖動翅膀、把她掀翻的衝動。

芙蕾心虛地把手收回來。她訕笑兩聲，把被她摸亂的地方小心翼翼地撫平，顧左右而言他，「那個，天色也不早了，魔王大人您該休息了！」

魔王沒有吭聲，芙蕾愣了一下，忽然反應過來。她小心地問：「您還不習慣嗎？」

芙蕾有些不安地擰起眉頭。之前魔王還沒有完全掌控深淵，即使睏倦也不敢睡去。難道即使脫離了深淵，現在也還不習慣安然入睡嗎？

魔王看她的表情就知道她多半誤會了什麼，但他猶豫了一下，還是沒有開口否認。他看著芙蕾從他身邊爬起，一拍手，「魔王大人，您今天就睡在這裡吧！」

魔王的翅膀一僵，臉上迅速爬上可疑的紅暈。

芙蕾已經飛快地站了起來，「我幫您把床帷拆下來！」

她從床上扯下幾個墊子，放在床邊，幫自己準備了一個座位，接著半倚在床邊，正襟危坐，「別擔心，魔王大人，您安心睡吧，我會陪在您身邊的！」

魔王拒絕的話已經到了嘴邊，但他眨了眨眼，最後還是沒有說出來。

他其實並不畏懼睡眠，但她都準備好了……

魔王遲疑了一下。他一方面覺得自己這麼做彷彿是在向她撒嬌，但一方面又覺得自己的眷屬難得這麼貼心，也不能打擊她的好意。

他慢吞吞地挪到床邊，躺上了女王的床鋪。

芙蕾像是想起了什麼，她又從墊子上跳起來，關上了燈。只剩外面星星點點的月光灑進了房內。芙蕾從懷裡抽出那支在深淵走了一遭、大難不死還能頑強亮起的石中火，放在離床鋪稍遠的桌上。

她溫柔地趴在床邊，低聲說：「還是稍微有點光比較好吧？這樣就不像在深淵裡了。」

魔王歪著頭，看向那道火光。這讓他想起當初在深淵裡，芙蕾捧著那最後一點光，站在他面前的模樣。

他勉強、但又覺得滿意地閉上了眼睛。

過沒多久，他忽然側過身，伸長翅膀蓋在芙蕾眼前，把她的腦袋整個蓋在羽翼之下。

「唔？」芙蕾驚愕地發出抗議，卻推不開壓在她頭上的羽翼。

魔王：「妳太吵了。」

芙蕾抗議，「我明明什麼都沒說！」

魔王一點也不講道理，「妳的目光太吵了。」

讓他根本靜不下心。

芙蕾沒有回答，似乎是被魔王的無理取鬧嚇傻了。

魔王在黑暗中看了她一陣子。他遲疑著伸出手，握住她搭在床邊的手。

他閉上眼睛，心想，凡人都是怎麼訴說愛慕的呢……

終章

新王

FINAL
CHAPTER

第二天芙蕾醒來的時候，發現自己沒睡在地上，也沒有想像中的腰酸背痛。她被搬到床上，周圍還被軟墊團團圍住，一時間她懷疑自己是不是變成了一隻還沒破殼的小鳥——這個形狀實在太像個鳥巢了。

魔王坐在房間的窗臺上，微微轉過頭來，「妳終於醒了？妮娜已經來過一趟了。她看到我的時候，似乎受到了很大的衝擊，嘴裡還碎念著一些我聽不懂的話，叫我等妳醒了之後再去叫她。」

芙蕾：「……」

芙蕾捂住了臉，但魔王只是歪頭看著她。

強行壓下內心的害羞，芙蕾裝作若無其事地清了清喉嚨，「說起來，昨天您睡得還好嗎？」

「嗯。」魔王點了點頭，他看向芙蕾，「去叫妮娜來吧，她說妳今天要跟各個貴族會面，要好好幫妳打扮一下。」

芙蕾哀號一聲，「撲通」地把頭埋進被子裡，「太麻煩了，那群貴族不知道還會變出多少花樣來煩我。反正三大貴族中，有兩個都站在我們這邊了，就讓他們暫時幫我管理一下貴族吧……我們還有更重要的事情要做啊，魔王大人，戰爭之神還占據了我們的土地呢！」

魔王已經和門口的侍女說完了話，對方輕快的腳步，簡直就像是要送芙蕾上受刑臺的鐘聲。

魔王看向芙蕾，「半夜的時候，留在紅瑪瑙領的魔族就傳來消息了。得知智慧神的死訊之後，戰爭之神已經迅速從紅瑪瑙領撤離了。」

「啊？」芙蕾的表情有幾分呆滯，「他怎麼就這樣走了？祂不是戰無不勝的戰爭之神嗎？」

「戰爭之神的準則是不打必敗之仗，所以當然戰無不勝。」魔王露出笑容，「魔族已經暫時恢復了紅瑪瑙領的邊防，不過……現在那裡已經沒有什麼人了。整個阿爾希亞內，這樣空蕩的城鎮其實也不少，在瘟疫的影響之下，有太多人都棄家而逃了。」

這句話提醒了芙蕾。「啊，瘟疫之神的事情還沒有處理，我們得把欺詐神挖出來和祂們做交易。對，我果然還是沒空去見那些貴族……」

「黑夜女神已經派信使和我聯繫過了，我請他們先等幾天。」魔王走向露臺，轉身拉上窗簾，他指了指擺在床邊的嶄新禮服，「我只等一下，如果我回頭的時候，妳還沒有換好……」

他話沒說完，芙蕾立刻就從床上爬了起來。她有些狼狽地拎起那件華貴的金紅色長裙，飛快地換起衣服來。但一邊動作，她還是忍不住說：「就這樣把黑夜女神晾在一邊沒關係嗎？」

「沒關係，因為現在是祂比較著急。」魔王的聲音從露臺邊飄了進來，「現在亞修已經控制住外城區的疫情，沒有引起任何騷亂。據說聽到妳繼位的時候，還有人跪下來感謝妳，自發性地替妳祈禱。

「妳殺死智慧神的赫赫凶名已經傳出去了，黑夜女神現在更擔心妳會不會生起氣來，便想把欺詐神和睡神魔化、直接殺死。我想亞修可以那麼輕易地控制瘟疫，應該也是因為疾病之神收手了。但既然祂們之前威脅我們，也給我們添了這麼大的麻煩，總得稍微報復一下。至少也要讓祂們提心吊膽個幾天。

「還有，我在神界的時候，已經和海神達成協定，祂會看著自己的眷者不要胡作非為。相對的，我們也不會對大海那邊的領地出手。」

芙蕾整理好衣服，十分遺憾地長嘆了一口氣。她還沒來得及垂死掙扎，門口就響起了敲門聲，「姊姊，快點準備啦！不准再賴床了哦！我要進來了！」

「進來吧。」芙蕾眼帶笑意，有些無奈地搖了搖頭。妮娜對於梳妝打扮的熱情簡直是難以抑制，這也是她第一次挑戰王室風格的裝扮，她大概從昨天開始就已經忍不住自己激動的情緒了吧。

妮娜應聲進來，驚訝地發現芙蕾已經換好了衣服，她有些錯愕，「我還以為姊姊肯定在賴床，居然連衣服也換好了嗎？」

芙蕾無奈地嘆了口氣，「還不是魔王大人……」

妮娜瞪大眼睛，「什麼！是魔王大人幫妳換的！」

芙蕾撲過去捂住她的嘴，「不是！是魔王大人催我換的！」

風把露臺上的窗簾吹開，魔王面無表情地看著她們。

「咳。」妮娜艱難地把自己的嘴從芙蕾手裡搶救出來，有些心虛地說，「那、那我們先梳頭吧……」

魔王從鼻子裡冷哼了一聲。

妮娜把芙蕾換好的禮服上、她自己繫的蝴蝶結扯開，用力抽緊後，重新打上了漂亮的蝴蝶結，這才把她壓在梳妝檯前。

芙蕾苦著臉，看著妮娜在她頭上插上一個又一個的裝飾金片。半圓形的大小圓環在她腦後層層包裹，看起來就像是自帶光環的女神晃下，華麗又高貴，但是……

「妮娜，這實在太多了，也太重了……」

「相信自己，姊姊。」妮娜毫不留情，「妳可是能獵熊的女人，怎麼可能支撐不起腦袋上這點金片呢？」

芙蕾張了張嘴，發現自己居然無從反駁。魔王坐在桌前，幸災樂禍地笑了一聲。芙蕾幽怨的目光看了過去，「妮娜，妳還有沒有其他梳子？」

「嗯？當然有啊。」妮娜有些困惑，「妳要梳子做什麼？」

「嘿嘿。」芙蕾得意地一笑，在魔王警戒地逃跑之前，一把將他拉住。

「啊！」妮娜驚呼出聲。魔王跌坐在地，被芙蕾按住了腦袋。她伸手拿過妮娜給她的備用梳子，一本正經地撩起魔王的黑色長髮。「我也幫您梳個頭髮吧。」

魔王被迫坐在芙蕾身前的地板上。即便背對著，她也不難感受到他語氣中的怒意，「芙蕾・霍華德，我是不是太放任妳了……」

妮娜拿著梳子的手在微微顫抖。她現在已經清楚知道魔王是真的魔王，曾經的神明、如今的魔族之王。

姊姊啊，妳這麼對魔王真的沒問題嗎！

芙蕾根本沒感受到妹妹的操心，她十分得意地一笑，「是的，沒錯，就是您平常太放任我，才會讓我變成現在這樣無法無天的模樣。這也算是您自食惡果。」

魔王正要憤憤回頭，芙蕾卻按住了他的腦袋，「請不要隨便亂動，會影響我做造型的……！咳，請問魔王大人您喜歡什麼樣的造型呢？是清純的還是美豔的，還是……哎，不要跑啊魔王大人！」

魔王趁她自己的頭髮也被妮娜捏在手裡、不方便追出來的瞬間，張開羽翼退到窗臺上。他踩在窗邊，甩掉自己角上纏著的絲帶，黑著臉說：「快點吧！別磨磨蹭蹭的。」

「咳。」庫珀維持著正要敲門的動作，露出了為難的笑容，「抱歉，我在這裡站了一陣子了，但總覺得剛剛的氣氛太過美好，我不忍心打擾你們。不過，外面可能出現了一點麻煩。」

芙蕾清了清喉嚨，「嗯？怎麼了？」

庫珀無奈地攤了攤手，「不就是那些自認高貴的貴族。他們覺得國王就這樣決定王位繼承人太過草率，所以開始不合作了。很多人稱病，不願意出席這一次的會議。但三大貴族的大人們倒是都來了。」

「我早就猜到了。」芙蕾嘆了口氣，「那群傢伙一旦沒了生命危險，就會開始做這種蠢事，妄想替自己爭取更多『面子』。」

「妳打算怎麼做？」魔王看向她，「對付貴族的話，還是妳更擅長吧？」

「當然啦。」芙蕾微笑，「要麻煩庫珀先生安排人跑一趟了。告訴所有稱病的貴族，如果真的病到連一個人都無法出席的話，那就去外城區找那位神醫看病吧。還有……如果家裡真的一個可用的人都沒了，那也無法再為阿爾希亞做些什麼了，就讓我們收回他家的爵位吧。」

「哦！」庫珀笑著感嘆了一句，「真是具有女王風範的命令，芙蕾小姐以後都打算以這樣的形象面對民眾嗎？」

「至少我是打算這樣面對貴族們的。」芙蕾伸了伸懶腰，「在他們眼裡，我和謀權篡位的人沒什麼兩樣，即使對他們和顏悅色也不會得到什麼好效果的，還不如把這個殘酷女王的名號坐實。時間限制在妮娜幫我梳完頭髮前，拜託您了，庫珀先生。如果有人不當一回事，那也不用客氣，正好把他們累積的財富送去外城區，讓平民們可以安然度過這個冬天。」

妮娜扯了扯嘴角，她拿著梳子的手不住地微微顫抖，「我現在覺得阿爾希亞貴族的性命，就握在我的手裡了。」

「加油啊妮娜。」芙蕾笑了起來。

庫珀也跟著勾起一抹微笑，離開前，他意有所指地說：「有時候，我覺得在面對您的時候，更像在面對真正的魔王。」

芙蕾歪了歪頭，又被妮娜敲了敲腦袋，「把頭擺正！造型會歪的！」

殘酷女王被迫豎直了腦袋。

等到新繼位的女王大人梳妝完畢，優雅地出現在宮殿中的時候，滿場的貴族都已經到齊了。這些貴族多半都在腹誹她是在故意下馬威、姍姍來遲，卻不知道是妮娜為了給他們更充足的時間，才刻意放緩了妝點的速度。

芙蕾環視眾人一圈，故作驚訝地開口：「哎呀，我聽說不是有很多人都病了嗎？怎麼大家一瞬間都好起來了？」

大部分的貴族都露出了敢怒不敢言的表情。

芙蕾微笑著坐上王座，她撐著下巴，「今天邀請大家來，也沒有別的意思，只是想提醒你們一下。大家平常怎麼生活，就怎麼生活，我和諸神還有些事情沒有處理完。我不會讓任何人或神威脅阿爾希亞的安全，但相對的，你們可別扯我的後腿。

「否則，我也不會給你們留什麼面子。」

她姿態隨意地坐在王座上，擺了擺手讓他們退下。

貴族們一大早就被叫來，等了這麼長時間，一個個都等著借機發難，誰知道芙蕾壓根兒就沒有要給他們說話的機會。

芙蕾目光沒有聚焦地看著地面。表現出這種狂傲的態度，他們應該暫時不會來找她了吧？

離開王宮的貴族們個個憤憤不平、面帶怒氣。有人大聲說道：「她這是什麼意思，是想把我們這些古老家族的臉面都放在地上踩嗎？」

「不過是個有天賦的年輕人罷了，說到底，她怎麼坐上王位的都還不清不楚呢！」

「哼，天才，我見過的、不明不白地死去的天才，可不知道有多少呢！」

他們交談發洩著心中的怒火，忽然有人被撞了一下。對方正要發難，卻忽然對上了伊莉莎白冰冷的雙眼。

伊莉莎白揚了揚下巴，「閣下，你最好小心一點。說話和走路都是。」

對方一口氣不上不下地噎在嘴裡，卻也不敢直接當著她的面出言反駁。

「呵。」邦尼夫人掩唇笑了起來。

對方像是找到靠山一樣，慷慨激昂地替她打抱不平，「邦尼夫人！您看看那個張狂的女孩！還有卡文迪許家也不知道是吃錯什麼藥，我看是那一場大火把他們骨子裡的尊貴都燒光了！格雷斯家的邦奇先生不在，按照資歷，該坐上那個位置的明明應該是您，您看……」

邦尼夫人掩唇一笑。「哎呀哎呀，原來閣下這麼敬重我呀，只是我有點想不起來你的名字了。阿庫洛，你記得他是誰嗎？」

阿庫洛恭敬地回答：「是個無關緊要的小貴族，夫人。之前在卡文迪許家的酒會上，他曾說過『鼎鼎大名的邦尼家居然讓女人當家，真是沒落了』，這樣的一句話。」

「哦——」邦尼夫人似笑非笑地打量了他一眼，「真是位口無遮攔的先生呢，小心一點啊，你這樣的人最容易死掉了。」

她風情萬種地越過眾人，一路走向馬車。但在坐上馬車之後，她瞬間變臉，冷笑一聲，「呸，想讓老娘幫他借刀殺人？他算什麼東西，這種手段我超過十歲以後就沒玩過了！」

「咳。」阿庫洛先生尷尬地清了清喉嚨，迅速關上車門。

邦尼夫人幽怨地看了他一眼，「別人隨便撿個傭兵回來，都是魔王等級的那種大人物，你怎麼就不爭氣一點呢？」

阿庫洛：「……」

王宮內，芙蕾伸了個懶腰，在王位上坐得歪七扭八的、沒什麼風範。說到底，這種黃金椅子根本就不適合久坐。她回頭看向魔王，「我們去見黑夜女神吧？難得妮娜花了這麼多力氣幫我打扮，應該讓別人多看看。」

魔王笑了一聲，「好吧，那就讓他們有幸來拜見女王的美貌吧。」

他扭頭看向窗口，一道黑影閃過——魔族前去傳信了。

沒過多久，王宮大殿中央閃現一道黑色的陰影，一瞬間，所有的光芒都像被壓制一般暗了下來。芙蕾抬起眼，面色如常，她問魔王：「這是在給我下馬威嗎？」

「不，這是祂控制不住自身能力的表現。」魔王撐著下巴，一點也不介意當著別人的面，講出對方的祕辛，「據說黑夜孕育子嗣是為了分散自己的力量，否則只要是祂身處的地方，就會不斷被祂擁有的力量所侵蝕，很像是弱化版的移動深淵。但即便分散了力量，祂的孩子們也無法控制自己的本能，那一家子的個性都相當得麻煩。」

「所以，我們一直都選擇離群索居。」黑夜女神顯露出身形。祂身著漆黑如墨的長裙，仔細一看，就會發現裙襬上的繁星正在不斷變化。祂的面孔無悲無喜，只是緊閉著雙眼、嚴正地站在他們面前，彷彿不是個活人，而是一座莊嚴肅穆的女神像。

芙蕾不禁也跟著變得正襟危坐。她挺直胸膛，收斂了臉上的笑意，擺出一副威嚴的女王姿態。

魔王悶笑一聲，他清了清喉嚨，「祢們之前不是說，我們必須交出欺詐神，才能換得瘟疫停止嗎？真不巧，我們手裡沒有欺詐神，祢們再怎麼問也沒用。」

「黑爾斯。」黑夜女神神色不變，低聲呼喚。

一道陰影從祂繁星裙襬裡鑽出，一個身形瘦削、臉頰凹陷、四肢過長，看起來彎腰駝背且嚴重營養不良的青年現出了身影。祂才咳嗽兩聲，魔王就皺著眉頭，攔在了芙蕾身前。

黑夜女神微微搖頭，「您的眷屬已經不是凡人了，不會染上普通的疾病，不用擔心，澤維爾。」

魔王的翅膀動作一僵，他語氣不太好地哼了一聲，「我是怕祂奇形怪狀的，會嚇到這個傻瓜。」

芙蕾眨了眨眼。

疾病之神黑爾斯幽幽地抬頭看了魔王一眼。「母親並沒有要求我做這些，祂只是要我幫忙找回芬克。是我怕麻煩，所以才想借用您的力量……」

「哦——」魔王拉長了音調。

黑夜女神開口，「我們本身並無惡意。」

魔王對祂的示好並不買帳，「只有祢沒有惡意，但祢的孩子們都讓人無法放心。」

「不，是我們。」黑夜女神仰起頭，「黑夜的子女無法違抗黑夜的意志，我的示好就是祂們所有人的示好，這一點請您不用擔心。我只想請您將朵薇拉還給我，您可以隨意懲罰祂，但至少要留下祂的性命。」

魔王神色有些猶豫，他看向芙蕾，「那個麻煩的小女孩現在在哪裡？」

「被太陽神和春季女神帶走了，祂們說要好好教訓這個小鬼，讓祂多少有點善惡的觀念。」芙蕾臉上露出了幾分憐憫，「據說格雷蒂婭在念美德大全給祂聽，太陽神的光芒則環繞著祂、不許祂睡覺。如果祂頂著強光也要打瞌睡的話，格雷蒂婭的藤蔓就會不停搔祂癢……」

「唔！」黑夜女神心疼地捂住胸口。

魔王滿意地點了點頭，「看樣子祂確實受到教訓了，還給祢也不是不可以。至於欺詐神的下落，問問祢的寶貝女兒就會知道了。」

黑夜女神鬆了口氣。祂微微仰起頭，臉上難得露出幾分情緒波動，「……還有一件事。我希望您能夠允許我，讓我帶著我的孩子們住進深淵。我知道您已經成為了深淵的主人，澤維爾，我懇求您的應允。

「相對的，我們願意向魔王，以及阿爾希亞的女王稱臣。」

魔王沒有立刻應答。短暫地思考之後，他搖頭，「不行。那裡……有人安眠，還有神界的廢墟，不是個合適的地方。我幫祢們找個深山野嶺好了。」

「我知道。」黑夜女神微微睜開眼睛，露出了祂異於常人、整片漆黑的眼瞳，「那裡是父親的安眠之所，我想永遠陪伴在祂身邊。」

魔王微微睜大眼睛，他擰起眉頭，「祢怎麼會知道？」

黑夜女神垂眸。「因為死神。諸神都以為祂也是我的孩子，但實際上我並沒有掌管死亡，祂也不是我的孩子。祂是天地間最後一位誕生的神祇——自至高神的死亡中誕生的、掌管死亡的神靈。

「我在黑暗包圍的地心見證了父親的死亡，也見證了死神的誕生。當時……祂應該將父親的血液完全吸收，並以此成長的，但我將祂帶走了。

「如果連最後一點血液都被吸收，我有預感，至高神將會永遠從這個世界上消失。」黑夜女神漆黑的瞳孔滿是哀戚，「我是個軟弱的神靈，是個捨不得父親的女兒，是個溺愛孩子的母親。我在深淵留下了那些血液。

「就算這只是機緣巧合，澤維爾，我也為您留下了從深淵中回來的一線生機。我只希望自己和孩子們能擁有一個可以安眠的居所。」

芙蕾神色微動，她扭頭看向魔王，沒想到魔王也稍稍有些出神。

魔王心想，那些血液是至高神留給死神最後的力量，而吸收了血液的他將會成為深淵的主人——如果按照原本的發展，死神吸收了這些血液，祂就能以此控制住深淵，那裡或許就會成為祂的冥府……總之，如果有神能夠控制深淵的話，就沒有什麼深淵侵蝕大地這回事了！

魔王倒吸了一口涼氣，他冷笑一聲，「把深淵交給死神沒問題，但是祢……」

黑夜女神垂下眼，「我是個軟弱的神靈，我不忍心看著父親的一切痕跡都在我眼前消失。」

祂和祂表面上的無欲無求並不相稱，祂其實很聰明，祂在利用魔王對至高神的愧疚，試圖讓他退讓。

芙蕾挑起眉毛。她看向魔王，忽然站了起來，微笑道，「魔王大人已經分了一半的深淵給我了，您如果想要住進去，或許還需要得到我的同意。」

黑夜女神神色有些動搖，但祂依舊從容，「那麼，您意下如何呢？」

「請別再說什麼『本該』發生的事了。」芙蕾並不畏懼祂的目光，她漫不經心地笑了笑，「別跟魔王講道理呀，我們可是臭名昭彰的惡徒呢，一點都不講道理的。死神原本應該坐擁深淵，是您阻止了祂、讓祂失去了這分力量的。就算祂不甘心，也應該是去找您的麻煩。但這次死神並未前來，我猜……祂並不知道自己剛剛誕生之時發生了什麼事，甚至不知道自己不是您的子嗣。」

魔王從內心的震盪中回過神來，露出了若有所思的模樣。

「仔細想想，一切的災厄始於黑夜。」芙蕾居高臨下地看著祂，「是您惹了麻煩，才會讓深淵出現在大地上的。倘若沒有深淵，風神就不必前往深淵，也不會被汙染了。

「您也根本教不好您的孩子，只會放任祂們為非作歹。黑夜女神冕下，您手上有什麼籌碼與我交易呢？就算您說要效忠……這世上哪裡有什麼功績都沒有，就先要封地的降將呢？」

她臉上的笑容溫和，說出口的話卻一點都不留情面。

黑夜女神微微抬眼，臉上看不出喜怒，氣氛一時間變得僵持不下。

魔王撐著下巴，「有道理。再怎麼說祢們也得先貢獻一些力量，才有資格能跟我談條件。正好，我這裡有個很適合祢們的工作……

「守在北方龐波帝國邊境的邦奇送來了信件，信中首先說了『恭喜您成為女王』之類的客套話，接下來才是重點。在幾次的小摩擦中，他得到了那位大名鼎鼎的狼皇悄悄傳遞而來的訊息——他想和傳說中能夠弒神的阿爾希亞女王合作，幫助他擺脫龍神的控制。」

芙蕾眼睛閃閃發光，「所以，我們就去北方……」

「不是『我們』。」魔王擺了擺手，「哪有女王動不動就跑去邊境打架的？妳得鎮守在這裡，就讓我帶著我們的新、伙、伴，去跑一趟吧。」

黑夜女神猶豫了一下，最終還是微微點頭，「我會帶回龍神，以祂的歸降做為換取進入深淵的籌碼。」

魔王笑了一下，「也不一定非要歸降，殺了也可以。」

黑夜女神微微動搖。在過往的無數年月裡，即使神靈之間不斷爭鬥，也沒有哪一位神靈會因此隕落——畢竟神只要不被魔化，就是不老不死的。

就算做為對手，祂也有點不習慣隨意提及一位神靈的死亡。

或許時代真的變了。

祂閉了閉眼，消失在王宮的大殿內。

祂一離開，芙蕾的坐姿迅速鬆垮了下來。她有些不高興地撇撇嘴，「我真的不能去嗎？」

「不行。」魔王毫不猶豫地拒絕，他好笑地捏了捏芙蕾的臉頰，「當女王就這麼不開心嗎？」

「也沒有，裝出一副天上地下唯我獨尊的模樣也滿有趣的，但我還是覺得跟您一起去對付神靈，才更有意思。」她眼巴巴地看著魔王，似乎還想掙扎一下。

魔王被她的目光看得心頭一跳，下意識伸手按住了她的眼睛。他挑起眉毛，「沒用的，就算這樣看我，我也不會讓妳去的。」

芙蕾一把拉開他的手，抗議道，「如果真的沒用的話，就不要捂住我的眼睛！難道又是要嫌我的視線很吵嗎！」

魔王覺得好笑，他拍了拍芙蕾的腦袋，「好了，乖乖在這裡應付那些煩人的傢伙吧。最近說不定還會有其他神靈過來，妳不在的話可不行。我很快就會回來的。」

他說完，頓了一下，有些猶豫地再次開口，「如果我沒有很快回來，妳也可以寫信給我。」

芙蕾一時間沒有反應過來。「請庫珀先生找人送過去嗎？」

「不，用神靈之書。」魔王有些彆扭地說，「當然，如果妳忘了我的名字在哪一頁，就算了。」

「我記得。」芙蕾小聲說，「第六頁。」

魔王滿意地點了點頭。

他鬆開捂著芙蕾眼睛的手，準備前往北方去找那位龍神的麻煩。

事情進行得很順利。黑夜女神似乎也想要快點去深淵定居，祂和祂的子女們都發揮了十二萬分的努力，把不明所以的龍神追得抱頭鼠竄，讓魔王幾乎不用插手。灰頭土臉的龍神很快就宣布投降，發誓向魔王和阿爾希亞女王效忠。

魔王為祂們打開深淵的大門，讓黑夜女神一家搬了進去。他提醒祂們，如果有一天諸神的神力逐漸失效，深淵的大門將再也無法打開，他們就得自己想辦法了。

完成了任務，照理說魔王該啟程回去王宮了，然而他和邦奇先生一起站在牆頭，邦奇左等右等，就是不見他啟程。

邦奇先生忍不住多看了他幾眼，「您還有什麼想去的地方嗎？」

「沒有。」魔王一副百無聊賴的樣子。

邦奇先生咳了一聲，他不好意思地拉了拉自己身上的長袍，「那麼，我們不如去室內吧？我這把老骨頭，在冬天的室外實在有些受不了。」

「嗯。」魔王倒也不是非要待在外面，他只是在等待芙蕾的信件。不是說一個人留在王宮很無聊嗎，怎麼還沒有寫信給他！

魔王陪邦奇先生坐在火盆旁邊，看起來像是在發呆。邦奇先生的視線飄過去幾次，忍不住開口詢問，「那個，您看起來好像有點苦惱。如果有什麼我能幫上忙的地方，還請不要客氣！」

「你嗎？」魔王看過去，一臉不太相信。

邦奇先生挺直了胸膛，「哦，請不要小看我，不管怎麼說我也比您年長了這麼多歲，至少經驗……」

話說到一半，他忽然閉上嘴，神色微妙地看向魔王。

他差點忘了，雖然外表是個年輕人，但他實際上卻是壽命無盡的神靈。

魔王也就這麼看著他，若有所思，「你有妻子嗎？你愛她嗎？」

「哦、哦……這個問題真是……」邦奇先生乾巴巴地應了兩句。沒想到一把年紀了，還會被人劈頭問出這種問題。但他看魔王神色認真，不像是在開玩笑，於是也認真地回答，「超過五十歲以後，我就很少考慮愛不愛這類的問題了。我的妻子也變得更像是我的家人，同樣也是我的責任。

「我是格雷斯家的家主，妻子也是跟家族成員一起挑選的、最適合的我那個姑娘——當然，我當時也很滿意。雖然不知道她內心是怎麼想的，但我想，她和我在一起的時間，大部分應該也是快樂的吧。

「像我這樣擁有神靈眷顧的老不死，都會比一般人類活得更長久一些，也會看到同年代的老友一個接著一個地死去，包括我的妻子，她已經去世很多年了。在她還尚未離世的時候，我們的感情也說不上有多濃烈。但很奇怪的是，在她離開以後，我只要偶爾想起她，就會感覺內心再次觸及了往日溫馨而平淡的幸福。」

邦奇先生帶著歉意地笑了笑，「畢竟也是那麼多年的陪伴啊。」

魔王沒有說話，他撐著下巴看著他。他注意到他的手指上戴著一個戒指，似乎是個成對的款式。

直到太陽西沉，魔王才回到王都。

他沒有通知任何人，只是悄然落在芙蕾的窗臺上。他看著坐在書桌前的她，憤憤地想，自己一定要狠狠地嚇她一下。

然而他還沒有邁開腳步，就看見芙蕾正好拿起筆、翻開了神靈之書。

魔王神色一動，坐在她的窗臺上準備接收她的信件。

「魔王在上，您怎麼還沒回來呢？」

魔王的尾巴晃了晃。好吧，還是有在想他的。

「今天亞修偷偷跑進內城區來訴苦了。祂說瘟疫沒被控制之前還好，大家生怕傳染給祂，都不會太過接近。但現在瘟疫好了大半，外城區的人們只要看見祂，都要過來捏祂的臉兩把，實在很不像話。

「不過我看祂其實還滿得意的，還帶了一些外城區的食物進來。原本居住在別的地區的居民，也有不少都湧進了外城區，現在那裡反而能吃到來自四面八方的美食呢，下次我們換上平民的衣服去逛逛吧？」

偶爾也該答應一下她的要求，就帶她去吧？魔王認真地思考。

「今天居然有貴族想要介紹結婚對象給我，他們真是……英勇至極。」

魔王一下子變了臉色。

「於是我拎著風神弓，讓他見識了一下威力。哦，那個可憐的年輕人，他的臉色都嚇白了，還要結結巴巴地稱讚我箭法好。天知道我射箭的時候他根本不敢睜開眼睛。身為貴族家的孩子還真不容易啊。」

魔王瞇起了眼睛。如果他繼續沒有自知之明的話，他會讓他過得更不容易一點。

芙蕾的筆頓了頓，看向窗外。魔王側身躲過了她的視線。

她撐著下巴，不知道是覺得沒什麼好寫的了，還是在考慮要先寫哪一件事。

魔王透過窗簾的縫隙觀察她。她神色專注地擰著眉頭，筆在修長的指尖上晃了晃，然後猶豫著再次落筆。

魔王心念一動，溫柔的風牽引著芙蕾寫下——

「魔王在上，我想永遠屬於您。」

他坐在窗臺上，朝她露出得逞的笑容，優雅的尾巴轉了個圈。他迎上芙蕾驚訝的視線，「吾應允。」

「您回來啦！」芙蕾眼中閃爍著喜悅，接著才反應過來魔王都讓她說了些什麼。她板起臉，「真是的，您這是在耍賴！」

魔王對她的抗議視若無睹，「反正妳已經寫下來了，如果違背對神靈的誓言……我就會把妳掛到城牆上！」

「哼！按照您的說法，我應該早就該被掛到城牆上掛了八百年了。」芙蕾氣鼓鼓地走到他身邊，「遇到麻煩了嗎？怎麼過了這麼久才回來？」

「沒有。」魔王沒說是因為在等她的信，才故意磨磨蹭蹭到現在的，「在考慮要送妳什麼禮物。」

「嗯？」芙蕾有些困惑，「什麼禮物？您已經送我花冠了，還讓我摸了角……啊，這次是尾巴也可以摸嗎？」

魔王的尾巴僵了一僵。

「……這個下次再說。」魔王嘀咕著，沒有馬上拒絕。他朝她勾了勾手指，「把手給我。」

芙蕾乖乖地遞了過去。魔王笑起來，「妳不問問我要做什麼嗎？」

「是禮物吧。」芙蕾不太確定地問，「您要送我什麼呢？」

魔王捏了捏她的手指，柔和地垂下目光。深淵的黑霧在他的指尖上聚集，芙蕾看著他在自己的無名指根部刻下一行小字。她瞪大眼睛，「……您寫了什麼？」

魔王抿了抿唇，漂亮的金色瞳孔溫柔地注視著她。他身後的太陽落入地平線，只剩下最後的餘暉。

——「魔王的新娘。」

魔王笑了笑，目光卻緊緊盯著她，想觀察她的反應，「如果妳不想要，對著它吹一口氣就會消失了。」

芙蕾一下子握緊了手，她問：「那怎樣才能永不消失呢？」

魔王嘴邊揚起微笑，微微抬起她的下巴。在落下親吻之際，他順著交融的呼吸，告訴她：

「什麼都不用做。它永遠不會消失。」

芙蕾的視線越過他的肩膀，看見窗臺的枝椏上長出一片新葉——格雷蒂婭告訴過她，這裡的枝頭會長出整個王都裡第一片綠葉，這是春天即將回歸的信號。

芙蕾把頭埋進魔王的懷裡。她想，她應該還給魔王一個什麼樣的戒指呢？是「女王的愛人」好，還是「我的魔王」好呢……

他們在窗臺並肩而立。王都的燈火在他們腳下，即將到來的春天就在枝頭，更加美好的未來就在他們眼前。

番外一

結婚典禮

EXTRA
CHAPTER

I

太陽光透過絲綢窗簾照進室內，經過層層阻擋，已經不顯得這麼刺眼了，但芙蕾還是微微抖動睫毛，睜開了眼睛。

她迷迷糊糊地揉了揉眼皮，打算從床上爬起來。但她身旁伸出了一隻修長蒼白的手臂，一把將她撈回懷裡。

芙蕾無奈地拍拍他的手，「早安，魔王大人，該起床了。」

棉被摩擦發出沙沙的聲響，魔王把芙蕾摟進懷裡，眼睛沒有睜開，「再睡一下。」

芙蕾露出幸福又無奈的笑容，「天都亮啦——」

魔王的羽翼蓋到她臉上。「沒亮。」

芙蕾被他如此熟練的無理取鬧嚇到了。她在羽翼下翻了個身，正對著魔王的臉。她溫柔地伸手抱住他，語氣卻帶著幾分威脅，「這樣可不行啊魔王大人，不要逼我出手哦——」

魔王陡然感覺到一股危機感。他還沒來得及動作，芙蕾已經一把揪住了他的尾巴。「砰」的一聲，魔王整個翅膀都揚了起來。他捂著自己的尾巴飛速後退，整個人瞬間衝到床帷頂端。

芙蕾坐起來伸了個懶腰，微笑著看向魔王，「毫無節制地賴床可不行。就算每天的工作是應付那些麻煩的貴族，我也得做好這份無聊的工作。」

魔王憤憤地甩了甩自己的尾巴，他坐在芙蕾的梳妝檯旁，伸出手指、搗亂般地撥動芙蕾的髮絲。芙蕾斜過眼神看著他，「就算在我的頭髮上打結，也只會給梳頭髮的侍女添麻煩而已。」

這時侍女們推門進來，她們已經對屋內的場景見怪不怪了，紛紛對耍賴撒嬌的魔王大人露出和藹的微笑。

魔王收回了手。但安靜不了幾分鐘，他又伸手去勾芙蕾的手指。她無名指上隱沒的特殊戒指，在魔王的觸碰下顯現——「魔王的新娘」。

魔王又把自己的無名指和她的放在一起，炫耀般地展現出自己手指上的——「我的魔王」。

侍女已經十分習慣他這麼做了，有個年長的侍女揚起溫和的微笑，「真讓人羨慕啊，魔王大人。這是世界上獨一無二的，對嗎？」

「當然。」魔王滿意地點了點頭。

「哎呀，這可真是……」侍女露出羨慕的神情，魔王便撐著下巴，笑了起來。

芙蕾嘆了口氣，「就是因為妳老是這麼寵他，他才會變得這麼得意忘形的。」

「您在說什麼呢。」侍女臉上笑容不減，「最寵魔王大人的難道不是您嗎？」

「咳。」芙蕾不好意思地摸了摸鼻子，轉移話題，「今天我得和那群麻煩的貴族，就著外城區的稅收問題扯上一整天，魔王大人您打算做什麼呢？」

魔王看了窗外一眼，「去找太陽神。」

「嗯？」芙蕾有些困惑，「您怎麼會突然想去找他？」

「找他商量點事情。」魔王含糊不清地說。

芙蕾瞇起眼睛，上上下下地打量著他。

魔王抖了抖翅膀，小聲回答：「……和他商量一下，讓明天的太陽晚點再升起來。」

芙蕾一副十分了解他的表情。「靠武力威脅……商量嗎？」

魔王心虛地挪開了視線。

芙蕾無奈地搖搖頭，站了起來。「好了，我要去工作了，記得對斐迪南手下留情一點。啊，還有，我的父母大概今天晚上就會到王都了，您……」

魔王乖乖點頭，「我會在晚飯前回來。」

芙蕾目送他從窗臺邊離開，有些無奈地笑了起來。都過這麼久了，魔王還是習慣從窗臺進出。

窗外已經是一片明豔的翠色。哪怕是沒有太陽神賜福的普通人，也會咬著牙、穿上輕便的春裝，即使被凍得臉色發青，也想要展現自己美妙的身姿。芙蕾忍不住笑了出來。畢竟是黃金之城阿爾希亞啊，無論財富、時尚都得走在尖端才行。

原本霍華德子爵打算在今年的豐收祭典，也就是妮娜的成年禮上再前來王都的。但自己的女兒當上了女王，於情於理他似乎都得來一趟。

況且綠寶石領現在有了魔族常駐，他們擁有的戰力，就算是想攻打一個沒有神靈的國家都綽綽有餘，更別說只是對付鼠群了。有了可靠的手下在，霍華德子爵才能放心帶著夫人出門。

說起來，已經有不少貴族建議芙蕾，要她提升霍華德子爵的爵位了。雖然爵位的晉升和剝奪一般都是在豐收祭上進行的，但女王的父親只是個小小的子爵，怎麼樣都讓王都這群貴族老爺們心裡有點不是滋味。

芙蕾覺得幫父親稍稍提升爵位也是合理的，雖然即使不這麼做，他們如今也是阿爾希亞名義上的王族，擁有與眾不同的地位了。但霍華德子爵似乎對晉升不是很感興趣，還在信裡嘟囔著「女兒一下子爬到了這個國家的頂點，他現在看什麼大貴族都覺得也不過如此了」。

芙蕾一邊期待著和他們會面，一邊又隱隱有些不安。

——畢竟他們遠在綠寶石領，大家平常都靠信件交流，她還是藏了不少事情沒有交代，比如說魔王。

妮娜也會寫信回家，不知道她在信裡都寫了些什麼。

傍晚，霍華德子爵一行人浩浩蕩蕩地來到王都大門口。

他忍不住勒住馬頭，退後幾步來到霍華德夫人的馬車窗邊，有些不敢置信地說：「親愛的，我怎麼覺得外城區比我們上次來的時候更熱鬧了？」

霍華德夫人也微微探出頭，帶著幾分驚嘆，「才剛過冬天，已經有這麼多人出來做生意了……原本聽說各地的流民都趕往王都，我還擔心這裡會控制不住情況。現在看來，是我小看了我們的女兒呢。」

這不是他們的錯覺，外城區確實比原來還熱鬧了許多，因為瘟疫蜂擁而至的流民，在痊癒之後爆發了令人驚訝的求生意志。他們有的是為了籌措回家鄉的路費，有的是想賺在這裡落地生根的本錢，紛紛拿出了各自的手藝。一時間，這裡彙集了來自全國各地的工匠、小吃、傭兵……繁榮程度遠非當初可比。

霍華德子爵高興地揚起腦袋，「畢竟那可是我的女兒呢！嘿，我就知道，她從小看起來就特別不一樣！」

「說得好像不是我的女兒一樣。」霍華德夫人瞪他一眼，「好了，你也別太得意，現在不知道有多少人正盯著芙蕾呢，我們可不能給她找麻煩。」

霍華德子爵也清楚知道這點，他微微點了點頭，期待地看著近在眼前的王都，「不知道芙蕾和妮娜怎麼樣了？有沒有長高、長胖，有沒有被哪家的壞小子欺騙感情……」

霍華德夫人掩唇笑了起來，眼裡閃過一絲精光。

霍華德子爵還不知情，但她可是知道的，芙蕾和那位神明的愛情故事，也讓她偷偷在夜晚掉了好幾次淚。

霍華德子爵是個麻煩的傢伙，就算對方是神明，他肯定也會因為捨不得女兒而碎碎念的。反正都是要聽他碎念，那就晚一點再告訴他，還能晚點再聽他嘮叨。

霍華德夫人打定主意要幫女兒掩護，含糊不清地說：「唔，或許吧……」

芙蕾和魔王在王宮宴客廳內等待他們。

芙蕾原本想要自己去王都門口迎接的，但她如果出了門，到時候多半會演變成一大群貴族摩肩接踵地跟在她身後的情況。芙蕾覺得自己的父母不會喜歡這種排場的。

但今天的晚宴就不一樣了。芙蕾以他們到達的時間較晚，風餐露宿了這麼久，要好好休息，不方便和大家一起慶祝為由，只留下了自己人。

王宮的大門終於被推開，帶著早春寒氣的風灌進室內，讓眾人精神一振。霍華德子爵高興地大喊一聲：「芙蕾！妮娜！我的女孩們！」

這熟悉的大嗓門讓芙蕾忍不住笑了起來。妮娜就直接多了，她已經從座位上跳起，一股腦地朝他奔了過去。「爸爸！」

「哦！」霍華德子爵站穩馬步，張開雙手將她接住，還舉著她轉了兩圈。只是在放下她時，還是不動聲色地扶了扶自己的老腰，嘴上忍不住抱怨，「這種天氣妳應該多穿點！小心凍壞了身體！」

妮娜還來不及告訴他，自己有太陽神的賜福，根本不怕寒冷，霍華德夫人就已經微笑著往前一步，悄悄幫他扶住了腰，微笑著搖頭，「她們不是小孩子了，這些事情她們都知道的。只是屋子裡這麼暖和才穿得比較少，出去的時候會穿外套的。」

霍華德子爵也沒有在這個問題上多糾纏，他扭頭看向芙蕾，熱情地張開雙臂。芙蕾帶著溫和的笑意，提起裙襬行了禮，接著才像個小女孩一樣撲進他的懷裡。

「哦！」霍華德子爵露出自豪的神色，「我的女兒已經變成這個國家裡最了不起的女人，哦，不對，是第二了不起的女人……」

芙蕾挑了挑眉毛，故意擺出女王的架勢，「哦？是誰比我更了不起呢？」

霍華德子爵十分配合，他笨拙地行禮，擠眉弄眼地說：「當然是妳全大陸上最了不起的母親！」

一家人哈哈笑做一團。

芙蕾回頭看向魔王，魔王接收到她的視線，乖乖地來到他們面前。他不想嚇到這些凡人，所以也沒有變出翅膀，光看外表就是個俊美的黑髮青年。

霍華德夫人看向妮娜，用目光詢問：『就是這位神明嗎？』

妮娜也用目光回答：『沒錯沒錯，就是他！』

只有霍華德子爵一個人不明所以，他隱約覺得這人似乎有些眼熟，有種讓人熟悉的威嚴，但……

霍華德子爵摸不著頭緒。按理說容貌這麼出眾的年輕人，如果他曾經見過面的話一定會留有印象。但他只是覺得熟悉，又想不起來對方究竟是誰。他腦海中不斷示警的危機感也讓他沒有立刻開口。

魔王淡淡地掃了霍華德子爵一眼，他猛地反應過來了——這種宛如深淵的壓迫感，是跟在芙蕾身邊的魔王！怪不得他只覺得熟悉，卻又想不起來在哪裡看過，他根本就沒見過魔王的樣貌，只記得這股深深的窒息感！

「哎呀，真是英俊啊。」霍華德夫人一臉滿意，她捧著臉頰，頻頻點頭，「比你父親年輕時英俊多了。」

聽著自家夫人膽大包天的話語，霍華德子爵額頭上滑下一滴冷汗，他張了張嘴，「啊，不是，這……」

芙蕾輕輕拉了拉魔王。魔王還記得庫珀替自己惡補過的人類常識，他面無表情地看向霍華德子爵，喊了一聲：「父親。」

「咚」的一聲，霍華德子爵在他面前直挺挺地跪了下來。

眾人皆是一愣，霍華德夫人眼明手快地把他拉起，勉強維持著臉上的微笑，打哈哈道，「哎呀，妳父親最近老是不好好鍛煉，今天又騎了一整天的馬，一定是腿軟了！來來來，親愛的，先坐下吧。」

霍華德子爵也跟著傻笑，「啊，對、對，就是這樣，我剛剛稍微腿軟了一下。」

他看著魔王欲言又止，最終還是不敢出聲，只能顫抖著手，端起桌上的茶杯。

魔王不明所以，他看了霍華德夫人一眼，再次開口：「母親。」

「嗯！」霍華德夫人與高采烈地應下了。

「噗——」霍華德子爵一口茶噴了出來。他神色慌張地抬起頭，不敢置信地看向自己的妻子，用眼神示意她——妳還真敢回應啊！

霍華德夫人以為他還在捨不得女兒的出嫁，便慈祥地拍拍他的肩膀，「女兒總是會長大的，也會有自己的家庭和生活的哦。」

霍華德子爵轉頭看了看臉上帶著羞赧笑容的芙蕾，還有乖乖彎下腰聽她說話的魔王，覺得自己多年的觀念受到了衝擊。

他好不容易才能從容面對自己的女兒是個天賦驚人的魔法師，然後才剛要開始消化她成為阿爾希亞女王的消息。結果現在又要他接受，女兒把曾經高高在上的魔王也收入囊中的事實嗎？

他腦袋裡嗡嗡作響，只能維持著麻木的微笑，看著自己的妻子熱情地和他們商討結婚典禮的事情。霍華德夫人雙眼冒光，「聽說你們一直都沒有舉辦結婚典禮。我知道，你們一定是在等我們來到王都吧？交給我吧，媽媽一定會把這件事辦得風風光光，不會讓妳丟臉的！」

芙蕾沒想到話題居然會朝著這個方向發展，她一臉呆滯，「啊？不，這個……我們沒有打算要舉辦結婚典禮啊。」

現場的氣氛詭異地凝滯了片刻。

魔王一臉莫名地看著他們，不明白他們為什麼都一副覺得很不可思議的樣子。他已經和芙蕾有了靈魂的契約，根本不用再讓凡人來見證他們的將來了。更何況，女王的婚禮一定要面對那些麻煩的貴族，芙蕾和他都對這種事情不感興趣。

「姊姊！」第一個打破平靜的居然是妮娜，她心一橫，著急地說，「不能不辦啊！您不知道，現在外面那些貴族背地裡都說魔王是……」

她囁嚅了一下，沒有立刻說下去。

霍華德子爵緩緩瞪大了眼睛，他「唰」地站起來，大喊一聲：「等一下！」

所有人的目光同時落到他身上，霍華德子爵顫抖著手，指向魔王：「妳、妳說他是魔王？」

怎麼妳也知道他是魔王！

「親愛的。」霍華德夫人嘆了口氣，「很抱歉一直瞞著你，但現在不是說這些的時候。」

霍華德夫人溫柔卻不容反抗地把他壓回座位上，帶著妮娜、拉著芙蕾，走到大廳的偏僻處。霍華德夫人用柔和的目光鼓勵妮娜，示意她把自己想說的話說完。妮娜深吸了一口氣，語氣沉重地說：「姊姊，妳平常或許不太在意，但外面已經有傳言說，魔王是……魅惑女王的魅魔了。」

芙蕾牽了牽嘴角，這種話她當初也膽大妄為地當著魔王的面說過。然而妮娜的話還沒有說完，她漲紅了臉，結結巴巴地說：「他們還說，魔王是您的、您的……男寵。」

「咳！」芙蕾差點被自己的口水嗆到。

「哦！」霍華德夫人也忍不住掩住了唇。她嘆了口氣，板起臉，「這樣可不行啊，芙蕾，怎麼能讓妳愛的人被中傷呢。」

芙蕾微微點頭，「您說得對，母親。」

霍華德夫人鬆了一口氣，以為她改變了對方的想法，沒想到芙蕾卻接著說，「但即使魔王受封親王，那些在背後碎嘴的傢伙也只會說他是憑藉著手段爬上這個位置的，不會就此閉嘴。要真正保護他，不是順著旁人的意思舉辦一場結婚典禮，而是要讓亂說話的傢伙知道詆毀魔王，會因此付出什麼代價。」

有那麼一瞬間，霍華德夫人和妮娜都被她的威嚴壓得說不出話。

芙蕾很快就收斂了氣勢，她笑著看向妮娜，「謝謝妳提醒我，妮娜。」

妮娜只能抓了抓腦袋。她有些苦惱地想，自己要的並不是這樣的結果。

妮娜和霍華德夫人看起來大受打擊。她們原本打算藉著操辦婚禮、大展身手的，沒想到兩位當事人壓根兒就不配合。

芙蕾看了兩人一眼，想了想後，還是沒告訴她們——走這麼遠根本沒用，魔王大人還是全都聽得見。

倒是一直伸著脖子試圖偷聽的霍華德子爵，發現他們回來以後沒再提什麼結婚典禮的話題，內心不明所以地鬆了口氣。

簡單的晚宴結束之後，奔波一路的霍華德子爵和夫人前去休息，妮娜還黏人地要霍華德夫人去她房間，和她一起睡。

芙蕾懷疑她們是想要一起盤算幫她舉辦婚禮的事情，但她也沒有制止，只是微笑地看著她們走遠。她伸了伸懶腰，扭頭看向魔王。居然敢在背地裡說魔王的壞話，這群骨子裡被慣壞的貴族們只要沒受點教訓，就會不知道安分。

魔王注意到她的視線，「怎麼了？」

芙蕾微微搖頭，隨口提起了一個話題，「我只是沒想到父親會那麼驚訝，他剛剛跪下去的時候我都愣住了。」

魔王摸摸鼻子，猶豫著要不要告訴她。她的父親亦曾是他選中的使者，那本神靈之書也是他找到的。他當初還送了對方一副盔甲，那是從跟隨他來到深淵的某個魔族身上扒下來的，畢竟當初他身邊也沒有什麼能派得上用場的神器。

那副盔甲原本只是普通的防具，但被汙染過後，多少也沾染了點深淵的氣息，要拿來對付一般的人類，還是很有氣勢的。

魔王一邊走神，一邊被芙蕾牽回房間。乖乖地被塞進被子裡後，他才翻了個身，像是忽然反應過來般地看著芙蕾。

芙蕾嘀咕，「結婚典禮根本就沒什麼意思嘛，如果是真正的朋友，明明就隨時都可以邀請他們一起吃飯的，我才不想要在那種日子裡，還要和那群麻煩的貴族們打交道呢。」

「嗯。」魔王眼裡染上了點笑意。

芙蕾朝他身邊挨近了一些。「而且……」

她伸手握住魔王的手指，「在手指刻上對方的姓名，就已經是我們永遠的契約了。」

你的姓名深刻於我的靈魂和心底，旁人的豔羨與祝福都無關緊要，我才不要你為了這些，去做自己不喜歡的事情。

況且……他是自由的風啊。她身為女王，要被套上諸多枷鎖，但她不希望魔王也和她一樣，被凡塵的世俗所牽掛。她不要他再被迫背負任何東西了。

——我要你永遠自由，永遠是你自己。

魔王把她拉進懷裡，展開翅膀，露出最舒適的模樣。他摩挲著芙蕾的頭頂，溫柔地笑了起來，「嗯。」

他忍不住在黑暗中擰起眉頭。明明就已經叫庫珀教訓那群暗中說壞話的傢伙了，怎麼還是傳到她家人耳裡了？

他知道芙蕾的性格，他不希望她勉強，為了保護他還要費力應付那些貴族，但舉辦結婚典禮似乎也能讓她的家人開心……

魔王苦惱地皺了皺眉。然而，他忽然想到了什麼，漂亮的金色瞳孔轉了一圈，他開口說：「不然我們就辦一場婚禮吧。」

「啊？」芙蕾困惑地抬起頭，但在看到魔王眼裡的笑意時，她也領悟到了。她臉上閃過一絲狡黠，「您是說……」

「辦個假的，糊弄他們。」魔王勾起嘴角，愉快地甩了甩尾巴，「妳不是一直想去外城區看看，可是又找不到空閒、又擔心會被人團團圍住嗎？那就找兩個魔族代替我們在這裡當結婚的魁儡，我悄悄帶妳去外城區！亞修說外城區還得再繼續隔離十天，之後就能開放大門了。

在開門之前，外城區的居民應該還沒怎麼見過我們。我們可以像普通人那樣從街頭逛到街尾，就算有人覺得眼熟，也沒人想得到女王會在自己的結婚典禮當天帶著魔王跑到那裡！」

芙蕾被他說得怦然心動，但她還是有點猶豫，「只是……這樣的話，您就要成為阿爾希亞的親王了，您將受制於世俗的規則，我……」

「我的女王不能給我一點特權嗎？」魔王向她貼近，金色眼瞳裡閃爍著調侃和光芒，「我能擁有每天睡到中午的特權嗎？」

芙蕾望著他的笑容晃了神，乖乖地點頭，「當然可以。」

魔王又貼近了一點，幾乎已經貼上她的唇，「那我還能隨時親吻我的女孩嗎？」

芙蕾忍不住笑了起來。她張開雙手抱住他，在他的眼睛上輕輕落下一個吻，溫柔地說：「您這樣看著我的話，無論什麼我都會答應的。」

「那就好。」魔王滿眼柔和，他緊緊握住她的手，「我可是女王特許能在王都胡作非為的魔王，如果有哪個不長眼的貴族敢招惹我，我就把他……」

芙蕾接話，「怎樣？把他掛到城牆上面嗎？」

「不行。」魔王搖了搖頭，「只有女王陛下才有資格被我親自掛上城牆。

「我就叫庫珀他們趁他睡著的時候，把他連人帶床搬到王都廣場中央，讓大家看看這種亂說話的傢伙，睡覺時是長成什麼蠢樣。」

魔王得意洋洋地挑了挑眉毛，芙蕾不禁悶在被子裡笑出聲來。「這應該是那些貴族最懼怕的懲罰了。」

這個計畫需要庫珀的協助。聽完兩人計畫的庫珀沉默了半晌，最終露出一個欣慰且無奈的表情。庫珀一本正經地清了清喉嚨，「在幫助你們『私奔』之前……請允許我發表一下感言。

「首先，我為你們互相為對方考慮的心情感到十分感動，也非常欣慰魔王終於能夠摘掉男寵的標籤，成為親王了。」

魔王面無表情地扭過頭，看向芙蕾。「我可以揍他嗎？」

芙蕾伸出手，安撫般地摸了摸他的腦袋，「忍耐一下吧，我們還需要他幫忙呢。」

魔王憤憤地抖了一下翅膀。

庫珀肆無忌憚地笑著，「我聽說您在宴會廳時，叫卡彭・霍華德『父親』。按照凡人的倫理來說，他是我的曾曾曾……女婿，所以您也應該稱呼我為……」

魔王冷笑一聲，「老不死。」

眼看兩人恨不得直接當場打起來，芙蕾嘆了口氣，一把拖住他們，「好啦好啦，別鬧了，我們得選一對可以信任的人來當我們的替身。庫珀先生，您是最了解這些魔族的人，您有覺得誰是比較合適的嗎？」

庫珀先生聳了聳肩，「反正我是不行的，我得出場，順便接應負責扮演你們的兩個人。按照我對那群魔族的了解……」

他說著說著便沉默了下來。大概是他沉默的時間有點長，芙蕾忍不住開始有些惴惴不安。

庫珀先生沉重地嘆了口氣，「要不然抽籤吧？我覺得這群傢伙的性格也是……半斤八兩。」

芙蕾抖了抖眉毛，總覺得自己似乎做了什麼不太可靠的決定。她不確定地開口，「既然魔族這麼不適合的話，不如找神靈來幫忙？」

魔王沉默了一下，他問：「找誰？」

芙蕾摸著下巴，開始考慮。首先把黑夜女神一家劃掉，他們家平時沒機會的時候都要創造機會製造混亂了。要是讓他們扮演魔王和女王，說不定在結婚典禮的一開始，就會直接宣布和大陸上所有的國家開戰了。

春季女神？格雷蒂婭是很聽話，但這種需要動腦子的事情，找她似乎也不太恰當。

太陽神？那傢伙無論變成什麼都會渾身發光。一個渾身發光的魔王……無論怎麼想都讓人覺得不太對勁。

醫藥之神？外城區似乎還離不開亞修，而且他還只是個孩子啊。雖然只有外表像個孩子，但讓他幫忙結婚的事情，總覺得心裡那道檻會過不去。

在腦中把諸神過濾了一遍，芙蕾沉痛地閉上眼睛，「不然還是抽籤吧。沒事的，貴族們最愛面子了。在這種盛大的典禮上，為了維持體面，就算他們看出了什麼不對勁也會假裝沒發現的。」

魔王不在意地抖了抖翅膀，「真的不行的話，到時候就把他們的記憶全部清除。雖然有可能會變成傻子，但我看他們本來就不怎麼聰明。」

「那麼……」庫珀拿過紙張，「唰唰」地寫下一排勉強合格的魔族名字，接著莊嚴肅穆地遞給他們，「抽籤吧。」

魔王隨意地抬起手，風刃便飛出、擊穿了兩個名字。

庫珀拿下來看了看，「唔，他們啊。應該沒問題吧。」

芙蕾挑了挑眉，「你們不覺得這種把名字擊穿的抽籤方法，怎麼看都透著一股會暴露的不吉利感嗎？」

「怎麼會呢。」庫珀露出慈祥的笑容，拍了拍芙蕾的肩膀，「事在人為。」

第二天，霍華德夫人才剛起床，就得到芙蕾願意舉辦婚禮的消息，她激動地差點把霍華德子爵的鬍子給扯了下來。妮娜也不顧還在獨自震驚的老爹，一股腦地便衝進他們的房間，拉著霍華德夫人飛快離去，「時間就在三天後，我的天哪，這也太緊迫了！媽媽，我們同心協力的時候到了！」

霍華德夫人鬥志昂揚，她深吸一口氣，「沒錯，妮娜，我們要讓妳姊姊知道，就算只給我們三天的時間，我們也能做出驚豔全場的效果！讓那群在王都內養尊處優慣了的貴族們見識一下綠寶石領女人的力量！」

妮娜跟著握緊拳頭，她手一揮，訓練有素的侍女們立刻兩列排開，「這些都是我在王都內訓練好的侍女們，都是以一敵百的猛將，請盡情差遣她們吧，媽媽！」

「噺——」偷偷摸摸跟出來查看情況的霍華德子爵倒吸了一口涼氣。這個場景……他恍惚間覺得自己彷彿回到了跟著將軍在戰場上征戰的歲月。

霍華德子爵愁苦地揪了揪自己的小鬍子，忍不住嘀咕：「難道只有我一個人覺得和魔王結婚有點奇怪嗎？」

他想起芙蕾站在魔王身邊時，她臉上的笑容，又想起那個年輕人看著芙蕾、滿眼專注的模樣，忍不住抓了抓腦袋。他嘆了口氣，妥協般地說，「算了，她高興就好。」

他一轉身，忽地對上了魔王的臉，大腦瞬間又失去了思考的作用。

魔王朝他點了點頭，「父……」

「不不不！」霍華德子爵趕緊制止他。雖然心裡已經接受了這個事實，但聽到他叫他「父親」時還是會忍不住膝蓋發軟。他連連擺手，苦笑說，「您、你還是叫我霍華德子爵吧。」

魔王困惑地歪了歪腦袋，但還是尊重他的意思。他接著遞給他一柄三叉戟。

還沒有接過，霍華德子爵就忍不住兩眼冒光，「這、這是……」

這明顯是真正的神器！這上面蓬勃的大海之力，讓人覺得只要握住它，似乎就能掌控大海！

魔王點了點頭，「這是給您的禮物。從海神那裡搶……咳，我是說，從海神那裡要來的。芙蕾說您喜歡收藏兵器，而且還特別喜歡長兵器。她的槍法也是在小時候由您親自操練的。」

「嘿嘿！」霍華德子爵手裡握著海神的三叉戟，笑得合不攏嘴。他瞬間忘了對魔王的恐懼，渾身洋溢著純粹的喜悅。

魔王看了看他的表情，心想這應該是滿意的意思。於是他邁開步伐，朝著不遠處的霍華德夫人走去。

「啊！是您呀，魔王大人。」霍華德夫人回過頭，對著侍女們、宛如將軍般威嚴的面孔瞬間變得慈祥，「正好，我想問問您禮服的樣式……」

魔王覺得這個話題一定沒辦法很快結束，於是他搶先一步開口，「我準備了給您的禮物。」

「哎呀！」霍華德夫人驚喜地笑了起來，「何必這麼麻煩呢，我已經……」

魔王遞給她一面鏡子。

「這是？」霍華德夫人接下了。這是一面裝飾不會太過華麗，但卻讓人打從心底覺得寧靜和聖潔的一面鏡子。看著鏡子中的自己，霍華德夫人不由自主地露出了溫和的笑容。

魔王解釋道：「這是月神的鏡子，除了能擺在梳妝檯上，還能抵禦一切的魔法攻擊。」

「啊！這麼貴重！」霍華德夫人下意識地抬起頭，但也難掩臉上的歡喜。

魔王覺得她看起來應該也是挺滿意的。人類真是奇怪，表達喜歡的方式怎麼這麼千奇百怪的。

舉國矚目的盛大婚禮如約在三天後舉行。整個王宮被妝點得如同盛裝出場的貴族少女本身，好像連每一塊石板都透露著喜慶的氣氛。

王都內的貴族們開始陸續入場，妮娜和霍華德夫人如臨大敵，務求在每一方面都做到萬無一失。而此時，這場婚禮的兩位主人公也已經換上了平民的衣服，溜去熱鬧非凡的外城區裡了。

芙蕾看了自己身邊做了些喬裝、戴上單邊眼鏡的黑髮青年一眼，清了清喉嚨，「咳，莫爾先生，我們該從哪裡開始逛起呢？」

魔王眼中閃過一絲笑意，他看向打扮成傭兵的模樣、頂著一頭俐落短髮，身後還背著一把長劍的芙蕾，「嗯，芙拉蕾小姐，我隱約聽到您肚子叫的聲音，不如先買一些吃的？」

芙蕾微微漲紅了臉，她小聲抗議：「才沒有！」

但兩人還是先走向了小吃攤。這裡比以往更加熱鬧，來自全國各地的流民們都在此展露自己家鄉的手藝。他們只點了一份甜糕，賣糕的大嬸卻熱情地盛了兩份給他們。

芙蕾好奇地打量著四周，她問魔王：「今天是不是和平常有些不一樣？」

「那當然啦！」魔王還沒有開口，動作麻利的賣糕大嬸就已經接話了。她指了指自己攤前掛著的、紅布折成的布花，與有榮焉地揚起嘴角，「您不知道嗎？今天可是芙蕾女王和魔王大人結婚的好日子呀！

「看，這是我家掛的布花，那邊也放了捧花，那裡還掛著風鈴——據說這是他們當地結婚的習俗。雖然我們進不了內城區，但大家都在和他們一起慶祝呢！」

芙蕾驚訝地瞪大眼睛，「大家都在一起慶祝啊……」

大嬸熱情地把手裡的兩份糖糕遞給他們，「是的，也只有今天，對你們這樣的小情侶買一份送一份！

「那兩位大人保護了整個阿爾希亞啊，還找人來幫我們治病。真希望他們能夠永遠幸福下去。」賣糕大嬸感慨了一句。

芙蕾當面被陌生人的善意和祝福環繞，一時間有點手足無措。她微微瞪圓了眼睛，小聲道謝，「謝謝您。」

旁邊有人趁機起哄：「這麼好的日子裡，你們要不要趁機和女王、魔王一起結婚算了！」

「就是啊，一起結婚，多有紀念意義啊！」

「嘿，要是真的結婚，我這份烤肉就免費送給你們！」

還來不及回應，魔王忽然覺得自己的腳邊變重了。他一低頭，就看到亞修一臉幽怨地看著他。祂壓低了聲音，「真好啊，這麼多人為你們慶祝，你們還能偷跑出來玩。你們還記得努力工作的我嗎？」

「咦，你們該不會已經結婚了吧？連孩子都有了？」

「這孩子真可愛！」

「什麼！」亞修一臉震驚，「誰是他的……」

魔王露出帶有惡意的笑容，他一把拎起亞修，裝模作樣地拍了拍他的後背，「哦，鬧彆扭了，要吃糖糕嗎？爸爸買給你，來，叫一聲爸爸——」

亞修拚死抵抗，周圍哄笑不斷。

芙蕾站在人群裡，微微笑著。平時總是和貴族們爾虞我詐，她都快把自己當成傳聞中冷酷無情又狂傲的女王了。

原來她還是被這麼多人愛著的。

最初，她就是為了保護綠寶石領的平民們而努力學習。現在，她要保護這裡的所有人。

芙蕾低下頭咬了口糖糕。她看著還在努力和亞修「父子鬥爭」的魔王，心想，如果是這樣的話，其實辦場結婚典禮也是不錯的事情。

——好像多辦幾場也可以。

番外二

十金幣

EXTRA
CHAPTER
II

方珍珠領。

很少有人知道這個貧瘠到大部分人都吃不飽的土地，其實是智慧神教的聖子紐因出生長大的地方。

外頭經常傳說他是從四、五歲開始就被智慧神教收養的。主教大人把他當成做親生兒子培養，直到後來他展露了驚人的天賦，才獲得了智慧神的青睞。但事實其實並非如此。

一開始他還不叫紐因。大概到了七、八歲，他才有了「埃爾森」這個名字，原因是他媽媽又生了個弟弟，現在人們說起「比爾家的兒子」就有了歧義。為了方便，他終於被取了個名字。

他是家裡的長子，他有一個四歲的妹妹，和一個剛出生、還在繈褓中的弟弟。他們家很貧窮，即使已經餵不飽原有的三個孩子，但他的父母似乎還打算繼續生下去。

他父親是個遊手好閒的混混，偶爾能從不知道哪裡弄來一、兩個錢，他猜多半是從賭桌上贏來的。母親則是靠幫別人洗衣服來換得一點食物，但她懷孕的時候也做不了工作，多半是紐因代替她做的。不過，他的母親也不會因為他的能幹而誇獎他。她眼中透著麻木，她最常做的舉動，就是靠在他們家那張不太牢靠的木製床上，半倚著床頭，茫然地看向門口。

紐因偶爾駐足的時候，會好奇她到底在看什麼，是未歸家的父親？還是不知何時會到來的死神？

這個家裡唯一會發出聲音的，是他還不懂事的妹妹，那個還不到知道人間絕望的小女生。

她每天黏在紐因身邊，學著他洗衣服的動作，一臉需要表揚般地傻笑著。

紐因以為自己會一直這樣生活下去。如果再長大一點，他就可以去做一些需要勞力的工作，也許能因此存點錢。去做學徒、學一門手藝也好，去學做點生意也罷，這樣家裡至少能好過一些。

他本來就活在爛泥裡，無論朝哪裡邁出一步，都算是走向更好。

直到有一天，他的父親回家時難得沒有喝得醉醺醺的。他一把拉過紐因和妹妹，甚至叫母親帶上繈褓中的弟弟，慌忙地前往智慧神教的教堂。一家人不明所以地跟著他，直到來到了那裡才知道，是智慧神教的人在招收學徒。

和一般的信眾不一樣，只要孩子能夠通過審核就能領到一大筆錢。但被選中的孩子從今以後就屬於智慧神教，他們要改名換姓，從此跟隨在神的身邊。

紐因一下子不安了起來，即使知道他們不一定會被選上，但他還是不由自主地拉緊了身邊的妹妹，扭頭看了母親一眼。即便這個姓氏並不尊貴，姓名也沒有什麼期許的含義，但他還是沒由來地不想將之捨棄。

——他通過了。

那位顯得有些漫不經心的教士，在看見他的一瞬間就驚呼出聲，驚喜得宛如看見什麼稀世珍寶。他大聲宣布，他會給他的父母十個金幣。

十個金幣。

這是他們那條街上大部分人一輩子都見不到的數目。

紐因茫然地回過頭。聽到「十金幣」的一瞬間，他看見母親眼裡亮起了光。

原來那雙早已失去希望的眼睛，也是可以被金錢照亮的。

紐因垂下眼，不確定自己心裡是什麼滋味。他沒有出聲，任由旁人推著自己前進，但他的母親忽然嚎啕大哭了起來。她衝過來一把拉住紐因，忽然改變了主意。她大喊著：「不要！我不要十金幣了，不要帶走我的孩子！」

紐因猝不及防地被她拉進懷裡，她身上破敗的酸臭味和曬不到陽光的霉味一股腦地鑽進他的鼻子裡。從學會走路的那時開始，就再也沒有被母親這麼抱過的紐因，頭一次茫然無措地掉下眼淚。

「媽媽……」他喊。

下一瞬間，他的母親被一巴掌搧地摔在了地上。他的父親氣急敗壞地破口大罵，恨不得再對她踹上幾腳。他的母親蜷縮在泥地上，發出嗚咽般的悲鳴。紐因飛身攔到她身前，教會的人立刻大驚失色地上來拉人。

眼見那個男人被拉開距離，紐因看向不斷抽噎的母親，還有不明所以、只是跟著大哭起來的妹妹。他鼻子一酸，開口說：「我願意跟他們走。媽媽，妳拿著那十個金幣離開這裡吧。離開父親，自己帶著孩子去……」

她立刻驚慌失措地抬起頭，伸手緊緊拉著紐因，「不，不！沒有你我該怎麼辦，沒有他我該怎麼辦……」

紐因所有的話全都哽在喉嚨裡。他可以把自己的計畫告訴她，讓她明白有了這十個金幣，她完全可以展開新的生活。

但那個瞬間，他忽然懂了——他沒辦法救她。無論他今天換到的是十個金幣，還是一百個金幣，她都沒有獨自活下去的勇氣。

人群朝兩側分開，一位長相很符合「德高望重」這個標準的老先生走了出來。紐因聽見有人稱呼他「主教大人」。

主教大人站在紐因身邊，拍了拍他的頭，「我會讓教會幫忙照看她的，平常也會給她一點工作。」

紐因垂下眼，麻木地點了點頭。

主教大人帶著他往教會內走，語重心長地告訴他：「等你擁有足夠的智慧，總有一天你會忘記曾經的苦難。那些都會讓你變得更為強大。」

除此之外，小小年紀的紐因還明白了一個道理——有些人無法被拯救。

後來他被送去王都，遠離了貧瘠的方珍珠領，拋棄了做為「埃爾森．比爾」的人生，接受了聖潔的洗禮和賜名儀式。他彷彿真的洗淨了那些低賤的出身、窮困的過往，成為天生高貴的神的孩子，做為「紐因」而活。

他很聰明，甚至能在王都站穩腳跟，成為神靈的眷屬。從那以後他的身分變得更不一樣了，就連他曾經的老師看見他，都要叫一聲「大人」。

智慧神給予了他無盡的知識，他當時覺得這大抵是天底下最仁慈的神靈了。

但他懂得越多，就越是困惑。神靈為什麼不把知識分給那些愚昧的民眾呢？智慧神教的諸位都是很有知識的人，但他們似乎都恪守教規，不會輕易把知識教給普通人。可是如果那些人擁有更多的智慧，也許、也許很多人都能活下去，能因此過上好一點的生活。

在某些時候，也許是每次在背地裡被叫做「值十金幣的」的時候，也許是看到愚昧無知的母親、看到依然被困於泥潭中的窮人的時候，他都會打從心底冒出那麼一點不甘心。

他不敢質問神靈，只能盡自己所能，利用聰明才智，在神靈首肯、智慧神教教規允許的範圍內，一邊和高高在上的貴族們周旋，一邊盡可能地幫助那些人。

從芙蕾來到王都那天起，這座繁華的黃金之城，似乎走上了一條截然不同的道路。

他很欣賞芙蕾。這個來自綠寶石領的女孩表面溫柔內斂，內裡卻無畏勇敢。只要看著她，莫名就能讓人產生滿滿的期盼與希望——就算時代的浪潮洶湧而至，她只有一葉小舟，也會乘浪而起。

看著她一步步往上、一次次力挽狂瀾，並且阻止了邪神的騙局，他居然久違地覺得痛快。

他很聰明，但他也是個心思縝密的悲觀主義者。他一邊想著自己注定救不了太多人，一邊又像是感到不甘心一般，悄悄付出了許多努力。

看著芙蕾・霍華德的時候，他偶爾會感到疑惑——難道她一開始就知道自己會走向什麼樣的結局嗎？否則怎麼能夠走得那麼無畏、那麼得毫不猶豫。

好像就算不知道未來會走向何方，她也會盡當下最大的努力。那纖細筆直的肩膀，彷彿可以坦然面對與諸神為敵的未來。

如果她成為女王，站上阿爾希亞的頂點，或許真的能夠終結未來的諸神之戰，能夠在天災之下保護所有人。

但他沒能見到她成為女王的那一天。

在芙蕾繼位之後，戰爭之神迅速帶兵撤出了紅瑪瑙領，與整個阿爾希亞井水不犯河水，一點邊境線都不敢跨越。饒是芙蕾很想對付祂，一時間也找不到什麼藉口。

但戰爭之神並沒有完全沉寂下來。西邊群國仍然戰亂不休，戰爭之神無法擁有席捲整個大陸的戰爭，便在自己治下的領土裡開啟征戰，像是一場殘酷的、用血肉堆積的大練兵。

西方群國很快就經不起這樣的消耗。土地養不活孩子，遊民們一有機會就朝別國逃去，很快就沒有人要跟祂玩祂的戰爭遊戲了。比起安定下來，讓人類休養生息，發動一場戰爭以虜獲他們的物資和士兵，顯然更符合戰爭之神的需要。

戰爭之神不打算和得到了至高神力量的魔王對抗，祂蠢蠢欲動的矛頭對準了北方剛剛安定下來的龐波帝國。

失去最大威脅、也是最大支柱的龐波帝國，現在只是個背後沒有神靈的普通國家，那位狼皇似乎也不像傳聞中的那麼嗜殺。他相當有遠見地和阿爾希亞結了盟，以極低的商品貿易稅率換取魔王的庇護。

得知戰爭之神打上自己的主意，狼皇沒有絲毫反抗，乾脆俐落地朝阿爾希亞求援。據說當晚芙蕾高興地在床上打了好幾個滾。擋不住她的死纏爛打，魔王只能帶著她御駕親征，前往龐波帝國的獅鷲城。

戰爭之神很快就收到了一封挑戰書。阿爾希亞女王芙蕾用十分囂張的言辭挑釁祂——不用神靈插手，只用人類士兵對弈，保證也能把祂能打得落花流水。

「**賭注是祢的性命，以及十金幣。**」

戰爭之神不明白她為什麼單單要十個金幣，祂想這多半也是人類用來挑釁的一種方式。

祂坦然接受了這分挑釁，這或許就是祂一直渴求的戰爭！

但祂沒想到自己真的會戰敗。

祂茫然地看著自己的軍隊四處逃竄，幾乎沒有抵抗地被龐波帝國和阿爾希亞的人馬收編。與其說是被打敗，士兵更像是毫不猶豫地投入了對方的懷抱。

魔王展開羽翼，帶著芙蕾站到敵軍大將身前。

戰爭之神如臨大敵，祂渾身緊繃地站了起來，冷笑一聲，「這麼快就來領你們的賭注了嗎？」

魔王看了祂一眼，「也不急。」

「在取走賭注之前，我還得要讓您知道您是怎麼輸的。」芙蕾勾起嘴角，從懷裡抽出一張有些皺巴巴的卷軸。她故弄玄虛地抖了抖卷軸，拉長語調說道，「您知道嗎，我們替紐因收屍的時候找到了兩樣東西。

「一個是智慧神的神器，全知之眼。還有一個……」

戰爭之神的目光落到那張卷軸上，「是那張卷軸？」

「對，他模擬了和您的對戰，撰寫了如何贏過您的計畫書。」芙蕾微微挑了挑眉毛，「聽說您似乎認為他不是很聰明，所以我想驗證一下。

「結果，看樣子您還不是他的對手。不得不說您可真是一個有先見之明的神，如果他還活著，一定會給您找很多麻煩吧？」

「不可能！」戰爭之神反駁，「如果他有對付我的方法，當時又何必赴死！」

「就算擁有完善的計畫書，當初他手裡也只有那麼點老弱殘兵，更何況您還親臨了戰場，這場戰爭從一開始就注定了結局。」芙蕾抬起眼，「他用自己的命來換其他所有人活著，這還不夠聰明嗎？」

「他的計畫是什麼？」戰爭之神像是不甘心般地開口，「告訴我，他的計畫！」

芙蕾展開了卷軸。「第一步，分割戰爭之神和祂的軍隊。祂戰無不勝的軍隊是最鋒利的刀，但他們只擅長聽從命令，沒有戰神的指揮也不過是一群莽夫。

「第二步，切斷他們的退路，不要讓他們在猶豫中有後退的機會。

「第三步，給他們更多的前路，分散兵力。毫無退路只會激發這群亡命之徒的凶性，但如果多給他們幾條路做選擇，沒有指揮的他們反而會不知道該往哪裡衝……」

戰爭之神低頭看著一團亂麻的戰局，一切似乎正如紐因所預料。他什麼都猜中了。

「您覺得怎麼樣呢？」芙蕾收起了卷軸，居高臨下地看著戰爭之神，「他是個聰明人吧？」

戰爭之神沉默良久，祂微微點頭，「我承認。」

「可是他死了。」芙蕾的語調瞬間降到冰點。

戰爭之神閉上眼睛，祂深吸一口氣，忽然張狂地大笑了起來。「那就殺了我吧！能夠在這樣的戰場上付出生命，這也是我的夙願！與其將來耗光神力、做為一介凡人死去，還不如讓我葬身在這塊戰場！」

祂一把抽出手中的長刀，朝著魔王揮刀而上。魔王抬了抬眼，呼嘯的風刃從他指尖飛掠而出，普通的利刃根本無法抵擋。戰爭之神手中的長刀應聲而裂，風刃飛過他的脖頸，鮮血和他的頭瞬時在空中飛揚。

芙蕾垂下眼。「明明神的血也是紅色的。」

掉在地上的戰爭之神的頭突然睜開眼睛，祂哈哈大笑，「豬狗的血也是紅色的，難道牠們和人類也是一樣的嗎！

「人類，妳可以斬下神的頭顱，卻無法斬斷神的自尊！我死於風神之手，我敗給了強大的魔王，沒有人類能讓我們低頭！沒有人！

「動手吧，殺了我，澤維爾！」

芙蕾瞥了瞥祂依然直立的無頭身體，以及落在地上的頭顱，微微搖頭，「那祢就好好見證吧。在祢的神力耗盡之前，就算維持這副模樣祢也不會死吧。

「好好看著吧，高傲的神靈，接下來是屬於人類的時代。」

戰爭之神瞪大眼睛，祂耳邊彷彿響起了那個被祂吊死的青年的最後遺言。

芙蕾在祂的頭前蹲下，祂才猛地回過神來。

芙蕾朝祂伸出手，「還有十個金幣。交出來，不然就把祢的頭當球踢。」

戰爭之神：「……」

這似乎不僅僅是羞辱的意思，她是真心誠意地想要那十個金幣。

拿到金幣後，芙蕾很快就和魔王一起消失在這片戰場上。

他們出現在紅瑪瑙領內一片湖泊旁的樹林裡。

這裡有一個孤零零的小土丘。

這是當時逃過一劫的紅瑪瑙領居民和教眾們，收拾了紐因的屍骨以後為他挑選的地方。有樹有水，不遠處還有山，算是個不錯的地方了。

他的墳前已經被立上了一塊無字的墓碑。對他的讚頌明明能寫出好幾首詩篇，但換到他的墓碑上時，反而不知道該刻點什麼。

芙蕾是第一次來到這裡。她從地上撿了根小樹枝，沒有使用魔力，親手在他的墓碑前挖了一個小小的坑。魔王沒有問她要做什麼，只是屈下身、一起幫她。

芙蕾活動了下有些酸疼的手腕，點點頭，「差不多可以了。」

魔王停下動作，扭頭看向她，似乎在疑惑接下來要做些什麼。

芙蕾笑了笑。她把從戰爭之神手裡贏得的十個金幣扔下去，然後把剛剛挖出來的土埋了回去。

她在坑上用力踩了踩，確認土已經填平，這才再次揚起笑容，「好啦。」

她伸手拍了拍紐因的墓碑，「我用十金幣把你贖回來了。現在起，你的靈魂就永遠自由了，我的朋友。」

魔王低下頭看了一會兒，他問：「如果被人挖走怎麼辦？」

他提議要不要幫忙弄一個小小的封印，但芙蕾搖了搖頭。

「如果真的有這樣的幸運兒，那就當是智慧的紐因先生指引他的吧！」

她看著空白的墓碑，還有些猶豫，「魔王大人，我還沒想好要在墓碑上寫什麼。『紐因』是智慧神教給他的名字，他在最後一刻，到底希望自己是誰呢？」

魔王站在她旁邊，沒有回答，只是側身看著她。

芙蕾沉默了半天才終於下定決心。她抬手讓風元素聚集在她的指尖，一筆一劃地在紐因的墓碑上刻下字，然後才站起身。

她注視了它片刻，才彎腰鞠躬和他告別，「再見啦，朋友。」

她轉身，慢悠悠地朝著樹林外面走去。魔王走在她身旁，忽然緊張了起來。他不安地抖了抖翅膀，「妳、妳怎麼哭了！」

芙蕾抽抽鼻子，舉手擦了擦自己的眼淚。

魔王緊張得翅膀都僵硬了，一時間居然不知道自己應該要先伸出手，還是要伸出翅膀。手伸到一半他才想到，自己的口袋裡好像有手帕。

他手忙腳亂地掏出手帕、遞過去，芙蕾卻沒有接下。她反而停下腳步、站在原地，肆無忌憚地嚎啕大哭了起來。

「請不要管我……」芙蕾任由眼淚嘩啦啦地落下來。她胡亂地伸手抹了一把，抽抽噎噎地解釋，「庫珀先生說，在一切結束之後，我們才可以為逝去的同伴盡情掉眼淚。嗚，智慧神已經死了，戰爭之神也得到了懲罰，我現在、現在可以哭了……」

魔王不安地抖了抖翅膀，他擰緊眉頭，耐心地替她一遍遍擦掉眼淚，「那妳還要哭多久呢？」

芙蕾吸了吸鼻子，「……到走出這片樹林為止，我、我會哭完的。」

魔王勾起笑容，他捏了捏她的臉，「沒關係，也不用那麼嚴格。如果之後妳還想哭，就埋進我的翅膀裡。我保證誰也不會看見，誰也不會知道。」

沒有人知道紐因死去的時候在想什麼。

他被送上絞刑架，繩子那端使著力的人彷彿正在抽走他的生命。他被迫仰起頭，注視著虛無的深邃夜空。

他果然無法救下所有人。

他深吸了一口氣，忽然猛地伸手拉住脖子上的繩索。他的目光緊緊盯著戰爭之神，留下他最後的話，「我已經看到祢的結局了，戰爭之神門羅。」

門羅沒有理會他的故弄玄虛。

他身後的士兵猛然用力，生命的消逝讓他手腳冰涼，但他的心頭炙熱，喉頭滾燙。

紐因用不符合他性格的狂傲語氣，帶著喉嚨裡的血沫，喊出詛咒一般的預言：「**傲慢的諸神，終將臣服於人！**」

紅瑪瑙領的不知名樹林裡，那座無字墓碑上終於被刻了字。

上面寫著——**這裡安眠著智慧而不屈的靈魂**。

番外三

海神慶典

EXTRA
CHAPTER
III

東部的大海，海神聯盟原本的領頭人，自稱「大海遺民」的殘忍海盜被推翻了。一位小島上的年輕人橫空出世，如有神助般從他們手裡贏下一次又一次戰爭。在他的幫助下，群島很快便結成聯盟，吹響了反擊的號角。

直到將自稱「大海遺民」的海神聯盟打得七零八落，那位年輕人才宣告自己的名號——「海之子」，號稱自己才是真正的海神眷屬。這些自稱「大海遺民」的傢伙只是一群冒牌的海盜，海神憤怒於他們藉著祂的名號作惡，才會降下神諭，讓自己前去討伐他們。

一開始大家還半信半疑，但也都十分配合。畢竟大家都知道，打起仗來，不管實際情況如何，號稱背後有神撐腰總會顯得比較有氣勢。

但他們很快就發現，戰無不勝的「大海遺民」在「海之子」面前真的失去了以往的神眷，這片大海也不像原來那樣只站在他們那邊了，宛如……真的有海神在場！

在「海之子」的幫助下，群島上的諸國聯合起來建立了新的聯盟。鑒於「海神聯盟」的名號已經被他們取走了，他們只能想個更威風的，據說暫定叫——「天命海神聯盟」。

而原本「海神聯盟」的那幫人在最近的一次大戰中落敗，忽然間就失去了蹤影。有人說他們被大海吞噬了，也有人說他們不敢與真正的海神使者作對，自己夾著尾巴逃了。

反正最近海面一片祥和。巨人島的國王、希爾的父親也寫信來阿爾希亞王都了。他稱大海洶湧的波浪已經平息，遠去的遊子可以歸鄉了。

他還順便邀請了芙蕾女王和魔王大人前去作客，據說這也是那位「海之子」的意思。他們最近要舉辦盛大的海神慶典，為了表達和平和友誼，這才特地邀請他們。

芙蕾放下信，摸著下巴，「這個『海之子』就是海神新選的眷屬嗎？」

魔王搖搖頭，「不是。」

芙蕾還在驚訝，就聽見他面無表情地說，「是海神本神。」

芙蕾：「……」

魔王有些頭疼地摸了摸腦袋，「祂覺得人類的不確定性太大了。但是殺了原本的眷屬祂也會元氣大傷，索性親自出馬，假裝成自己的眷屬。

「原本的『大海遺民』被他扔到無人島上了，別擔心。餓不死，但也出不去。」

芙蕾看著信件上的「天命海神聯盟」，忽然沒來由地想，也許這位海神和魔王很合得來，畢竟他們取名字的邏輯差異不大。

芙蕾考慮道，「那我們要不要去呢？我好像還沒有見過大海……不過那群貴族一定會攔著我的，他們連看到我騎馬都擔心我會摔斷脖子了，我明明就不是那麼柔弱的女王。」

魔王揚起嘴角，「是，妳是一箭就能射穿神明、了不起的女王大人。如果想去的話，我也可以偷偷帶妳去。」

他靠近芙蕾，微微抖動翅膀。芙蕾笑著伸出手，捏住他的臉，「就是因為這樣，您才會被那群傢伙說是魅惑我、讓我不理朝政的壞魔王！」

「他們敢亂說話。」魔王危險地瞇了瞇眼，「我就讓風元素半夜去掀他們的被子！」

芙蕾哈哈大笑。

而此時，希爾王子就在王宮裡，他也聽說了來自家鄉的好消息，正在熱情邀請妮娜一起去巨人島作客。

他揮舞著雙手，比劃著，「我們家的海啊，有那～麼大～」

妮娜一臉嚮往，「大海啊，我還從來沒有見過海呢！」

希爾王子繼續一臉自豪地揮動雙手，「還有海裡的魚啊，也有那～麼大～」

妮娜倒吸一口涼氣，「那麼大啊！」

希爾王子更加高興。「還有我們家的島啊，那～麼……哦，和大陸比起來也沒有特別大，但在群島裡已經算是最大的島了！畢竟我們的祖先是巨人嘛！」

妮娜忍不住想像，「能住得下巨人的島啊！」

希爾王子露出熱情的微笑，「來吧，妮娜，妳也跟我一起回去，我一定會好好招待妳的！」

妮娜有些出神。她雖然很心動，但也沒辦法立即回答他。「我還不知道姊姊有沒有要去……」

而且，即使能一起去海島玩，他們也即將面臨分別了，她難免有些失落。希爾王子是她在整個王都最好的朋友，他們一個出身偏遠的綠寶石領，平凡卻是當今女王的妹妹；一個來自遙遠的巨人島，單純卻擁有令人驚愕的財富。

某種程度上來說，他們的立場很相似。或許就是因為這樣，他們才能這麼快地熟絡起來。

妮娜正要開口說點什麼，庫珀就忽然從走廊拐彎，猛地衝了出來。妮娜一愣，「庫珀先生?您怎麼了?」

他這副驚慌失措的樣子可不常見。

庫珀咬牙切齒，「如果芙蕾和魔王問起，妳就說沒看見我!」

「我覺得我不用問她。」魔王瞬間出現在他身後，臉上帶著某種難以言喻的縱容和慈愛，「好了，都讓你跑這麼久了，你總該滿意了吧?」

「庫珀先生——」芙蕾拉長語調，從庫珀逃跑的方向探出頭來。她有些驚訝地「咦」了一聲，「妮娜，希爾，你們也在呀!」

她一眼就看出妮娜似乎不太高興，而看到希爾王子也在場之後，她便迅速反應過來——她的朋友要離開了，所以妮娜有點失落。

說起來，在綠寶石領的時候，妮娜並沒有太要好的同齡朋友，這或許還是她第一次和朋友分別。

芙蕾溫和地笑著，「我們正在商量一起去巨人島的事情呢，妮娜也一起去吧?」

希爾王子眼睛一亮，「太好了!」

妮娜也十分高興，但她還是忍不住操心，「沒問題嗎?把王都的工作扔下……」

「偶爾任性一下也沒關係的。」芙蕾朝她擠了擠眼，然後拍拍庫珀的肩膀，「而且有庫珀先生在，他一個人一定也能處理好王都的事情的!」

庫珀憤怒地哼了一聲，「這是脅迫！」

妮娜總算知道他為什麼要逃跑了。

庫珀幽幽地望著他們，「大海啊，我老人家一把年紀也沒有見過大海啊。不僅如此，我還要待在王都，幫出去玩的小輩處理工作啊——」

芙蕾面露羞愧，拍了拍他，「麻煩您了。」

庫珀眼見苦情攻勢也不管用，憤怒地咬牙，「我會亂來的！等你們回來以後，你們就會發現我已經強迫了王都內所有的男人，讓他們全都穿上裙子！」

芙蕾有些困惑地眨了眨眼，「為什麼啊？」

「啊！」妮娜若有所思地拍手，「變成半人馬後也能穿的褲子實在太難設計了，所以我提議不如穿裙子，這樣就算變成半人馬，也只是屁股露在外面而已嘛……」

她越說越小聲，還心虛地看了庫珀一眼。庫珀憤怒地抗議，「那穿衣服的意義在哪裡！屁股都在外面了！我為什麼不索性讓自己自由一點！」

「嗤。」魔王沒忍住笑。

芙蕾靈光一閃，「說起來，梅利莎前幾天把她爪子上的綁帶秀給我看了，庫珀先生，您該不會是嫉妒人家有漂亮的裝飾……」

庫珀把頭扭到一邊。

妮娜立刻豪情萬丈地許諾，「別擔心，庫珀先生，我一定也會幫您設計一個十分好看又實用的裝飾的！

「您也知道巨人島的風俗和我們很不一樣，等我這次去巨人島回來，也許看過了他們的服裝，我就會有新的靈感了！」

庫珀遲疑地瞇了瞇眼睛。

芙蕾和妮娜說了不少好話才把庫珀哄好，並讓他勉為其難地答應，在他們去巨人島遊玩的期間會幫忙處理王都的事務。如果遇到什麼拿不定主意的緊急事件，就會讓魔族傳遞消息給他們。

終於敲定了要一起出門玩的行程，芙蕾忍不住伸伸懶腰，她笑著看向魔王，「總覺得魔族也越來越習慣在阿爾希亞的生活了。」

原本他們還會盡力維持著人的外貌，但即使強大如魔族，總也會有鬆懈的時候。無論是外城區的傭兵們，還是內城區在王宮內幫忙的守衛們，偶爾都會不小心被人目擊到魔化的瞬間。一開始還引起了不小的騷亂，但最近……大家似乎逐漸能夠接受這些事情了。

而有一部分比較我行我素的魔族，比如梅利莎，已經大搖大擺地完全保持著魔族的樣子，在王都內生活了。

「嗯。」魔王眼裡也顯露出一點欣慰，看到他們過得舒服，他也覺得放心。他微微點頭，「人類的適應能力總是讓我吃驚。」

芙蕾鬼鬼祟祟地往外看了看，魔王則挑了挑眉毛。她有些憂愁地回過頭，苦惱地說：「魔王大人，您覺得妮娜和希爾王子，他們是不是……」

魔王擰著眉頭考慮了半晌，不太確定地說：「是朋友吧？別太操心了，妮娜在戀愛方面或許比我們有天賦多了。」

芙蕾的表情僵了一下。是啊，遠在她和魔王還沒有互相表明心意的時候，妮娜就已經認定他們會有相愛的未來了。

芙蕾摸摸鼻子，小聲抗議：「我只是覺得，如果他們有可能在一起的話，我就該多帶點禮物去給巨人島的國王。畢竟妮娜可能會把他的兒子拐走。」

「不然就帶著吧。」魔王提議，「帶過去看看，如果有戲就把禮物留下。就算只維持著朋友關係，我們也可以在當地做點交易。」

芙蕾肅然起敬，「魔王大人，看來您也很有商業頭腦啊。」

魔王有些得意地抖抖翅膀，但還是口是心非地說：「沒有，只是隨便想想的。」

即便這樣，芙蕾還是去找了妮娜。她以聯絡姊妹感情為由，讓魔王一個人獨享了女王的床鋪，跑去和妮娜擠了一晚。

芙蕾覺得自己似乎不太擅長對家人耍心機，因為她的來意很快就被妮娜看穿了。妮娜冷哼一聲，突然從床上爬起來，雙手扠腰、氣勢十足地說：「我，妮娜·霍華德，一個從小讀遍愛情小說、熟知各大民間愛情傳說的少女！如果真的遇見了愛情，絕對不可能過了這麼久，還和心儀的對象只維持著朋友的關係！」

芙蕾歪倒在床上，小聲嘀咕，「畢竟你們也沒有認識很久……」

「不不不。」妮娜自信地伸出手指，搖了搖，「如果是我的話，不用一個月就一定會得到結果的！我跟磨磨蹭蹭、東想西想的姊姊可不一樣哦。」

妮娜骨碌地滾下來，和芙蕾面對面、嘿嘿笑地揶揄著她。

芙蕾抗議，「我當時是因為情況特殊！我要爭奪王位，同時還要應對天災和諸神……如果、如果是平常，我也只需要花一個月就夠了！」

她的話說得有些中氣不足，但面對妹妹，氣勢可不能輸。

「哦──」妮娜露出狡黠的笑容，「姊姊是說妳只要花一個月，就能拿下魔王嗎？」

芙蕾忽然坐了起來，警覺地看了看四周。妮娜不明所以，「怎麼了？」

芙蕾緩緩搖頭，摸了摸自己的腦袋。她遲疑著說：「因為妳剛剛那樣講，我懷疑是不是魔王在附近偷聽，妳才特地說這種話，讓我主動跳下坑……」

妮娜哈哈笑地在床上打滾，她壞心眼地說，「說不定哦。畢竟魔王只要想聽，這點距離也不是問題嘛。」

「妮娜──」芙蕾伸手捏住她的臉，「我可是在替妳操心呢。聽好了，如果遇見喜歡的人，可不要因為害羞就錯過啊。希爾王子這次回去，應該就不會再回阿爾希亞了。」

「我確實是有點難過啦。」妮娜嘀咕了兩句，「但只是因為朋友要離開了才會感到難過。希爾那傢伙還是個小孩子呢，我敢打賭，至少三年內，那傢伙和戀愛這檔事都還扯不上關係。」

聽她說得信誓旦旦，芙蕾忍不住笑了起來。

「唉——」妮娜撐著下巴，哀嘆了一聲，「我也想遇到一個擁有極富男子氣概的肉體、性格溫柔可靠、會照顧人的好男人啊。」

芙蕾歪著頭思考，「嗯……我一時間也想不到什麼好人選。」

「唉，這種事沒辦法著急，要看緣分。」妮娜悠悠哉哉地晃了晃腿，帶著幾分少女的憂愁說，「也許是我還沒到談戀愛的年紀吧？」

「咳。」芙蕾低下頭憋笑。

「姊姊——」妮娜把手伸了過來，「妳是不是在嘲笑我的少女心事！」

「沒有！怎麼會呢！」芙蕾矢口否認，可惜哪怕她故作嚴肅，也沒辦法掩蓋住眼裡的笑意。

「哼！居然敢小看我的少女心，吃我的搔癢攻擊！」妮娜撲了上來，兩個人扭作一團，芙蕾哈哈笑著求饒。

聽著從不遠處的房間裡傳來的笑聲，魔王憤憤地用翅膀把枕頭搧到地上。

交代好王宮內的事宜，芙蕾一行人便朝著海岸線出發。

說是交代，但其實根本就是芙蕾女王單方面任性地表示自己要出去玩，由誰來勸說都沒用。如果王都內真的有什麼非她出馬不可的大事，可以求助的人選有三個——伊莉莎白・卡文迪許、阿爾弗雷德．馮，以及庫珀先生。

阿爾弗雷德雖然不再是王子了，但他也被芙蕾封了爵位，留在王宮裡幫忙做事。按照芙蕾的說法，他小時候學了那麼多帝王政論，總得運用在一些地方上，不然就這樣放著多可惜啊。

對此阿爾弗雷德表示一點都不可惜，而且他小時候其實也沒有花多少時間、學得也不是很認真。但冷酷的芙蕾女王不會讓他偷懶，就算不會，哪怕現學也得好好努力。

總之，強硬地把工作扔給其他人後，芙蕾就帶著魔王、妮娜，以及迫不及待返回家鄉的希爾王子出門了。

芙蕾原本也邀請了春季女神，但是她迅速拒絕了。據說祂們整個大地之母家族都是這樣的，只要一離開土地就會極其不安。

太陽神對此也興致缺缺。祂不是沒見過海，而且祂最近總是纏著格雷蒂婭，因為祂想在法師塔頂端——也就是芙蕾送給祂的那個房間，裝一扇像春季女神教教堂那樣的綠色彩色玻璃。

芙蕾不知道彩色玻璃有什麼好的，反正太陽神喜歡就好，而且祂還不是來煩自己，那就更好了。畢竟約定好的絕世美人梳妝女僕，她還沒什麼頭緒。

芙蕾做為土生土長的綠寶石領鄉巴佬，不僅沒見過海，連海岸線都沒見過。

這次一起出來的都是熟人了，不用在那群貴族面前裝什麼優雅的女王架子。她漂亮的碧綠眼瞳正閃閃發光，看什麼都新鮮。

希爾王子得意洋洋地指著一望無際的海平面，「大吧？」

妮娜感嘆：「大呀——」

芙蕾擺著和她如出一轍的表情，也跟著點頭，「大呀——」

魔王好笑地看著她一副沒見過世面的樣子。他是自由自在、無處不能去的風，他當然見過大海，只是哪次都沒有這次有意思。

妮娜感嘆：「我原本還想，教了希爾這麼久的文學都白教了，他形容大海時居然只能說出一句「好大」。等到真的看到之後，才覺得腦袋裡第一時間跳出來的詞，果然就只有『大』……」

希爾王子不好意思地抓抓頭，「大海很大是真的，不過我文學沒學好也是真的。」

妮娜扠著腰，惱怒道，「真是的，我都特地幫你找了藉口，你倒是順著臺階下啊！」

希爾王子不明所以，只能傻笑。這是他跟著妮娜惡補貴族禮儀，學到的最實用的東西，遇到無法解決的事就露出純真的笑臉，不管真不懂假不懂，就當自己什麼都不懂。

芙蕾跟著他們一起笑了。

海岸那邊停靠了一條輕型船，芙蕾不太確定是不是來接他們的。它的船身過於樸素，幾乎什麼都沒有，不太符合她阿爾希亞女王的排場。

這個想法一冒出來，芙蕾就羞愧地低下了頭，她居然被王都那群可惡的貴族們同化了啊！怎麼能一心只想著什麼華麗、排場呢！看看傻呼呼的希爾王子就知道，樸素的巨人島居民們不搞這一套！

然而那艘小船逐漸接近，她才發現不是這麼回事。那艘船身上並不是什麼裝飾都沒有，它底部的吃水線畫成了波浪的形狀，由於描繪得十分逼真，彷彿還有隱隱的海浪聲傳來。

——是魔法。

這一整艘船恐怕就是個大型的魔法道具。看來無論哪國的國王都沒辦法抵擋虛榮心的侵蝕，巨人島們憨厚的居民們照樣喜歡穿金戴銀、搞大型魔法道具。

「哈哈，歡迎你們，我的朋友！歡迎來到『深藍之主』號！」甲板上一個膚色比一眾船員白了好幾階的俊美年輕人，對著他們豪邁地張開雙手。他擁有一頭深藍色的頭髮，笑容爽朗且親切。不知道是不是芙蕾的錯覺，他看向自己和魔王的時候似乎顯得格外得熱情。

真誠的視線，再加上讓人覺得莫名熟悉的取名風格……芙蕾扭頭看向魔王，試探著問：「『海之子』親臨？」

是海神本神？

魔王微微點了點頭。

「您就是！」希爾王子顯然比他們更激動，他猛地上前一步，「您就是帶領『天命海神聯盟』討伐了『海神聯盟』的『大海遺民』的『海之子』嗎！」

芙蕾：「……」

這麼多讓人驚愕的稱號擺在面前，芙蕾突然覺得「六翼魔王」聽起來也不算什麼太古怪的名號了。畢竟魔王是真的魔王，六翼也是真的六翼，我們魔王可是個標準的寫實派。

不知不覺偏心到不知道什麼地方去的芙蕾，跟著上了船。海神沒有自己暴露身分，她也懶得拆穿，只當作不知道。

海神扮演的「海之子」化名為尼普頓。祂十分熱情地向他們介紹自己的寶貝船，介紹方式和希爾王子有著異曲同工之妙。

「看到這個帆了嗎！好布料做的！還加了魔法！

「看到這個桅杆了嗎！好木頭做的！還加了魔法！

「看到這個輪盤了嗎！」

芙蕾十分敷衍地點了點頭，「知道了知道了，好木頭做的，還加了魔法。」

魔王對著芙蕾做出欲言又止的表情，芙蕾不明所以地眨了眨眼。

「不，這個沒有被施上魔法，就只是結實。」尼普頓微微搖了搖頭，隨後變得格外興奮，「但是船的外裝有加上魔法！只要在大海上，無論是大型的魚群撞擊，還是海底暗礁，甚至是敵船的炮彈！無論多大的風浪都不可能掀翻我的船！」

「咳。」魔王清了清喉嚨，面無表情地提醒祂，「那我掀看看？」

尼普頓瞬間瞪大眼睛，後知後覺地發現自己說的話似乎有挑釁風神的嫌疑。祂立刻撲到輪盤上，死死護住，「不行！我只是一時口快！你別動手！」

魔王看向芙蕾，「以後這傢伙聊起船的時候別接話，祂會沒完沒了的。」

芙蕾認真點頭。魔王看著她這副好奇又乖巧的模樣，忍不住覺得心裡癢癢的。如果這時候是魔化的姿態，芙蕾一定能看見他悠然甩動的尾巴。

魔王挨在芙蕾身邊，壓低了聲音，「如果真的好奇，問也沒關係，反正我能讓他閉嘴。」

尼普頓幽幽地看了他一眼。

芙蕾摸著下巴，對這位海神冕下升起了幾分好感。雖然才認識不久，但他渾身散發著適合和春季女神、太陽神做朋友的氣息。

海神的船不愧是海神的船，一下子就朝著大海深處衝去了。剛剛還一臉興奮的妮娜，在船開動的那一瞬間，就把自己早上吃的食物統統贈送給大海了。

「哦，可憐的孩子。」尼普頓面露悲憫，「這也是大海的殘酷之處，有的人一開始就受限於天分，不能在大海上自由來去。」

芙蕾一邊幫妮娜順氣，一邊無奈地搖頭。

希爾王子搔了搔頭，站在妮娜身邊，「哦，如果船上有一種果子就好了，吃下之後就會好很多。巨人島偶爾也會出現這種不能上船的孩子。」

他眼中的悲憫和尼普頓如出一轍。

芙蕾：「……」

只是容易暈船，又不是什麼不治之症，這群人可不可以不要露出這麼不吉利的表情？

海的那頭很快就出現了海島的輪廓。巨人島十分得氣派，連綿不絕的島嶼，讓他們有一瞬間以為到了阿爾西亞大陸的對岸，見到了另一側的土地。

希爾王子已經開始興奮地揮手大叫，他滿臉自豪地拍著妮娜的肩膀，「看呀，妮娜！已經到島上了！那邊就是我家！喂——」

他極具穿透力的聲音遠遠地傳過去，芙蕾聽見對面也傳來了一聲應和。

妮娜眼含熱淚，「太好了，我真的已經吐不出什麼了，嘔——」

芙蕾擔憂地遞上一杯水。

希爾王子更加興奮，他直接豪邁地跨上船舷，大手一揮，「朋友們，我先去探路！」

在眾人反應過來以前，他已經以一個熟練而優美的姿勢，「撲通」一聲跳進大海裡，揮動雙臂朝著海岸邊游了過去。

「哦，這就是我們大海男兒該有的風範。」尼普頓感嘆了一句，然後毫不留情地加速。輕型船越過還在努力游泳的希爾王子，率先抵達了巨人島。

正值壯年、身材極其高大的巨人島國王，對著他們熱情地張開雙臂。「哦，我期待已久的朋友們！我的孩……嗯？希爾呢？」

國王大驚失色，芙蕾示意他稍安勿躁，指了指身後的海域，「他剛剛跳下船了。大概是太久沒有見到海，有點激動，等等應該就會游過來了。」

國王哈哈大笑，「這個傻小子還是和以前一模一樣！別管他了，走，我們去喝酒！」

芙蕾不知道應該要先驚訝於巨人島國王對自己兒子的放養態度，還是要對他們居然大中午的就開始喝酒而感到詫異。

「父親，遠道而來的客人還沒有吃飯，至少要在肚子裡先墊點東西。」

一道渾厚的男低音傳來，芙蕾沒想到巨人島內還有說話這麼溫和的人物，一時間也有點吃驚。對方也是個年輕人，他的模樣和國王、以及還在大海中遨遊的希爾王子有幾分相似。

芙蕾眨了眨眼睛，遲疑地問：「這位是……」

對方往前一步，褐色的短髮俐落乾淨，面孔深邃、笑容親切，再加上巨人島一貫的高大身材。他朝所有人行禮，「初次見面，我是凡提，巨人島第一王子。」

芙蕾這才反應過來，這是他們來到這座島上第一次見到有人行禮。看樣子這位凡提王子還認真研究了阿爾希亞王都的禮儀。

「哈哈，其實就是我的大兒子！」老國王和希爾王子有一脈相承的豪邁，「我們就這麼大一個島，也沒有那麼嚴格的王子啊、國王的制度，希望遠道而來的朋友們不要介意，哈哈！」

「偶爾能放下禮儀的束縛，我也覺得很放鬆。」芙蕾露出和善的笑臉，並沒有在意他們獨有的個性。

凡提王子注意到一旁沒什麼精神的妮娜，他腳步微微一頓，忽然遞出一個袋子。妮娜愣了一下，不明所以地抬起頭。

凡提王子的嘴角揚起溫和的笑意，「您是不是暈船了？我之前就擔心你們一直生活在陸地上，會不會有人不適應大海。吃顆這個果子，很快就會好起來的。」

妮娜直愣愣地看著他，乖乖地把果實往嘴裡塞。

凡提王子溫柔地提醒她，「小心，它有點酸。」

「唔！」妮娜的臉瞬間扭成一團。

「咳。」凡提王子忍不住笑了一聲。他很快止住笑意，低頭說，「抱歉。」

一旁的魔王忽然停下腳步，扭頭說：「來了。」

眾人順著他的話回過頭，正巧看見從水裡爬出來的希爾王子。他一邊甩著頭髮，一邊張開雙臂衝了過來。

巨人島國王看見許久未見的兒子，忍不住眼眶發紅，但他同時一拳砸到了他腦袋上，把希爾王子打得嗷嗷痛叫。國王大罵，「沒腦子的傢伙！剛剛客人都還沒抵達呢，就這麼想要游泳嗎！」

「嗷！別打了，父親，我錯了！」希爾王子捂著腦袋，「我忘了這是『深藍之主』號，忘了它可以開得那麼快。如果是一般的船，我肯定游得比它快啊！」

芙蕾：「……」

真是格外別緻的父子情深。

芙蕾忽然注意到妮娜的異常。她從剛剛開始就有點呆滯，芙蕾只當她是因為一路暈船而感到身體不適。但希爾王子出現後，所有人都跟著回頭，就只有妮娜一個人還傻傻地盯著原來的方向。

芙蕾順著她的目光看過去——是凡提王子。

芙蕾忽然有某種預感。她湊到妮娜身邊，伸手拍了拍她的肩膀，「妮娜，妳……」

妮娜已經一把抓住了她的手，目光閃閃發亮，「姊姊，擁有極富男子氣概的肉體、性格溫柔可靠、會照顧人的好男人！就在眼前啊！」

芙蕾：「……」

她準備的禮物似乎能送出去了，雖然不是為了希爾。

巨人島國王帶他們前往宴會廣場。他們到達的時候，熱鬧非凡的宴會已經開始了。烤肉在火堆上滋滋作響，美酒大桶大桶地搬上來，身材高大的巨人島居民們高舉著手裡的食物、發出某種無意義的嚎叫，還迅速引起了一堆嚎叫附和。

國王氣呼呼地一腳踹飛一個醉鬼，憤怒地一拍大腿，「不是說等客人來了再開始嗎！你們這群蠢貨！怎麼客人還沒到就先喝醉了！」

一個勉強還算清醒的高大男子站起來回答，「大人！不是我們！是有人故意挑釁的！」

有人附和，「對啊！就是那個男人！我們發現他在偷喝宴會的酒……」

國王又踹了他一腳，「海神慶典期間，所有人都是我們的客人，哪有什麼偷不偷喝的！」

「好吧。」那人瞬間改口，「他喝了我們好多酒，還挑釁我們！問我們為什麼不喝，說我們難道是光聞到酒味就會醉的小屁孩嗎？不然為什麼明明酒在面前，還能忍著不喝……我們怎麼能忍！」

「就是說啊！我們得和他比誰的酒量更厲害！」

「然後呢！」國王似乎格外關心拚酒的結果，「誰贏了？」

那人苦笑著，指了指不遠處的一團人影，「別、別提了——躺著的全都是被他灌醉的，而且他還在喝！」

國王目瞪口呆，隨後豪邁地一甩脖子上礙事的披風——看得出來為了見芙蕾，他也是盛裝打扮過的。他快步朝著人群走去，大喝一聲撥開人群，隨手把喝得爛醉的上一個選手扔出去，一拍桌子、坐到對方面前。他氣勢洶洶地說：「來！給我拿酒來！我來和他比！」

芙蕾：「……」

希爾王子立刻竄過去。「父親，你倒下了換我來！」

然後不意外地又挨了自己父親的一拳。

凡提王子重重嘆了口氣，他無奈地帶著眾人入座，臉上帶著歉意，「抱歉，我們這裡的人就是這樣的性格，希望您不要介意……」

「不，沒關係。」芙蕾笑了起來，她早就聽說巨人的後裔繼承了巨人始祖的耿直和豪邁，看樣子確實沒有讓人失望。

尼普頓顯然對拚酒比較有興趣，祂毫不介意地和人群混在一起，湊過去大喊：「你輸了換我上！欸？」

祂這一聲明顯的疑問倒是讓芙蕾有些好奇，她伸長脖子看了看。魔王側過頭提示她，「祂不是人類。是泰坦神。」

芙蕾：「……」

所以現在的狀況是，巨人族始祖在海神慶典上偷酒喝，被自己的後裔們抓個正著，沒想到祂不但不認錯，反而還挑釁他們前來拚酒。結果祂不僅喝趴了自己的子子孫孫，還引來海神親自對陣？

芙蕾的眼中閃動著光芒。怎麼辦，好像還挺有意思的！

「咳。」芙蕾臉上帶著矜持的笑容，從容地拉著魔王起身，「實不相瞞，其實我對那邊的比拚也有點興趣……」

凡提王子有些意外，但也立刻從善如流地站起來，他點點頭，「那麼，我帶各位去看看。」

「不。」芙蕾臉上的笑容更甚，「請隨意點。我們來到巨人島，就按照巨人島的規矩享受一下這獨特的自由氣氛。啊，不過妮娜來的時候不太舒服，就麻煩您照顧她一下……」

凡提王子聞言，點點頭。「請交給我吧。」

芙蕾朝妮娜發送「姊姊只能幫到這裡了」的視線，妮娜則回以「剩下的就交給本戀愛大師吧」的目光。姐妹倆交換完眼神，便滿意地開始分頭行動。

凡提王子身上有種自然而然的年長者氣質，他溫和地詢問妮娜，「妮娜小姐，我從出生起就沒有離開過這片大海，實在有點好奇阿爾希亞是個什麼樣的地方。還有，希爾他……在那裡學習得如何？」

妮娜苦惱地皺了皺眉，她覺得這時候應該誇一下希爾，以拉近兩人的關係，但是她也不能違心地說希爾學得有多好。她清了清喉嚨。「希爾王子……很努力。阿爾希亞和大海的海島的確大不相同，如果有機會，您一定要親自去看看。」

凡提眼中浮現嚮往，「我也很希望能夠去看看。」

妮娜不由得有些好奇，「當初為什麼會選擇讓希爾來阿爾希亞呢？」

她覺得比起希爾，這位凡提王子顯然更能夠適應王都的生活。

凡提苦笑一聲，「因為我們當時以為整個巨人島已經危在旦夕，做為哥哥，怎麼可能讓弟弟留在這裡送死呢。」

「但現在戰爭已經平息了。」妮娜熱情地笑著，「所以您完全可以和我們一同前去阿爾希亞，學習您想學習的一切！」

「這……」凡提王子明顯心動了。

妮娜眼中閃閃發光，「姊姊一定會同意的！而且阿爾希亞和巨人島是友好的伙伴，互相交流學習也是很正常的事！」

這時，已經被泰坦神灌醉的國王邁著搖搖擺擺的步伐，「骨碌」一聲滾到自己的座位上。他迷茫地說：「什麼？我好像聽說你也要出去？」

凡提王子微微點頭，「是的，父親，我打算去阿爾希亞學習……」

妮娜的心一下子揪了起來，國王會不會不同意呢？畢竟是國王的長子、巨人島未來的繼承人，他不讓凡提王子離開，似乎也是很合理的事情……

國王豪邁地一揮手。「那就去吧！我像你這麼大的時候，還在不知道哪個島嶼上跟人打架呢，哈哈哈！」說著說著，他便露出懷念的神色，「那時我和老爹賭氣，自己出海找了座無人島，想要創造一個比巨人島更強盛的島嶼。但後來發現……就老子一個人，一個島民都沒有，那還要發展個屁！除了和老虎打架外，其他什麼也沒學會！」

妮娜被國王過分豪邁的年輕經歷震懾住了。她茫然地眨了眨眼，覺得阿爾希亞真是個和平又普通的好地方。

芙蕾一開始只是在假裝看他們拚酒，實則注意著妮娜那邊的情況，但她很快就被場中拚酒的兩人吸引了目光。

泰坦神豪邁地當頭澆下一整杯酒，哈哈大笑，「就憑你們！想喝倒我就一起上吧，啊？哈哈哈！」

芙蕾困惑地扭了扭頭，實在不明白他們為什麼會覺得能喝酒是件值得驕傲的事情，但看來不僅是周圍的凡人覺得有意思，就連海神都覺得十分有趣。

祂一拍桌子，坐到泰坦神對面，冷笑一聲，「我來和祢拚一場！」

周圍立刻響起了起哄聲。喊「海之子」的、「尼普頓」的、「乾一桶」的，亂七八糟地交雜在一起。芙蕾沒來由地被他們的熱情所感染，她饒富興致地湊到魔王身邊，小聲地問：「魔王大人，您覺得誰會贏啊？」

魔王沉默地看向她，目光帶著幾分微妙。他嘆了口氣。「……神怎麼會喝醉呢？」

芙蕾在魔王一副看「小傻瓜」的眼神裡沉默了下來。好像的確是這樣欸？周圍人群的興致太高昂，她不小心就被他們牽著鼻子走了。所以說笨蛋也是會傳染的！尤其是旁邊有這麼一大群笨蛋的時候。

芙蕾摸了摸鼻子，小聲說：「我又沒見過神明拚酒。」

魔王偏過頭看著她，芙蕾則是一臉理所當然。比起酒，魔王更喜歡甜的，太陽神和春季女神也對酒沒什麼興趣。亞修頂著一副小屁孩的外貌，就算想喝，別人也不會給他……

這麼一想，她一時疏忽、沒想到神不會喝醉，也不是什麼大不了的事情嘛！

魔王見慣了她私下撒嬌耍賴的樣子，忍不住彎了彎嘴角。正想要再說點什麼，但那邊的泰坦神已經一腳踩上了桌子，祂大喊一聲：「給我拿酒桶來！」

海神不甘示弱，跟著祂一步跨上，「我也要！也給我拿來！」

這邊泰坦神如牛飲水，那邊海神以酒澆頭，芙蕾忍不住感嘆，「我總覺得祂們連拚酒都比一般人熱鬧。」

「哼。」魔王哼笑了一聲，「反正祂們又喝不醉，是能比出什麼結果？只是看誰的花樣多、氣勢足。」

被魔王這麼一說，芙蕾看向場中兩位的眼神就不一樣了。如果這兩人喝醉了，會有這樣的反應也是再正常不過。但如果沒喝醉，純靠演技，那就……

芙蕾忍不住加深了笑意。

眼看著兩位神明吹鼻子瞪眼，各顯神通、誇耀了一輪，卻誰也撂不倒誰，只能僵持在原地，魔王嘆了口氣，「收手吧。」

海神和泰坦神同時看了過來。魔王嫌棄地皺眉，「又分不出勝負，浪費糧食。」

「誰說分不出勝負！」海神不服氣地甩頭，「再三杯，這個空有其表的大個子很快就不行了！」

「我呸！」泰坦神當著自家子孫的面，也不甘示弱，「再來三桶老子都喝得下！」

「哦哦哦——」旁邊人聽他這麼一說，也不管真假，立刻興高采烈地嚷嚷了起來。

魔王「嘖」了一聲，「……沒完沒了。」

海神嘿嘿一笑，祂忽然朝著魔王舉起酒杯，意有所指地說：「這麼多酒，就算是神靈也會醉倒的，你不要不信！難道你有喝過這麼多酒嗎？」

周圍的醉鬼們根本沒把祂這沒頭沒腦的話放在心上，喝多了的人什麼話都說得出口，說自己是神靈轉世的也不少見，更何況是隨便念叨的幾句話。

魔王抬起眼。「我喝過酒。」

芙蕾想起風神廟裡的壁畫。魔王確實喝過，還被畫下來了。

海神搖頭晃腦，「你喝過，那你有喝過這麼多嗎？」

魔王沒有接話。他和這群無聊的酒鬼又不一樣，沒事喝那麼多幹什麼？

泰坦神也不知道是理解了海神的意思，還是隨便接了話，祂直接豪邁地遞過一個酒桶，

「沒試過怎麼會知道你喝不醉！」

魔王：「……」

場中的形勢忽然發生變化，海神和泰坦神心領神會地結了盟，一個勁地圍攻風神。風神也不像祂們那樣喜歡做戲，他面無表情地一杯一杯灌下去，一派高人風範，震懾了不少原本小看他的巨人島當地人。等到十來杯酒下肚，他已經有了令人尊敬的聲望。

芙蕾見魔王雖然一臉不耐煩，但偶爾也會搭理一下祂們的挑釁，就知道他其實也沒那麼抗拒。於是她放心地去周圍挑了些感興趣的食物，自己吃一些，也在魔王拚酒的間隙遞一點給他。

魔王剛從芙蕾手裡接過一串蘑菇，海神忽然挑了挑眉，朝芙蕾也舉起了酒杯。「這可不公平，怎麼只有你一個人有美麗的小姐陪伴呢？這位……」

祂話還沒說完，魔王就「啪」地伸出手、按住了祂的酒杯，眼帶殺氣，「不准跟她說話。」

「哦——」海神自信地撩了撩自己額前的海藍色髮絲，「澤維爾，你不讓你的女人看別的男人，這可是對自己沒自信的表現呀。怎麼了？難道她看我兩眼，就會被我的魅力所吸引嗎？」

魔王瞇起眼睛指著祂，「祢以前調戲過海邊的漁女。」

不少人還是第一次聽說這位「海之子」的風流韻事，也不管這位異國他鄉的青年是怎麼知道的，總之先起哄再說。海神尷尬地清了清喉嚨，魔王接著說：「祢覺得海裡一條魚長得好看，就把牠變成海妖，結果那是雄魚。」

「大海裡很多生物都是雄性長得比較豔麗嘛！」海神終於忍不住了，祂大聲反駁，「我只是一時失手！而且追求美麗的事物是人類和神靈的本能！」

「呵。」魔王扭過頭拉住芙蕾的手，指著海神說，「妳不要理祂。」

芙蕾還在努力控制自己的笑意，海神就氣得把頭伸出來，故意在芙蕾面前亂晃，「看我啊，看看我啊美麗的小姐！」

魔王朝祂伸出了手，語帶威脅，「祢今晚睡覺必定被風掀被子。」

海神還以挑釁，「你以後路過大海必定會掉進海裡！」

魔王不屑，「誰要路過大海！」

海神得意一笑，「你現在就在島上，回去的時候有本事都不要路過！」

泰坦神不甘心被他們排除在外，也跟著大喊一句，「你們以後必定不會擁有巨人般魁梧的身軀！」

海神打量了泰坦神一眼，魔王看了看自己修長的身形，嗤笑一聲：「我也不想要。」

泰坦神大怒。「你們沒有眼光！」

芙蕾張了張嘴，她忽然搞不清楚這些神是真的喝醉了，還是就算不會醉，也要藉著喝醉的名義胡鬧些什麼。

她眼中帶著幾分莫名的慈祥。確認過眼神，嗯，都是笨蛋神靈。

那邊已經醒酒醒一輪的巨人島國王再次趕來，他差點忘了自己是來幹什麼的，直接坐下就要繼續喝。幸好被緊跟在他身後的凡提王子拉了起來。

「嗯咳。」巨人島國王一臉惋惜地看了看桌上的酒，開口說，「海神慶典會持續三天，這期間整個『天命海神聯盟』的島嶼都會持續慶祝。你們可以坐著船從巨人島出發，一路吃喝過去！

「放心，在海神慶典期間，所有人都是島嶼的客人，大家可以隨意吃喝！」

海神這才意猶未盡地放下酒杯，一揮手，「我親自帶你們過去！就坐我的船，祢也一起來！」

泰坦神坦然接受了祂的邀請，還哈哈大笑了起來。「祢的船沒問題吧？可別承受不住我的重量了，哈哈！」

「放心！」海神拍著胸脯，站起來招呼一聲，在眾人的簇擁下朝著岸邊出發。

妮娜想起了在海上的經歷，她剛剛跟凡提王子聊天時吃了不少東西，這時上船……她不由自主地白了臉。

芙蕾顯然看出她的為難，她遲疑著開口，「妮娜，妳要不要先留在巨人島上？」

「嗯嗯！」妮娜兩眼放光，抓著救命稻草般抓住了芙蕾的手。她剛剛也怕自己主動開口會有些掃興，芙蕾果然是全世界最懂她的姊姊！

凡提王子腳步一頓，有些為難地看著海神一行人，又回頭看了看妮娜。「那麼，我留下來陪妮娜小姐吧。」

他臉色凝重地看向國王，「父親，記得您答應我的，千萬不要胡來。」

「放心吧。」巨人島國王顯然沒把他的話放在心上，他隨意一揮手，已經迫不及待地朝著遠方走去。

芙蕾驚訝地挑了挑眉毛，但她很快就收起自己的情緒，對著凡提王子微微行禮。「那麼，妮娜就麻煩您照顧了。」

「就讓年輕人多多交流！」國王豪邁地笑了兩聲。

希爾王子不知道從哪個角落跑出來，「別擔心，還有我呢，我會幫忙照顧妮娜的！」

妮娜抽了抽嘴角，有些操心地嘆了口氣。她伸手把他被醉漢們扯得不像話的衣服拉了拉，「……我覺得應該是我要照顧你。」

「哈哈。」希爾王子不好意思地搔了搔後腦勺。

一行人上了海神的船，魔王撐著下巴看向海神，似乎有什麼話想說。

海神察覺到了他的視線，笑了起來，「放心，『天命海神聯盟』裡的各位國王都知道我的真實身分，你是神靈的事多半也都被整個大陸的人知道了，有什麼就說吧，不用避諱他。」

國王原本想要點頭的，但他沒忍住打了個酒嗝，只能不好意思地看向諸神。泰坦神也只是豪邁地跟著笑了起來。

魔王也就簡單明瞭地問：「我記得祢以前和祂不對盤。」

剛剛還在拚酒的兩位神靈對視一眼，泰坦神率先開口：「也還好。」

海神含糊不清地說：「那麼久以前的事了。」

芙蕾看了看他們的臉，直覺這裡面有故事。她好奇地問：「為什麼關係不好？」

「妳想知道嗎？」魔王的笑容裡帶著些許的壞心眼。

芙蕾難掩好奇，但是海神已經撲了過來，就連泰坦神也緊張地抓了抓自己的腦袋。「等等，這種事就不用……」

但魔王已經開了口：「祂們在爭論誰更大。」

芙蕾的臉上有一絲茫然，巨人島國王湊過來問：「什麼地方更大？」

「什麼地方？」魔王古怪地看他一眼，「體型啊。泰坦神是巨人始祖，海神說自己是海的化身，兩個人都覺得自己一定比對方大，誰都不肯服誰。我記得祂們的關係因此一直都不太好。」

芙蕾無言，只能盡可能委婉地評價：「……還挺幼稚的。」

巨人島國王已經愣在原地了。他有點不敢相信自己的耳朵，伸出手問道：「稍等一下！」

魔王看了過去。國王指了指海神。「大海的化身，是海神。」

魔王點了點頭，海神也驕傲地甩頭。

國王顫抖著手指，指向另一邊。「巨、巨人始祖？你確定沒有搞錯嗎？」

芙蕾這才想起來，巨人島國王只知道魔王是神靈，「海之子」的真實身分是海神，但他還不知道這個突然出現在自己島上、偷喝酒的大個子就是自己的先祖——泰坦神。

泰坦神得意一笑，「哈哈，不用驚訝，小鬼。我就是真正的巨人，泰坦神！」

巨人島國王的情緒忽然激動了起來。他顫抖著手，紅了眼眶，用力吸了吸鼻子，然後半是欣慰半是複雜地看向在場唯一也是人類的芙蕾，「巨人怎麼也只有這麼大呢？」

現場沉寂了片刻。

隨後一道驚雷般的聲音響起：「混蛋！」

泰坦神翻身跳下海，祂的身形急劇拔高，頂天立地的雙足落入了大海，深不見底的海水只到祂的膝下，被祂飛濺起的水花呼嘯而起、形成大浪，如果不是有海神在這艘船上，船恐怕早就翻了。

眾人無法看見祂伸進雲端之上的面目，只聽見祂雷霆般的聲音不斷響起，「這才是我的身體！之前不過是怕嚇到你們這群人類而已！」

巨人島國王已經滿臉是淚，他一臉幸福地仰頭，看著泰坦神近在咫尺的身軀、神木一般的雙足，捂著心臟說：「我是不是真的喝醉了啊？」

芙蕾：「……」

海神半躺在甲板上，比了個方向，「祢變都變了，不如帶我們一程吧。往那裡走，那裡是下一座島——盛產果酒的圓鯨島！」

「哈哈！那真是個好地方啊！」這個安排泰坦神也十分喜歡。祂微微彎腰，一把捏住宛如祂珍玩具一般的船，遮天蔽日的腿一邁。不過一步的距離，祂又把船放下，「到了到了！我已經聞到果酒的香味了！」

芙蕾覺得這絕對是海神預謀好的。

上了圓鯨島，還沒來得及和島上的國王多說兩句話，海神和泰坦神就直接了當地衝進酒會現場，還順手拉上了魔王。

三位神在這裡重現了巨人島的盛況，芙蕾欲言又止，對著身旁的巨人島國王說：「他們來這裡也還是在喝酒，幹嘛非要換個地方呢？」

國王抓了抓自己的腦袋，「大概是氣氛不一樣吧？啊，不過這裡的特色食物和巨人島的很不一樣，您可以好好嘗嘗。」

芙蕾點了點頭，照樣去拿了一些感興趣的食物，然後擠到魔王身邊。她倒要看看他們還能拚出什麼新花樣來。魔王雖然陪著泰坦神和海神，但神情看起來興致缺缺。直到芙蕾過來，他才稍微打起了點精神。

芙蕾好奇地湊過去，「怎麼了，魔王大人，不會真的醉了吧？」

「怎麼可能……」豪邁的泰坦神手一揮，然後就目瞪口呆地看著魔王腦袋一歪，靠在了芙蕾的肩膀上。

他垂下眼睛，讓人看不清臉上的表情。他嘴裡叼住芙蕾遞過來的果子，含糊不清地說：「嗯，可能有點、暈。」

海神呆愣地看了魔王片刻，眼中忽然閃過一絲讚賞。他一瞬間領悟了，接著有樣學樣地朝著身後身材姣好的舞娘靠過去，「啊，我也覺得有點暈……」

泰坦神大手一伸把他拉住，並熱情地拍了拍他的肩膀，「祢可別跟他一樣！真是的，要我說啊，你們都是因為老是愛搞那些情情愛愛的，才會使不出原來的實力。」

魔王睜開一隻眼，輕飄飄地說：「噓，智慧神是她殺的，小心她打祢。我可攔不住。」

泰坦神：「……」

海神也拍拍泰坦神的肩膀。「祢呀，學著點吧。」

泰坦神一邊撓著腦袋，一邊轉頭去看身後的女人，然後苦惱地搖頭，「不行吧？我要是真的靠下去了，她們會被我壓扁……」

「來啊，老娘手臂夠硬了吧，靠這裡！」一旁端著大鐵鍋的廚娘像是看不慣他們不正經的模樣一般，豪邁地抓著鍋鏟走出來，順帶亮出了自己粗壯的手臂。

周圍人興高采烈地起哄，「靠上去、靠上去！」

海神和泰坦神不知道是真的喝多，還是假裝喝醉，兩個人手挽著手，在甲板上唱著不成調的歌曲，完全看不出有感情不好的跡象。

魔王黏黏糊糊地靠著芙蕾，倒是比平常更坦率一點。

芙蕾有些好奇，「我們接下來要去哪個島？」

海神站起來，指著一個方向，「那裡！巡遊島！那裡經常會有各種魚類巡遊產卵，能吃到很多不常見的魚……」

祂話還沒說完，就忽然仰頭、倒在了甲板上，祂咂了咂嘴，「這太陽真好啊，我都想睡了……澤維爾，幫個忙，用風把我們送過去吧，讓我的船休息一下。」

魔王嫌棄地睜開眼睛，「麻煩。」

然而清爽的海風還是吹了起來。白帆鼓動，小船朝著下一座小島前進。

把船交給魔王以後，海神又不睡了。祂支起手臂，撐著腦袋笑看芙蕾，「嘿，小女孩，妳知道我們為什麼也這麼喜歡澤維爾嗎？」

芙蕾好奇地看了魔王一眼。魔王伸手捂住她的耳朵，一臉警覺，「妳別聽祂們亂講。」

但海神的聲音還是鑽進了芙蕾的耳朵裡，祂哈哈大笑，「因為就算真的在澤維爾面前喝醉，他也會安全地把你送回家！哈哈哈！我上次和酒神喝完酒，醒來的時候發現自己被丟入大海，進了鯨魚的肚子裡！」

泰坦神顯然也有話要說，「我上次和雷神喝酒，醒來的時候就被埋到土裡了！」

芙蕾抽了抽嘴角，遲疑著問：「神真的會喝醉嗎？」

「凡間的酒當然不行。」海神搖頭晃腦，「但是我們可以操縱自己，讓自己喝醉。」

芙蕾不太能理解這種情調，她扭頭看向魔王。

魔王神色動了動，似乎有些為難。他低聲說：「妳想看我喝醉嗎？」

芙蕾的心忽然一跳。她好像又能理解了。

芙蕾他們坐著船回來時，已經是兩天後了，海神慶典也到了尾聲。這一天，就連烤肉搬酒的幫工們都可以下場同樂，熱鬧的氣氛不輸最開始的那天。

但芙蕾他們卻必須回去了。凡提王子已經下定決心要去阿爾希亞進學，在這幾天裡也把東西收拾好了。

芙蕾很想問問妮娜他們的感情進展如何，可惜在眾目睽睽之下找不到機會。但妮娜接收到她的信號，對著她神祕地眨了眨眼。

上船的時候，凡提王子體貼地回身拉了妮娜一把。妮娜揚起靦腆的微笑，在凡提王子看不見的角度朝芙蕾說了幾句唇語。

芙蕾辨識了一下，她說的好像是：『姊姊，看著吧，一個月！』

她摸了摸下巴，不知道為什麼，總覺得對方似乎有些挑釁的意味。

「芙蕾？」魔王感到奇怪地看向她。

「沒事。」芙蕾笑著挽過他的手，也對著妮娜動了動嘴，『妮娜，看著吧，一輩子！』

妮娜無言以對，酸溜溜地把頭撇到一邊，一臉悲憤地看向芙蕾。

芙蕾覺得自己的行為似乎太過幼稚，但又忍不住低下頭憋笑。

魔王的目光平視前方。他假裝沒有看見芙蕾的小動作，頂著微微泛紅的耳朵，心情愉悅地簡直快要飄起來了。

海神湊過來提醒他，「喂，澤維爾，你的尾巴露出來了。想什麼啊，甩得這麼開心？」

魔王身體一僵，身後的尾巴瞬間消失。他面無表情地回過頭，「在想祢喝醉後要把祢扔去什麼地方，才能讓祢知道我的可怕。」

番外四

太陽與春季

EXTRA CHAPTER

IV

春季女神最近過得很不痛快，造成這個負面情緒的主要原因，是因為太陽神。

之前芙蕾和魔王還在王都時，太陽神還會隔三差五地去芙蕾那裡催自己的絕世美人梳妝女僕，到最後他的要求已經沒有那麼高了，甚至提出了絕世美人和梳妝女僕分開也行的意見，不過那個梳妝女僕也得能讓祂看得上。

但在太陽神的眼裡，看得上就等於是絕世美人。這個「放寬要求」幾乎等於坐地起價，芙蕾便嚴詞拒絕了。

最近他們去了海外，格雷蒂婭沒跟著去。畢竟祂是大地之母的女兒，一旦雙腳離地就覺得不舒服，就算只是懸在天空上，祂腳底下多少也得踩著點藤蔓才能安下心來。在原本的神界，祂的住處也因此鋪了不少泥土。

總之，魔王和芙蕾一離開，太陽神可以騷擾的人大大減少，只能有事沒事就跑來找祂。春季女神不由得開始後悔自己是不是也應該跟去，哪怕雙腳離地，都好過在這裡應付這個渾身閃閃發光的蠢貨。

格雷蒂婭忍不住看了太陽神一眼。祂深沉地嘆了口氣，提議道：「祢要不要找個眷屬？」

「嗯？」太陽神似乎還不明白祂為什麼會突然這麼說，無奈地搖了搖頭，「太陽應該要普照每一個站到陽光下的人，我不能對哪個人類這麼偏心。」

「那就算了，我只是看祢好像沒什麼事做。」格雷蒂婭搖了搖頭，「祢就沒有朋友嗎？」

「哦——」太陽神悲傷地捂住自己的心臟，連身上的光芒都黯淡了一瞬，「祢怎麼能這麼說呢，格雷蒂婭，我們不是朋友嗎？」

格雷蒂婭沒有否認，但祂十分嫌棄地蹙起了眉頭，「祢就沒有其他朋友嗎？」

太陽神沉默半晌，艱難地開口：「我妹妹……」

格雷蒂婭嘆了口氣，讓太陽神沒來由地感到幾分羞愧。祂說：「祢反思一下吧。對了，祢這次又是來幹什麼的？」

「哦。」太陽神迅速從打擊中回神，「因為芙蕾不在，我想來想去、想到她也只是個凡人，光指望她來幫我找梳妝女僕好像太為難她了，所以來問問祢有沒有頭緒。」

格雷蒂婭腦子都沒動一下，冷淡地回答：「沒有。」

太陽神也沒有因祂的態度而生氣，他十分熟練地接著問：「那祢會梳頭嗎？」

春季女神沉默地看了他半晌。就在太陽神以為祂多半會拒絕的時候，就聽見祂說：「我以前幫妹妹梳過頭。」

太陽神倒是沒想到祂真的會答應。祂眼睛一亮，幾乎是迫不及待地自己找位置坐下。

「那……」

格雷蒂婭嘆了口氣，妥協地開口，「那我們約好了，無論梳出來的效果怎麼樣，祢都要乖乖回去自己家。」

「好！」太陽神隨口答應，笑得眉眼一彎。

格雷蒂婭捏著祂閃閃發光的髮絲，不知道這傢伙為什麼不論何時，都能笑得這麼開心。祂搖了搖頭，總覺得自己一見到這傢伙就要嘆氣。

祂伸手抓了抓太陽神的髮絲，把祂整個腦袋上的頭髮抓得蓬鬆了起來。太陽神一邊舒服得瞇起眼睛，一邊又忍不住問：「祢不用梳子嗎？」

格雷蒂婭的手一頓，困惑地問：「要用梳子嗎？」

太陽神微微仰起頭，兩人大眼瞪小眼地互看了一陣子，最後祂妥協般地低下頭。「沒事，聽祢的，祢想怎麼梳就怎麼梳。」

格雷蒂婭尷尬地清了清喉嚨，決定展現一下自己真正的實力。祂認真地幫太陽神編起了小辮子，還順便抱怨，「祢的頭髮太短了，不好編。」

「唔。」太陽神很好奇自己現在的樣子，隨口應了一句。祂的嘴一刻都閒不下來，「祢不好奇我為什麼會對梳妝女僕有這麼大的執念嗎？」

如果現在在這裡的是魔王和芙蕾，他們一定會故意不問。但格雷蒂婭老實，祂問道：「為什麼？」

太陽神摸了摸下巴，露出幾分嚮往的神色，「因為菲洛米娜。我去了祂的神廟，有一幅壁畫是在描繪祂住在高塔裡的樣子。外面掛著月亮，有貌美的梳妝女僕在鏡子前幫祂梳頭，我覺得那幅畫特別好看。」

格雷蒂婭的動作頓了頓。「所以祢非要住進高塔裡，也是因為這個原因嗎？」

「對，很符合太陽神的身分！」太陽神對格雷蒂婭能理解自己的愛好感到十分高興。

格雷蒂婭其實不太會梳頭，但技術的不足可以用花來彌補。為了掩蓋被祂揉得亂糟糟的頭髮，祂在太陽神頭上插滿了花，乍看之下居然還有幾分野性美。

太陽神左看右看，捧著自己的臉，「幸好我的臉夠美麗，連這樣的髮型都撐得住。」

格雷蒂婭抬手給了祂腦袋一擊。

「哦！」太陽神捂著腦袋，痛呼出聲。祂齜牙咧嘴地抗議，「祢都被人類帶壞了！怎麼能做這樣的動作！」

「不喜歡的話我幫你拆了。」格雷蒂婭舉起手，「我妹妹們都很喜歡，就祢最麻煩。」

太陽神伸手護住自己的腦袋，「我沒有不喜歡，不過……祢的妹妹們一定不只是喜歡祢的手藝，還很喜歡祢本人。」

格雷蒂婭一臉莫名地看著他。「當然了。」

太陽神忍不住笑了起來。祂捧著自己的腦袋，優雅地轉了個圈。「那麼，我要出去為大家展示一下尊貴的格雷蒂婭女士幫我梳的頭髮了。」

格雷蒂婭看著祂閃閃發光的背影，忍不住搖了搖頭。

沒想到祂居然真的維持了這個髮型好幾天，就為了讓魔王和芙蕾回來看看。

魔王誇了一句「真有意思」，更是讓這傢伙高興地滿皇宮展示自己的造型。

祂一走，芙蕾就扭頭跟國王說：「我覺得還是不能給祂梳妝女僕。要是真的有了，只要每天換個髮型，祂還不每天都出來誇耀一遍？」

魔王煞有其事地點點頭，「有道理，那就拖著。」

太陽神完全不知道自己離女僕又更遠了，還在皇宮裡四處亂晃。可惜這幾天大家都已經見過祂這「驚豔」的造型了，大部分人都沒有分給祂太多的注意。

直到祂找到了妮娜。

妮娜一臉見鬼似地看向祂。「您這是……」

太陽神沒有理解她眼裡的深意，得意地甩了甩自己的頭髮，「格雷蒂婭幫我梳的。」

妮娜的眼神幾經變換，最終變成了某種令人難以言喻的慈祥神情，「哦，這樣啊，原來只是戀愛中的笨蛋，我還以為您是受到了什麼刺激……」

「嗯？」太陽神困惑地皺起眉毛。

妮娜拍了拍祂的肩膀，一臉過來人的模樣，「沒關係的，您看魔王大人也和我姊姊好好地在一起了。就算格雷蒂婭是神靈，您也……您也還是有機會的。」

太陽神的臉色有些古怪，祂張嘴想要辯解，但又忽然想起——她不知道自己是神靈，而且這似乎還是芙蕾有意瞞著她的。

太陽神略微思考，祂不知道芙蕾有什麼深意，但也沒有貿然表明自己的身分。只是針對妮娜的猜測回答，「我只是覺得祂很有意思。」

妮娜更加意外了。居然否認了？原來祂自己都沒有發覺嗎？

妮娜搖了搖頭，苦口婆心地說：「您要正視自己的心啊。而且，覺得祂有意思、很特別，那多半就是戀愛的第一步。」

太陽神擰起眉頭、瞇著眼睛看了她一段時間。祂雙手環胸，揚起下巴，「我不信。我可不是那麼好騙的……人，妳有證據嗎？」

太陽神覺得她肯定沒有，但妮娜卻點了點頭，「請跟我來。」

太陽神臉上閃過一絲迷茫，但還是老老實實地跟了上去。

妮娜把祂帶進自己的書房。

太陽神看著妮娜一小書櫃的藏書，有些意外，「沒想到妳還挺喜歡看書的。」

妮娜沒有立刻回答，她踮起腳尖，似乎對哪一本書位於何處都了然於心。她抽出自己想要的那一本，太陽神眼尖地瞥見封面上的書名——《海神的新娘：被大海盛寵的女人》。

太陽神當場愣住了。

「這本，他們的愛情，就是從海神覺得對方是個『有趣的女人』開始的！」妮娜把書遞給祂，她身上莫名充滿了專家的氣場。

太陽神遲疑著接過那本書。祂緩緩翻了兩頁，神色從懷疑逐漸轉成呆滯，又從呆滯變成了專注。祂從書裡抬起頭，「啪」地闔上書頁。「我可以帶回去看嗎？」

妮娜大方地點了點頭。

第二天，太陽神明顯沒有睡好。祂再次來到妮娜的書房，渾身的光芒黯淡了不少。

妮娜吃了一驚，「我也沒有要您在一天內看完，不用這麼急的。」

太陽神摸了摸自己的臉，一抬手，整張臉再次煥發出光輝，疲態肉眼可見地消失了。祂露出笑容，「因為很有意思，所以忍不住看完了。妳還有新的嗎？」

「當然。」妮娜驕傲地指著自己的一整櫃藏書，「還有這麼多呢！讓我想想接下來要推薦您哪一本……」

她摸索著書架，抽出一本書，然後才突然想起什麼般猛地轉頭，「不對啊，您是不是完全忘了我讓您看這本書的原因啊！」

太陽神這才後知後覺地眨了眨眼，祂不由自主地回憶著書裡的劇情，然後面色漸漸變得凝重。祂看向妮娜，「完了，我可能愛上祂了。很快我就會非她不可、為她出生入死了。」

「愛情就是這樣子的啦。」妮娜欣慰地拍了拍祂的肩膀。

太陽神苦惱地皺起眉頭，「那，那我該怎麼做呢……」

妮娜摸了摸下巴，她一拍手，「那我就推薦您這本！」

她飛快地從書架上抽出一本《甜寵入骨：霸道伯爵的追妻指南》，太陽神看了一眼，有些驚訝地挑了挑眉毛，「為什麼是伯爵？」

「這是一本新書。」妮娜十分了解，「自從姊姊直接從伯爵變成了女王後，『伯爵』在大家眼裡幾乎就成了有希望的代名詞。」

太陽神跟著點點頭，正打算收下這本書，書房的大門就突然被人推開了——來人是臭著一張臉的格雷蒂婭。

格雷蒂婭原本心情不錯，因為自從芙蕾他們從海邊回來以後，太陽神已經有好幾天沒有過來煩祂了。祂只當最近是改換芙蕾和魔王受苦了，所以完全沒有放在心上。直到芙蕾來請祂幫忙，想看看太陽神為何最近老是去找妮娜。

還能為了什麼呢，格雷蒂婭想，因為妮娜會梳頭啊！祂肯定是看上了人家，想要把她帶回去當梳妝女僕，但祂也不看看這位的身分，如果敢跟芙蕾說，祂想要她妹妹去做祂的女僕的話……

格雷蒂婭想，太陽神很有可能會成為第二個死在芙蕾箭下的神明。

門內的兩人都有些意外，太陽神率先出聲，「格雷蒂婭，祢怎麼來了？」

格雷蒂婭深深地看了祂一眼，「因為祢又去找了麻煩。」

祂走近了一些，壓低聲音說，「祢居然敢打芙蕾妹妹的主意，祢瘋了嗎？」

浸泡了一整晚人類愛情的太陽神眼神變了。祂看著格雷蒂婭明顯不快的臉頰、緊緊擰起的眉頭，以及緊張的神色，突然領悟了——祂在緊張了，因為我去找了別的女孩，祂吃醋了。

「格雷蒂婭。」太陽神忽然深情款款地看著祂，祂在對方茫然的神色裡問道，「祢好愛我，祢知不知道？」

格雷蒂婭沉默了半晌，揚起了拳頭。

「哎——」妮娜趕緊制止，她一把摟住格雷蒂婭的腰，「冷靜點格雷蒂婭！您是神啊，毆打凡人的話他扛不住的！」

格雷蒂婭的手一頓，面露古怪，「凡人？祂是太陽神啊！」

這回輪到妮娜陷入呆滯了。她不可置信地看向太陽神，又忍不住把目光投向自己的書架。她顫抖著手，把自己最喜歡的作品——《重生後我成了太陽神的摯愛》拿了下來。

「嗚……」妮娜發出一聲悲鳴。她充滿男子氣概、成熟又可靠的太陽神啊！怎麼會是這樣的！聯想到這位金燦燦的先生平常似乎只想著絕世美人和梳妝女僕，妮娜忍不住捂住了心臟。

太陽神搖了搖頭，「格雷蒂婭，祢怎麼告訴她了？芙蕾故意隱藏我的身分，沒有告訴她……」

「嗚。」妮娜吸吸鼻子，擦了擦不存在的眼淚，「姊姊一定是為了守護我夢裡的太陽神，才選擇不告訴我的，嗚嗚……姊姊！」

格雷蒂婭覺得她現在這麼難過多半和自己有點關係，但祂又不是很會安慰人。祂蹲在妮娜身前，試圖轉移她的注意力，「這是什麼書？」

妮娜憂鬱地把書遞給祂。「祢拿去看吧。」

格雷蒂婭看著碩大的標題，沉默了下來，總覺得不是很想接過這本書。

妮娜嘆了口氣，「本來這本書我是不外借的，因為它是我最喜歡的一本，但現在……我沒有辦法再看了，因為無論如何都會代入太陽神的臉，嗚……」

格雷蒂婭只好心虛地把書接過。

祂們安慰了妮娜幾句，但妮娜表示想要一個人靜一靜，格雷蒂婭只好帶著太陽神離開。於是祂們一人手裡一本《甜寵入骨：霸道伯爵的追妻指南》，另一人手裡一本《重生後我成了太陽神的摯愛》，各懷心思地離開了妮娜的書房。

格雷蒂婭回到了自己的教會。祂原本打算把這本書丟到一旁的，但鬼使神差下，祂還是伸手拿了過來。然後祂就把這本書看完了。

第二天，太陽神來找祂，一如既往金燦燦的神明嘆了口氣，「我現在擔心妮娜看見我會受到刺激，祢能不能去幫我還書？」

格雷蒂婭只是幽幽地看著祂。

太陽神奇怪地看了看自己，並沒有因為格雷蒂婭的目光而覺得有什麼不對，祂甚至主動站起來，展示了一下自己的身體，「怎麼了？祢想看什麼？」

格雷蒂婭深沉地嘆了口氣。祂一臉惋惜地低下頭、看著手裡的書，忽然理解了妮娜當時的心情。「祢這樣的神，為什麼偏偏會是太陽神呢？」

太陽神捂住了心臟。「哦——格雷蒂婭，祢這樣會傷害到朋友的心的！」

格雷蒂婭搖搖頭，伸手拿過祂的書，「我會幫祢還的，不過我覺得祢也該學著成熟一點了。除了梳妝女僕，也找點別的事情做吧。我過幾天也要出門。」

太陽神有些奇怪，「祢要去哪裡？」

格雷蒂婭沒有隱瞞。「阿爾希亞的一塊領土，貧窮的方珍珠領。那裡的土地似乎出了點問題，近幾年來一直種不出東西，芙蕾希望我可以幫忙看看。

「我原本就會幫格雷斯家照護作物，但我不會對其他領土貿然出手。不過現在有了芙蕾的命令，我也能在更多地方幫上忙了。」

太陽神看起來有些遲疑，祂思考了一陣子才開口：「祢……這樣利用神力、幫助人類，真的好嗎？神靈只是這個世界的觀測者……」

「神界都墜落了，有什麼不好的？」格雷蒂婭一臉莫名地看著祂，「偶爾也從高塔上下來吧，祢為什麼不試著把自己當成阿爾希亞的居民看看呢？」

太陽神愣了愣，「下來以後能幹什麼？」

格雷蒂婭擰起眉頭，提議：「要不然祢跟我一起去方珍珠領走走？有太陽光照，作物總會長得更好一些。」

暫時也找不到自己有什麼更大作用的太陽神，點頭答應了。

幾天後，格雷蒂婭帶著太陽神一起出現在方珍珠領。照理說，知道自己的領土即將能種出作物，這位領主應該要感到十分高興的。但此刻他看著兩人的表情卻有幾分古怪。

格雷蒂婭沒有多想，祂說：「我去看看你們的土地。」

「等等！」領主大驚失色，他慌慌張張攔住了格雷蒂婭，扭了好幾次手，才小聲說出，「可以種出東西了……」

「嗯?」格雷蒂婭一臉困惑。

「我說啊。」太陽神微微撐著下巴,「先前因為你的領土種不出東西,國王每年都減免了不少稅收。難道你上報的那些都是騙人的?」

太陽神不笑的時候,神色顯得格外冷淡,身上帶著神靈天然的威壓。這些作威作福慣了的貴族都覺得有些腿腳發軟,方珍珠領領主差點就向祂下跪了。

「不!不是的,我們絕對沒有欺騙各位……是、是最近我們的領地內,突然來了個奇怪的女人,她、她說我們的土地生病了,然後就治好了……」

格雷蒂婭眉頭一跳,「帶我去找她。」

領主不敢不從,但還是不斷偷看這兩位從王都來的大人,小聲說:「雖然她的手段古怪,像個奇怪的女巫,但是她沒有傷人,兩位大人能不能……」

他想為那個奇怪的女人求情,但又有些懼怕。

格雷蒂婭已經遠遠看見了那個身影,隨即一臉莫名地看向他,「女巫?那是我母親。」

「啊?」領主瞪大眼睛,看著這位年輕的女士,又扭頭看了看不遠處、同樣也十分年輕的女人,乾巴巴地說,「那、那她可真是年輕……」

格雷蒂婭搖了搖頭,快步過去喊了一聲:「母親!」

大地之母抬起頭來,似乎有些意外。祂臉上瞬間浮現出和藹的笑容,朝著格雷蒂婭張開雙手，「我的孩子，好久不見！」

格雷蒂婭飛奔過去投入祂的懷抱，臉上顯露出安心的微笑，「您怎麼會來這裡？您不是不願意來阿爾希亞嗎……」

「咳。」大地之母摸摸自己的鼻子，祂看著腳下的鹽鹼地，忍不住搖頭，「我本來是打算找片山林住下的，但是……路過阿爾希亞的時候，我看見這塊地，就實在是忍不住了。真是的，居然把土地弄成這個樣子！一看就知道是沒有在好好照料！」

周圍的人因為祂的這番話，紛紛露出羞愧的神情。

格雷蒂婭搖了搖頭，「並不是每個人類都擁有種地的知識。您可以去我的眷屬家族，格雷斯家的地看看。他們好好運用著您傳給我、再由我傳給他們的知識。」

「是嗎？」大地之母微笑，「這樣就好。

「土地是一切的根源，有了土地就能種出食物、讓人能藉此活下去。無論擁有多麼強大的力量，都不可以忽視腳下的土地。」

格雷蒂婭點頭贊同。「芙蕾也是這麼想的，所以她要我出來看看這裡的土地。

「母親，您……要不要跟我回去？我們可以一起幫忙修整阿爾希亞的土地，也可以把妹妹們也叫來！以前祢們不願意和人類有過多的交集，但現在神界都墜落了，我們或許可以換一種生活方式。」

大地之母沉默下來，似乎有些心動。

芙蕾聽說格雷蒂婭出去一趟，不僅治癒了方珍珠領的土地，還順便撿了個大地之母回來時，多少有些呆愣。她側過頭詢問魔王：「大地之母好說話嗎？」

魔王撐著下巴，「嗯——」

看他這麼糾結，芙蕾又覺得不安了起來。

魔王看了她一眼，從頭解釋，「祂在神靈之中也算是個特別的傢伙。」

芙蕾認真回憶了一下自己至今為止見過的神靈，誠懇地說：「我覺得大家都還滿特別的。」

魔王低笑了一聲，「祂是除了至高神之外，第一個創造子嗣的神靈。神靈孕育後代的方式和人類不太一樣，其實就是把自己的權柄分散、以創造生命。

「格雷蒂婭是祂創造的第一個孩子，也是諸神第一次嘗試製造出來的生命，而後祂也建立了屬於自己的家族。準確來說，黑夜女神是模仿祂，才創造出自己的孩子的。」

芙蕾撐著下巴，若有所思，「我猜祂應該是個還不錯的傢伙。」

「為什麼？」魔王饒有興致地接話。

芙蕾笑彎了眼，「因為格雷蒂婭看起來很喜歡自己的家人。

「如果是黑夜女神那種奇怪的家庭，格雷蒂婭這種不怎麼聰明的傻孩子一定會被其他兄弟姊妹欺負的。但祂很喜歡自己的家人，看起來也從沒被欺負過，所以我猜……大地之母一家應該都是還不錯的傢伙。」

魔王無所謂地撐著下巴。就算祂不怎麼友善，他也會替芙蕾把祂打到變得友善的。看在格雷蒂婭的面子上，頂多不打臉。

王宮內，氣氛顯得有幾分凝滯。

大地之母不再遮掩自己的神力，祂渾身散發出泥土混雜草木的清香，連走過的王宮石磚縫隙都有細小的草芽奮力地擠了出來。祂一步步走來，王宮大殿內的紅毯也變成了紅綠配色。

芙蕾忍不住抖了抖眉毛。

一旁的庫珀已經忍不住握緊拳頭，芙蕾伸手按住了他，「冷靜點，小事，都是小事。」

庫珀重重地從鼻子裡嘆了口氣。

大地之母不知道他們在討論什麼，祂倨傲地抬起了下巴，高傲的目光落到芙蕾身上。「人類，就算妳是風神的眷屬，要讓我臣服也必須付出昂貴的代價。妳想清楚了嗎？」

格雷蒂婭一臉欲言又止。祂看了自己的母親一眼，又看了看芙蕾，滿臉糾結。太陽神對祂微微搖頭，示意祂靜觀其變。也不知道祂看懂了沒有，反正祂沒有張嘴。

芙蕾看著大地之母的模樣，也不由自主地擺出女王的架勢，「好吧，那請問尊貴的大地之母，您要我、或是要整個阿爾希亞，付出怎樣的代價呢？」

兩人隱隱針鋒相對，大地之母開口：「我要整個阿爾希亞的土地……」

芙蕾神色一凜，還沒來得及拒絕，就聽見了祂的後半句，「……都給我種。」

芙蕾臉上的凜然消失無蹤，取而代之的是幾分茫然。她下意識地看向魔王，魔王對她眨了眨眼，低聲說：「我就跟妳說祂是個奇怪的神靈，誰也猜不到祂在想什麼。」

芙蕾遲疑了一下，語氣放軟，「會不會太麻煩您了？」

大地之母眉頭緊皺，「妳不答應？」

「不，倒也不是不答應。」芙蕾無奈地笑了起來。有大地之母幫忙的話，阿爾希亞的農業就不用她操心了。但請神靈幫忙，一般不是都需要付出點代價嗎？

魔王抬起眼，「她的意思是，種出來的糧食祢要多少？」

大地之母似乎沒想到他會這麼問，祂偏過頭看向格雷蒂婭，伸手拉了祂一把，低聲問：「要多少啊？」

格雷蒂婭更加茫然，「嗯？問我嗎？」

大地之母無奈道：「畢竟祢對人界比較了解，祢覺得要多少比較好？」

格雷蒂婭遲疑，「……不用太多吧？我的眷屬家族就有足夠的糧食了，而且我們也不必依賴食物生存。」

「也是。」大地之母十分贊同地點了點頭。

就連跟他們做交易的芙蕾都忍不住扶住額頭，「這樣就是我們白白占便宜了啊，如此一來，不是就等於讓祢們做白工了嗎？」

「當然不是平白幫忙。」大地之母感到奇怪地看向她，「我是要阻止那些愚蠢的人類用錯誤的方法破壞土地。」

芙蕾說不上話了，她現在大概知道格雷蒂婭過分單純的個性到底是像到誰了。她搖了搖頭，求助般地看向魔王。

魔王接收到她的意思，看向兩人，「聽著，交易的含義是雙方都要付出東西。既然祢打算幫阿爾希亞種地，那我們就得付給祢報酬。就算祢不想要糧食，也可以拿去換自己想要的東西。」

大地之母露出了似懂非懂的表情，但祂覺得這對他們來說應該是件好事，於是妥協地點了點頭。

芙蕾鬆了口氣，她剛剛都有種自己在欺騙小傻瓜的內疚感了。她提議：「那麼，有您幫忙的領土提升了多少產量，我就送給您提升量的一半，您覺得如何？」

大地之母再次看向格雷蒂婭，格雷蒂婭只能硬著頭皮點點頭，心裡盤算著回頭讓貝利或者邦奇幫忙解釋一下。

大地之母露出欣慰的笑容，「真了不起，格雷蒂婭，才出來沒多久這些都能聽得懂了。」

「……等產量穩定下來以後，我們到時再商議分給您的具體數量。」

人們都是胡亂種地，一旦得到了大地之母的幫助，產量一定很快就會有驚人的提升，分給大地之母的數目也會很可觀。但等到產量接近穩定之後，應該是很難再有新的突破的。那時給予大地之母的報酬，如果還是以增長量來計算的話，要不了多久，祂就沒法再從芙蕾手裡拿到一粒糧食了。

芙蕾並不打算坑騙祂，所以先把之後的方案也提了出來。

大地之母雖然聽不太明白，但也感受到了芙蕾傳遞的善意。祂的臉色緩和了不少，點頭說：「好，妳看起來是個不錯的女孩。」

芙蕾優雅地行禮，「能得到您的讚美是我的榮幸。」

大地之母轉身微笑，「我這就把祢的妹妹們也叫過來，知道有這麼多地可以種，祂們一定也會很高興的。」

看著祂臉上帶著的、莊稼人家特有的純樸笑容，芙蕾忍不住摸了摸鼻子。

大地之母和芙蕾商量好，也打算帶著女兒們在阿爾希亞定居下來了。祂交待格雷蒂婭，要祂在祂的教堂旁幫忙建個住所，格雷蒂婭也答應下來了。

太陽神在一旁若有所思。

見大地之母走遠了幾步，祂看向格雷蒂婭，「幫我也建一個吧。」

格雷蒂婭奇怪地挑了挑眉毛，「祢不住高塔了？梳妝女僕呢？」

太陽神微微搖了搖頭，「不要了，我現在有了新的目標。跟祢們一起種地，住得近也比較方便……」

祂話說到一半，忽然感受到一股威壓。祂有些僵硬地回過頭，就見大地之母正站在祂的身後盯著祂。祂瞇了瞇眼。「斐迪南，祢如果因為格雷蒂婭是個笨蛋，就打算哄騙祂的話……」

太陽神猛地搖頭，「您在說什麼啊！祂就算是個笨蛋，可是我也不聰明啊！」

春季女神忍不住擰起了眉頭，祂總覺得斐迪南好像趁機罵了祂？

太陽神愣了一下，似乎又覺得自己說得不太對，祂摸摸鼻子，「咳，總之，我打算暫時跟祢們一起……」

格雷蒂婭側過頭看著祂，「現在祢不介意參與人類的事情了？」

「正如祢所說，我也是時候該從高塔上下來了。」太陽神聳了聳肩，「我一直自認是一名觀測者，然而在我居高臨下地看著苦苦掙扎的人類時，也早就被他們的情感打動了。哪怕明知是虛構的故事，我也會不由自主地為之動容。

「我也許不是個合格的觀測者。」

「祢為什麼非得是個合格的觀測者？」格雷蒂婭似乎不能理解祂的這分執著。

太陽神愣了一下，祂笑了起來，「因為我是至高神的右眼，我要代替祂觀測這世間。祢和我們不太一樣，祢是大地之母分離的化身，或許不能理解……」

格雷蒂婭眉頭緊皺，「祢從至高神的右眼中誕生的時候，祂有給過祢這分職責嗎？」

太陽神還沒有回答，格雷蒂婭就已經抬起了頭，「我雖然不是誕生於至高神，但母親創造我的時候也沒有給予我任何枷鎖。祂只是給了我生命，而想要如何去活，都是看我自己的選擇。」

祂忍不住多看了太陽神一眼，嘀咕，「祢偶爾是不是也太死心眼了一點？」

太陽神啞然失笑。許久過後，祂低聲說：「或許是吧。諸神自恃出身高貴，但其實也不過是……至高神創造之萬物中的一員。」

格雷蒂婭覺得好笑。「祢怎麼突然講起大道理了？」

太陽神微微撞了下祂的肩膀，「還不是祢先開始的。」

格雷蒂婭立刻還以顏色，抬腳踹了祂的屁股，「我才沒有說什麼大道理。」

太陽神微微搖頭，「好吧，祢可能不是故意的。但祢偶爾會給人一種大智若愚的錯覺。」

格雷蒂婭不太高興，「……我覺得祢還是在說我笨。」

太陽神跟在祂身邊，往皇宮外走去。「沒有啊——啊，總覺得春天和太陽格外相配，要不要一起去曬曬太陽？」

「不要。」

「那我們去找妮娜，跟她借幾本書，然後曬著太陽休息一下。我覺得祢的教堂就很不錯，採光很好，很適合喝下午茶。」

格雷蒂婭遲疑了一下，「……好。」

番外五

可靠

EXTRA
CHAPTER
V

阿爾弗雷德坐在王宮的書房裡，嘆了今天的第二十三口氣。他疲憊的目光越過桌上層層疊疊的文件，投到了對面和他同樣埋在文件堆裡的伊莉莎白身上。

他覺得自己和伊莉莎白的婚約中間牽扯了這麼多故事，兩人再見之時多少也會有點尷尬。正巧他已經不是王室成員了，能夠趁機離開王宮，避開以前的老熟人，或許也會稍微好一點。

可是芙蕾一點都不理解他心裡的尷尬。雖然給原王室成員封了貴族、分了封地，但一轉頭又把阿爾弗雷德叫回王宮，幫忙處理政務，甚至把他原本的房間收拾出來，說他要是工作到太晚，還可以直接睡下。

更過分的是，她把伊莉莎白也叫來了，還安排他們在同一個書房內辦公！

阿爾弗雷德捏緊了手裡的筆，偌大的王宮內難道就沒有別的書房了嗎！芙蕾那傢伙絕對是故意的！

對面的伊莉莎白從文件裡微微抬起頭，澄澈的目光看向阿爾弗雷德，「閣下，你已經盯著我盯了很久了，是遇到了什麼難題嗎？」

阿爾弗雷德瞬間收回目光，「沒有！我只是在發發呆而已……」

伊莉莎白擰起眉頭，「最近春季女神一家在王國各地幫忙改良種植方法，各個領土的耕地和現有的產量都重新統計了一遍，不斷有新的資料傳來，我們得認真一點，你恐怕沒有太多時間能盯著我發呆。」

阿爾弗雷德覺得芙蕾就是故意的，故意讓伊莉莎白看著他，不讓他偷懶。

他知道對方說的是正確的，但還是有點不服氣。他撐著下巴說：「如果妳沒有在偷看我，那怎麼會知道我正在看妳？妳只是正巧在我的正對面，處在我放空目光的視線裡而已。」

伊莉莎白皺了皺眉。他雖然強詞奪理，但她居然也沒有更好的理由反駁，只好點點頭，「好吧，無論你看向哪裡，還是希望你不要再發呆了。」

說完，她就低下頭繼續工作了。

阿爾弗雷德一時間變得有點憂鬱，他並不是想和伊莉莎白鬥嘴，但最後總是一不小心就會變成這樣的局面。他看著伊莉莎白看了一段時間，忍不住清了清喉嚨。

伊莉莎白持續工作的手一頓，她不確定這是不是對方表示想要聊天的訊號。她有些遲疑地抬起頭。

阿爾弗雷德的目光有點飄忽，他問：「……那個追求者的事，妳考慮得怎麼樣了？」

伊莉莎白好像還沒跟上他的思路，考慮了半晌才說：「哪個？」

「還有哪個？」阿爾弗雷德不自覺地拔高音調，隨後像是意識到自己的失態一般地反應過來，平復了激動的心情，「就是最近最出名的那個……那個侯爵，叫什麼巴拉的。」

「卡巴拉侯爵？」伊莉莎白終於想起他說的對象了。這位侯爵最近確實正對著她窮追猛打，如果不是因為一般貴族沒事進不了王宮，她現在恐怕沒辦法這樣安靜地工作。

見她終於反應過來，阿爾弗雷德裝模作樣地問了一句，「我聽說卡文迪許公爵對他挺滿意的，妳……妳覺得怎樣？」

伊莉莎白頓了一下，她微微蹙起眉頭，「我覺得……有點麻煩。」

「嗯？」阿爾弗雷德沒有注意到自己的語氣帶著幾分不易察覺的雀躍。

伊莉莎白多看了他一眼，「我總覺得，如果我接受了，感覺就像是在欺騙他。」

頂著對方明顯好奇的視線，伊莉莎白慢條斯理地把手中的文件整理了一下，再次開口，「他覺得我們很般配。但他認為的，應該是卡文迪許家的長女伊莉莎白・卡文迪許，是那個出身尊貴的小女孩。然而真正的伊莉莎白小姐早就已經死去了，我並不是如他期待的人。為了卡文迪許家，我也不能告訴他真相，所以他大概也不能明白我為什麼會無法給他回應。」

她有些苦惱地揉了揉自己的眉心，不知道是在為手裡的資料煩惱，還是在為這位卡巴拉侯爵煩惱。

阿爾弗雷德聽了半天，忍不住撐著下巴「嘖」了一聲，「說了這麼多，妳還是壓根兒沒說到重點——妳到底喜不喜歡他？」

伊莉莎白感到莫名地抬起眼，「你在說什麼呢？感情這種事，對於貴族來說是最不重要的，不是嗎？」

兩人大眼瞪小眼地對視了一陣子，阿爾弗雷德才後知後覺地想到，應該確實是這樣的。他跟芙蕾他們混久了，見慣了神靈和人類的愛情，下意識地也不把貴族和平民的界限放在眼裡了。但實際上在貴族之中……像他這麼想的，才是比較奇怪的那方吧？

阿爾弗雷德無從反駁，但伊莉莎白笑了一聲，「不過，聽你這麼說，總會讓我想起女王大人。」

「嗯？」阿爾弗雷德明顯有些困惑。

伊莉莎白搖搖頭。當初芙蕾打敗欺詐神，給予她權利，讓她能自己選擇要成為伊莉莎白・卡文迪許，還是要成為伊莉莎白・阿薩。而阿爾弗雷德剛剛的那番話，就好像在說……她能夠自己決定將來要和誰結合一般。

對貴族家的女兒來說，這是件很不可思議的事情。尤其是三大貴族家的女兒，她們需要參考太多意見了，自己的想法反而才是最不重要的。

此時侍女敲了敲門，走到阿爾弗雷德身邊低聲說了些話。他眉頭一挑，站了起來，朝伊莉莎白點點頭，「又來了，我去應付一下。」

伊莉莎白露出了然的神色，她也點頭，「我做完我這邊的再去幫你。」

阿爾弗雷德走出書房，揮了揮手，那位侍女就停下腳步、留在書房門口。他一個人熟練地在王宮內七拐八拐，終於在花園的隱密角落見到了一位貴族。

阿爾弗雷德拉了拉衣領，臉上擺出警惕的表情，四下張望，才靠近對方。「你怎麼在這種時候來找我？在王宮裡，你不怕被……」

那位中年男子趕緊上前兩步，把他拉到陰影處。「沒關係，我是打著和女王商量耕地的名義進來的。我們聊完後才偷偷跑過來找您，不會被發現的。」

阿爾弗雷德還是不放心地左右看了看。

他越是表現出這樣的態度，對面的中年貴族就越加欣賞。他壓低了聲音，「王子殿下。」

阿爾弗雷德眼皮一跳，他皮笑肉不笑地掃了他一眼，「我現在已經不是王子了。」

「在我心裡，您依然還是王子。這個王位，也依然該由您來繼承。」中年貴族循循善誘，「馮氏王朝千百年的傳承就這樣斷了，您不覺得可惜嗎？而且那個張狂的傢伙只會討那些平民歡心，也不看看真正為她帶來財富和地位的是誰……」

他越說越氣憤，顯然對芙蕾女王有很大的意見。

阿爾弗雷德不動聲色地瞟了他一眼。能為女王帶來財富和地位的人啊……反正不會是眼前這個蠢貨就是了。

說來說去，對方找他也只會說那麼幾句話、表個忠心，然後慫恿他暗中集結力量來對付芙蕾。

阿爾弗雷德提醒他：「你最好小心一點，最近出事的人可不少。」

對方不以為然，「是那群蠢貨自己露了馬腳，我可不會這麼大意。」

阿爾弗雷德也不再多說，但他覺得眼前的這傢伙看起來也不像是聰明到不留把柄的人物。

他假意應下，轉身就去了芙蕾的休息室——這個時間正好能趕上下午茶。

聽完他報告的消息，芙蕾誇張地嘆了口氣，「這是第幾個了？」

阿爾弗雷德喝了口茶，聳聳肩，「不知道，我又沒數。不知道這群人是怎麼想的，他們沒看見妳在廣場上殺死魔物的樣子嗎？居然還敢商量著造反……」

芙蕾攤開手，「鍘刀沒落到他們頭上，他們都會覺得自己擁有鋼鐵的腦袋。」

阿爾弗雷德搖了搖頭，嚼著餅乾、含糊不清地說：「如果是在一開始，見他們放不下舊王，我說不定還會有點感動，畢竟是對我們忠心耿耿。但都過這麼久了，妳把國家治理成什麼樣子也都反映出來了。

「只要有春季女神一家在，沒意外的話，明年大家都能吃得飽了。不少平民也擁有了自己的房子，稅金都能多上繳一些了。那群蠢貨只看見平民的日子變好了，自己卻沒有撈到多少油水……就不會再等等嗎？等底下的人富足起來，他們自然也會有好日子過。」

「他們並不在乎人民過得怎麼樣。」芙蕾搖了搖頭，「還是老樣子。查查他的底細，看他有沒有做過什麼壞事。如果有，那就讓他交出貴族的頭銜。如果沒有，那就隨他開心。」

庫珀點了點頭，立刻走到一邊，開始安排魔族人手。

芙蕾撐著下巴，盯著阿爾弗雷德，他飛快地看了她一眼，往嘴裡塞了兩塊餅乾後就站了起來，「知道了知道了，別看了，我這就回去努力工作。」

「慢著。」

阿爾弗雷德停下腳步，芙蕾把那盤餅乾端給他：「你就只顧著自己吃，也不知道幫伊莉莎白帶一點回去。」

阿爾弗雷德一愣，他抓了抓腦袋，「哦……的確忘了。」

他剛要轉身，芙蕾又開口：「你沒有別的要說了嗎？」

阿爾弗雷德遲疑地看過去，對面三人的臉上都明顯帶著想聽八卦的好奇心。芙蕾清了清喉嚨，神神祕祕地問：「你沒聽說嗎？那個什麼弄吧侯爵在追求伊莉莎白。」

魔王補充了一句，「聽說她父親對對方還算滿意。」

阿爾弗雷德面無表情，「跟我有什麼關係？」

芙蕾挑了挑眉，「你是不是忘了什麼？你們的婚約還沒解除呢！」

阿爾弗雷德的表情愣了一下，遲疑著說：「但是……國王都換了，以前的婚約還能算數嗎？」

芙蕾一臉嚴肅。「你父親以前頒布的法條，我沒有特別廢除的話，那到如今就依然是有效的。」

阿爾弗雷德一時間有些動搖，好像確實是這樣，但是……

「伊莉莎白對我沒有意思，不用勉強她吧。」

芙蕾大怒，「你問過她的意見了嗎？你居然敢這麼說！」

魔王伸手按住她，「別著急，我刺激他一下。」

阿爾弗雷德看著他們當著自己的面大聲密謀，他抽了抽嘴角，「我都聽見了，你們都不會迴避一下嗎？」

魔王充耳不聞，他掃了阿爾弗雷德一眼，「你還沒記取教訓嗎？不夠坦率造成的後果。」

「……我不會上鉤的。」

芙蕾笑了起來，「什麼上不上鉤，你只是不敢表露心意而已。我說，阿爾弗雷德，在她嫁人之前，你就不顧一切地表達一次心意怎麼樣？如果真的被拒絕，我會幫你另外找一間辦公書房的。」

阿爾弗雷德有幾分掙扎，最後他嘆了口氣，「話說在前頭，我可不是因為被你們慫恿才答應的。」

芙蕾露出了然的神色，她點了點頭，「我知道我知道，你是發現了自己的心意。」

等到阿爾弗雷德昂首挺胸地離開了之後，魔王挑了挑眉毛，「我就說吧，就算他知道我們是在激他，他也還是會上當的。」

芙蕾伸了伸懶腰，歪頭靠進魔王的懷裡，「但願他們不會錯過彼此吧。對了，等等還有什麼事？」

庫珀盡職地說：「最近來找您的貴族都是為了封地的事情，他們認為產量增加的部分不該分給民眾，應該都交給貴族。」

「怎麼還是這些蠢貨——」芙蕾哀嚎一聲，「不讓民眾吃飽飯，誰來幫他們種地呢？」

魔王伸手替她揉了揉太陽穴，十分冷酷地張開翅膀，「一個個來也太麻煩了，叫他們自己商討完，然後派一個代表過來。」

芙蕾立刻坐了起來，「聽到了嗎！照魔王大人說的去做！也叫預定要在今天下午會面的貴族回去，我不見了！」

阿爾弗雷德端著那盤餅乾，回到了書房。

看著還在埋頭工作的伊莉莎白，他清了清喉嚨，把那盤餅乾放到她面前。

伊莉莎白驚訝地抬起頭，「你在享受下午茶的時候居然還會想到我，這可真是讓人意想不到。」

阿爾弗雷德有些心虛，畢竟這是芙蕾提醒之後，他才想起來的。

伊莉莎白看他還站在自己的桌前，以為他有什麼事要說，於是抬起頭問：「還有什麼事嗎？」

阿爾弗雷德其實已經開始後悔了，但他都已經站到了人家的桌前，只能硬著頭皮、沒頭沒尾地開口：「我只是想要提醒妳，不清不楚就結婚的話會後悔的！」

伊莉莎白有些訝異，但她還是微微點頭，「我明白你的意思，我是打算拒絕那位先生的。以及……雖然你好像已經忘了，但我們……還有婚約。在婚約還沒解除的情況下，也不太適合和別人談婚論嫁。」

阿爾弗雷德心想，經歷了那場大火之後，她似乎成長了很多，平常也很少說出會讓人誤會的話來了。她豔麗的火紅長髮依然耀眼，曾經的傷疤也早已治癒，就連喉嚨裡的沙啞，不仔細聽也聽不太出差別了。

但她還是有哪裡不一樣了。

阿爾弗雷德結結巴巴地說：「那個……我的事，那個，妳不想清楚，不明不白地就解除婚約，也是不行的。」

「我會仔細考慮的。」伊莉莎白點了點頭，「你還是快點開始工作吧，今天的事情還有不少呢。」

阿爾弗雷德沒有挪動腳步。都到了這個地步，如果臨門一腳往後縮，一定會被芙蕾嘲笑一輩子的！

阿爾弗雷德把心一橫，他閉上眼睛，「我的意思是，那個、如果不解除婚約的話，妳覺得……」

伊莉莎白的動作頓住了。她有些意外地仰起頭，這算是在……求愛嗎？

以前的那些胡鬧多少有故意演戲的成分，自從和他一起輔助芙蕾處理政務開始，她也逐漸發現……他的確不是那麼一無是處。至少在大是大非面前，頭腦相當清醒，也不頑固。除了有時候喜歡偷懶，但還不算是個糟糕的傢伙。

伊莉莎白的臉色有些古怪，「……我以為你很討厭我。」

阿爾弗雷德有些結巴，「那是誤會，是欺詐神的錯。我對妳……並沒有什麼意見。」

伊莉莎白看向他桌上的文件。「那些工作，如果你全神貫注的話，今天太陽下山前一定能處理完的，但你似乎總喜歡把它們留到明天。」

「唔。」阿爾弗雷德摸了摸鼻子，「妳有時候就是太老實了，伊莉莎白。有些人的東西就是不能那麼快處理完，妳得放個兩天，讓他好好忐忑一下，這樣他下次才不敢再提這麼無禮的要求。

「至於其他的……」阿爾弗雷德在伊莉莎白的注視下，老實回答，「確實是我稍微偷懶了。」

「你得再努力一點才行。」伊莉莎白嘆了口氣，「你很聰明，也很有才華，但我覺得你似乎總是留有餘力。」

阿爾弗雷德摳了摳桌板，「……因為可以找藉口。

「如果留了一手，就算沒做好也能安慰自己『反正我也沒努力』。但萬一全力以赴了還是沒有做好，反而會讓自己大受打擊。

「我是個沒出息的傢伙。」

伊莉莎白眨了眨眼。

阿爾弗雷德難得這麼積極進取，他深吸了一口氣。「如果，如果我現在開始全力以赴的話，妳會考慮……不解除婚約嗎？我們還有很長的時間可以相處看看，如果妳不討厭我的話，可以考慮和我……那個，結婚。」

伊莉莎白覺得他似乎誤會了什麼。

「……我提出的並不是結婚的要求，是工作上的要求。」

阿爾弗雷德眼裡明顯染上了幾分失望。

伊莉莎白遲疑著說：「結婚的要求，我、我還沒有考慮過。」

這大概是阿爾弗雷德第一次從她話裡聽出了一點動搖。她一向沉穩的臉上浮現出不安和遲疑，阿爾弗雷德聽到自己的心跳快速跳動了幾下。

他忽然覺得這樣就夠了，他笑起來，「我不是要逼妳現在就做出決定，妳還有很長的時間可以考慮。」

只是最近為了避免尷尬，可能真的要麻煩芙蕾重新幫他準備一間書房了。

阿爾弗雷德轉身要回到自己的桌前，伊莉莎白卻猛地站起來，一把扯住他。阿爾弗雷德一個踉蹌，直接後仰倒在她的書桌上，天旋地轉間，他腦袋裡只有一個想法——到底是誰說法師身體柔弱的！

伊莉莎白表情凝重，臉頰帶著罕見的緋紅。她緊緊拽著阿爾弗雷德，緊張到表情擰成一團，「請、請稍等一下，我現在就考慮。」

兩人僵持了好一段時間，阿爾弗雷德覺得自己的腰有點撐不住了，他微微動了一下，就被伊莉莎白一把按住肩膀。

「……真的，不用那麼著急。我可以等的，但妳能讓我站起來等嗎？」

伊莉莎白沉默了半晌，慢慢鬆開手。

阿爾弗雷德鬆了口氣，他站起來的時候，聽見她在身後說：「或許這種事本來就沒有正確答案。但是我應該並不討厭你，尤其是……你偶爾認真起來的模樣，會讓人覺得很可靠。」

阿爾弗雷德整理衣服的動作頓了頓。他故作輕鬆地清了清喉嚨，偷偷回頭看了她一眼，

「我現在總算知道，為什麼我父親當年那麼希望我們趕快成婚了。他還說妳是值得託付的女人。」

伊莉莎白的表情看起來有些困惑，她臉上的紅暈還沒有散去，難得流露出幾分柔軟。

阿爾弗雷德忍不住笑了笑，他放柔了語氣，「我的意思是，聽妳這麼說，就算知道這可能是要我好好工作的陷阱，我也會為了妳……努力變得更可靠一點。」

他伸手搬走一疊伊莉莎白桌上的文件，「先讓我從為妳分擔工作開始吧。」

伊莉莎白一愣，驚呼：「小心！」

阿爾弗雷德得意忘形，左腳絆到了右腳，抱著一堆文件飛身摔在地上。

確認他沒有受傷以後，伊莉莎白無奈地笑了起來，「看來，你要成為一個可靠的人，還有很長一段路要走呢。」

阿爾弗雷德躺在文件堆裡，抓了抓腦袋，苦惱地嘆了口氣，「那我只能希望您能稍微多給我一點時間了。」

番外六

靈魂置換

EXTRA
CHAPTER
VI

芙蕾收到了狼皇送來的命運之神的禮物。

據說那位命運之神去了狼皇所在的龐波帝國，擔任起神官一職。祂的行事風格並不張揚，除了部分的核心人員，知道祂就是傳聞中的命運之神的人似乎還不多。

而送來的這份禮物，既是一個示好，也是一個誤會——祂似乎聽說魔王到處毆打神靈、搶奪祂們的神器，就連海神和月神都沒有逃過。

芙蕾嘆了口氣，伸手捏了捏魔王的翅膀，「我就跟您說不用準備那麼貴重的禮物，您看，現在其他人都誤會了。」

魔王抖了抖翅膀，沒掙脫芙蕾的魔爪。他索性不掙扎了，反而歪過頭、挑釁地挑了挑眉毛，「但是他們都很喜歡。」

芙蕾另一隻手捏住他的下巴，「不知道是不是我的錯覺，我覺得您最近好像囂張了不少，魔王大人。」

「是錯覺。」魔王也捏住了她的臉，還不客氣地動手搓了搓，「明明是妳囂張了不少，芙蕾．霍華德。一定是我太寵妳了。」

「沒錯。」芙蕾耍賴般地說，「所以歸根究柢還是您的錯。」

「我說……」庫珀一臉無奈，「你們要不要先看看禮物？人家好歹是把神器送來了，看一看怎麼處理，暫時用不上的話就先收進寶庫裡。」

芙蕾這才好奇地看向被紅絨布包裹的神器。庫珀展開布匹，顯現出神器的真容——是一個雕成銜尾蛇模樣的銀黑色手鐲。看起來頗有歷史淵源，充滿了年代感。

芙蕾看向他，「這是做什麼用的？」

至少看起來不是武器。

庫珀回答：「神器的力量對神靈來說也算是機密，命運之神沒有明說，祂說魔王大人應該知道。」

芙蕾好奇地看向魔王，魔王的翅膀一僵。

照理說他應該知道的，當初讓工匠之神取走一部分神力、打造神器的時候，大家都一起商量過，但是……

芙蕾一眼就看出他的表情代表著什麼，她一臉了然地點點頭，「您忘了。」

魔王默然，他掙扎著開口，「我記得大概是命運置換之類的東西，跟靈魂有關什麼的……」

芙蕾已經站了起來，她走到神器面前，拿起這個小巧的手環戴在自己的手上，「試試看就知道了吧？」

那兩條銜尾蛇就像活起來般，微微扭動變成符合芙蕾手腕的大小，然後乖巧又契合地停住了動作。

芙蕾晃了晃手，沒有任何反應。她將手遞到魔王面前，「好看嗎？」

魔王擰了擰眉頭，顯然不太贊同她的舉動。他伸手把手鐲取下來，丟到紅布裡。「太危險了，萬一有什麼陷阱怎麼辦？還不清楚作用就先不要動，之後我們用神靈之書問清楚再說。」

芙蕾也只是戴個新鮮，魔王說不要戴那就不要戴。

她擺了擺手，「先收進寶庫裡吧。」

庫珀捧著手鐲、交給了侍女，侍女還沒走多遠，庫珀就忽然聽見身後接連響起了「咚」「咚」兩聲。他錯愕地回頭，就看見芙蕾和魔王都倒在了地上。芙蕾摔倒之前，魔王還伸出翅膀墊在她腦袋下面。

陷阱？暗算？

庫珀腦內念頭紛雜，第一時間就奔到兩人身前，「芙蕾？魔王？醒醒！」

兩人抖動著眼皮，醒了過來。庫珀見狀鬆了口氣，好歹他們還有意識。

魔王眨了眨眼，「沒事，別擔心，只是突然頭暈了一下。」

芙蕾皺起眉頭，沉默地伸手摸了摸自己的後腦勺。兩人側過頭對視一眼，突然露出見到鬼一般的表情。

庫珀感覺到一絲莫名的違和感，這兩個人……

魔王顫抖著手、指向芙蕾，芙蕾面無表情地一把按住他的臉，沉聲說：「不准用我的臉擺出那麼蠢的表情。」

魔王沉默了半晌，忽然伸手摸了摸自己的尾巴。他毫不客氣地大力搓揉了兩下，還十分挑釁地對芙蕾揚起眉毛。

芙蕾無言以對地盯著他的動作。

庫珀一時間有些遲疑，他猶豫著問：「你們難道……」

魔王轉過頭，「命運神還真是送來了麻煩的東西，叫侍女把那個鐲子拿回來。」

芙蕾扭著頭在一旁生悶氣。

庫珀一邊往外走，一邊還是忍不住回頭，臉上帶著顯而易見的好奇。

魔王沉重地點了點頭，「你沒猜錯，我們兩個大概是……靈魂互換了。」

從命運神的角度來說，確實也可以說是命運置換了。

此刻，困在芙蕾身體裡的魔王十分不愉快地踢了踢身上的長裙，想像以往一樣隨意地坐下來，卻被魔王勒著腰帶，拽回了王位上。

頂著魔王臉的芙蕾雙手扠腰，上上下下打量他一遍，「不可以，魔王大人，萬一有人看到您用我的身體做出這樣的事，可是會引起騷亂的。」

芙蕾臭著一張臉，看著魔王拉著她整理儀容，他眉目低垂、神態柔和，滿眼都是溫柔。芙蕾看了一段時間，抬手一把捏住他的臉。

她沉聲說：「不行。看著妳這張臉，會讓我想生氣。」

魔王一臉困惑，他垂下臉，擺出楚楚可憐的表情，「真過分啊，魔王大人……」

「妳那個表情……」芙蕾擰起了眉頭，「讓人更生氣了。」

魔王：「……」

平常這招一向是無往不利的，沒想到換了個身體，魔王大人反而不吃這套了，失策。

用著魔王身體的芙蕾直接挨過去，對著自己的身體張開雙手，「難得有這種機會，來和自己擁抱一下吧，魔王大人！」

還在芙蕾身體裡的魔王猛地往後縮，十分抗拒地搖頭，「不要！走開！」

魔王猙獰地笑著，把芙蕾壓進王座裡，結結實實地抱了個滿懷。

芙蕾似乎對魔王的身體很感興趣。他試著用自己的意志操縱著翅膀，沒想到六隻翅膀還能分開控制。他從上到下、逐個把翅膀抖了一遍，然後又「嘩啦」一下整個展開，不厭其煩地活動著翅膀。

芙蕾百無聊賴地斜靠在王座上，「庫珀怎麼還沒回來，那傢伙到底在幹什麼？」

「姊姊！」妮娜猛地推開門，慌慌張張地闖進來，直奔王座上的芙蕾。她一臉緊張地將芙蕾的身體檢查了一遍，這才鬆了口氣，「庫珀先生跟我說出事了，以防萬一，他要先去把醫藥之神亞修先生叫過來。他還叫我把剛剛送進寶庫的手鐲拿出來，不要讓其他人碰到……嚇死我了，我還以為出什麼事了！」

魔王朝她招了招手，「妮娜，姊姊在這裡哦。」

妮娜有些困惑地看過去，「您……您這是在做什麼？姊姊，魔王大人怎麼好像有點奇怪？」

芙蕾沉著一張臉不吭聲。魔王笑咪咪地站起來，拿過她捧在手心的手鐲。

妮娜忽然警覺地一把抓住了手鐲，大聲喊道：「不對！你不是魔王大人，你是誰！」

魔王看著她捏在手鐲另一邊的手，臉上的笑意逐漸消失。

芙蕾倏地站了起來，在妮娜張嘴提問之前，兩人再次「咚」「咚」地倒了下去。

芙蕾嘆了口氣。她一手一個地拎著他們，讓他們躺平，接著拿出妮娜的手帕，隔著布撿起那個手鐲，安靜等待他們醒來。

「唔。」

兩人幾乎是同時醒來的。魔王在看到妮娜動了以後，發出了一聲驚天動地的尖叫，好像恨不得就這樣立刻昏迷不醒。可惜魔王的身體太過強大，沒有這麼容易昏迷。魔王哭喪著臉，「這、這到底是怎麼回事……」

芙蕾忍不住蹙起眉心，握緊了拳頭，「……不要擺出這種表情。」

妮娜摸了摸自己的臉，幽幽嘆了口氣，「我該先誇妳警覺，還是先罵妳大膽呢，怎麼什麼東西都敢亂碰。」

魔王遲疑地看向「自己」，不太確定地說：「所以妳真的是姊姊？」

妮娜忍不住捂住了臉，「哎呀，沒想到有一天還能聽見魔王叫我『姊姊』呢，妮娜，再叫兩聲！」

「魔王」從善如流地喊：「姊姊！」

魔王以獨有的音色喊出「姊姊」的聲音在王宮大廳裡回蕩著。芙蕾瞬間鐵青了臉，馬上站起來，「不准喊！」

確定沒有生命危險之後，現在身在魔王軀殼裡的妮娜也放鬆下來了。她清了清喉嚨、活動臉部肌肉，努力擺出魔王一貫的帥氣表情，對著這時在自己身體裡的芙蕾說：「姊姊，還有什麼想聽的嗎？我現在可以幫妳完成願望！比如說，『芙蕾是我全世界最喜歡的女孩』之類的……」

芙蕾一臉陰沉地掐住了他的嘴。

「嗚嗚！」魔王奮力掙扎。

妮娜摸著下巴沉思，「這是個不錯的主意……不過妳應該對著我的身體，還是對著我的靈魂說呢？」

魔王也跟著應和，「這根本是哲學問題了，愛情到底是靈魂還是肉體更為重要……我以後該怎麼辦呢？」

芙蕾黑了臉。「沒有以後！」

她取出手鐲，一把塞進魔王手裡。兩人大眼瞪小眼地對視了一下子，接著雙雙倒地。「妮娜」眼疾手快地拉住了他們。

庫珀帶著亞修趕到的時候，就看到妮娜坐在一旁，魔王和芙蕾則躺在地上。

庫珀面色凝重，「妳又讓他們碰手鐲了？變回來了嗎？會不會有什麼副作用？」

他話音未落，地上的兩人悠悠轉醒。

魔王確認了自己的身體，總算是鬆了口氣。他擰著眉頭看向妮娜和芙蕾，忽然看見妮娜臉上露出了一個壞心眼的笑容，他猛地心頭一跳。

——這好像是芙蕾想要幹壞事時特有的表情。

他來不及制止，眼睜睜看著妮娜一把拉過毫無防備的庫珀和亞修，三個人的手同時碰到了手鐲。

妮娜笑容加深，「反正還能換回去，我好奇如果好幾個人一起碰了會怎麼樣嘛。」

三個人又倒了下去。

頂著芙蕾身體的妮娜表情有幾分茫然，她總覺得姊姊當上女王以後，膽子也變大了不少。

在場唯一正常的魔王嘆了口氣，「大概是我太放任她了。」

芙蕾求助般地看向他，魔王看著倒在地上的三個傢伙，也不知道芙蕾會在哪個軀殼裡。他想了想，走到門口和侍女說了幾句話。

芙蕾十分好奇，但又不敢貿然開口，怕被侍女發現自己的不對勁。等到魔王再次把門關上，她才問：「您說了什麼？」

魔王轉過頭答道：「叫她去把阿爾弗雷德、伊莉莎白、格雷蒂婭、斐迪南都找來。既然芙蕾想要玩，人多一點她會更高興吧。這些傢伙好歹是嘴巴還算嚴謹的自己人，應該沒問題。」

芙蕾沉默了幾秒，她開口：「魔王大人，您剛剛還說覺得自己太寵姊姊的。」

魔王有些心虛地抖了抖翅膀，他撐著下巴看向一邊。「也沒什麼不好，她只是偶爾想要玩一下而已。我會看著她，不會鬧出大事的。」

「嘶。」

地上躺著的三個傢伙，一個個捂著腦袋站了起來。妮娜一邊揉著自己的後腦勺，一邊困惑地左右看了看，「這是……哦、天哪，這是……妮娜的身體？這麼矮的視線稍微讓人不太適應啊。」

此時身在芙蕾身體裡的妮娜默默握緊了拳頭。

庫珀也錯愕地看了看自己的手，不可置信地看向周圍。然後他靈光一閃，像是想到什麼般，顫抖著手、指著掉落在地面的手鐲，「命運之神的神器——命運之環？」

魔王點了點頭。

庫珀身體裡的亞修暴跳如雷，「庫珀還說要我來看看你們有沒有什麼後遺症，我看你們病得不輕！你們腦子有洞吧！」

妮娜勸解道：「好啦好啦，不要那麼生氣嘛，就當成是突然長高、換個角度看世界嘛。祢原本的身體那麼矮，換到我那裡算是賺到了。」

庫珀憤怒地握拳，「我只是變成小孩子的樣子而已！我要變成大人也是輕而易舉的事情！我才不是長得矮！」

亞修坐在地上，捏著自己的小短手跟小短腳。魔王蹲到祂面前，想著這裡面裝的應該是芙蕾的靈魂。

亞修抬起頭，眼睛亮亮地朝魔王伸出手，「魔王大人，我現在可愛嗎？」

魔王猶豫了一下。他覺得誇醫藥之神可愛有點噁心，但芙蕾的可愛倒是無庸置疑。於是他點了點頭，伸手把亞修抱起來。

「住手！」庫珀痛心疾首，一把抓起地上的手鐲，朝亞修衝了過來，「妳給我變回來！」

與此同時，宮殿的大門被一把推開，太陽神和春季女神並肩走了進來。

「哦，我親愛的朋友，到底是什麼……」

眼看著庫珀已經衝到眼前，亞修靈機一動地大喊：「格雷蒂婭，搶下那個手鐲！」

格雷蒂婭的手動得比腦子快，粗壯的藤蔓在半空中出現，一把纏上庫珀的雙手，挑飛了那個銀黑色的手鐲。

手鐲在半空中飛轉，格雷蒂婭看到上面特別的銜尾蛇紋樣，忽然覺得好像有點眼熟。但在祂想起來之前，祂已經伸手接住了銀色的手鐲。

太陽神把頭湊過來，有些遲疑地說：「這似乎是……命運之環？」

格雷蒂婭心頭一震，祂還沒來得及說些什麼就失去了意識，所幸太陽神及時伸手攬住祂，祂才沒有摔在地面上。

而那邊的庫珀則再次「咚」地摔在宮殿的石板上。

「哎。」妮娜心疼地看著自己的身體，「都沒有人去扶我一下嗎？我畢竟也是上了年紀的人了。」

魔王毫不客氣地拆穿他，「在這些人裡，你年紀根本不算大。」

「妮娜」只好聳了聳肩。

芙蕾忍不住開口：「您自己也可以扶的。」

妮娜遺憾地搖了搖頭，「這具身體的反應力不好，我大腦已經發出了指令，但身體根本跟不上。」

芙蕾握緊了拳頭，「……真是不好意思。」

格雷蒂婭從庫珀的身體裡醒來時，十分茫然無措。他低下頭看了看自己的手掌，一時間居然不知道應該說些什麼。

妮娜熱心地向他推薦，「您可以試著用用看我的身體，我還能變回魔化的樣子喔，很有趣的。啊，只是最好不要弄壞褲子，不然變回去的時候就沒褲子穿了。」

庫珀沉默地看向她。

另一邊的亞修在格雷蒂婭的身體裡醒來，張眼就看見太陽神散發著光芒的臉。祂忍不住伸手推開祂，「別離我那麼近，我快要睜不開眼睛了。」

太陽神伸手捂住了祂的嘴，「我不許祢用格雷蒂婭的嘴說出這麼冷酷無情的話。」

格雷蒂婭的表情透露出幾分驚恐，祂搓了搓身上的雞皮疙瘩，「祢在搞什麼？」

芙蕾一臉了然，「《親親我的至高神明》裡神明的臺詞。」

庫珀捂住了額頭，「祂最近總是這樣，時不時就會冒出幾句主角的臺詞，還試圖讓我跟祂一起對戲。」

魔王懷裡的亞修摸了摸下巴，「那麼，不如讓太陽神試著加入歌劇團吧？王都的人民日漸富庶，最近不少以平民為客群的劇團也成立了呢。不過他們好像沒有場地……我們建一個大劇院吧，到時候再分租給各個劇團！一定會大受歡迎的！」

庫珀眼睛一亮，「那麼，先改編妮娜的那些藏書……」

亞修頂著一張孩童的純真笑臉，內在卻是位會權衡利弊的成熟女王，祂笑著說：「如果您願意投資的話，當然可以優先安排您喜歡的戲碼。」

「哦，這可真是個好主意。」太陽神也由衷地讚美，「請一定要讓我出演格雷蒂婭最喜歡的那個男主角，為了表達感謝……」

他低頭拿起命運之環，塞進一臉不敢置信的格雷蒂婭手裡。

「我會好好配合妳的遊戲。」

「等等！」庫珀忽然衝上前，一把拉住那個手鐲。

太陽神有些錯愕，「格雷蒂婭？」

「庫珀」一臉嚴肅，「不知道為什麼，我的直覺告訴我，不能就這樣把自己的身體交給祢。」

「哦。」太陽神一臉痛心地捧住自己的心臟。

緊接著三位神明摔作一團。

格雷蒂婭第一個直起身，祂看了看自己的雙手，眼帶驚喜，「哦，這就是我們之間的連結，就算是三個人的混亂場面，我的靈魂也會毫不猶豫地奔向格雷蒂婭！」

祂湊到庫珀面前，「格雷蒂婭？」

庫珀對祂翻了個巨大的白眼，格雷蒂婭瞬間反應過來，應該是亞修又回到了庫珀的身體裡。

祂一臉期待地看向「自己」。緩緩睜開眼睛的太陽神顯得有些憂鬱，祂嘆了口氣，不願去看格雷蒂婭的臉。

格雷蒂婭不死心地湊到祂面前，「嘿，親愛的……」

太陽神一臉扭曲地伸手抓住祂的臉，「別用我的臉做這種事！」

被魔王抱在懷裡的亞修開口，「我記得您剛剛好像也說過這種話。」

魔王：「……」

直到這時，阿爾弗雷德和伊莉莎白才姍姍來遲。

伊莉莎白推開了門，催促道：「快點，阿爾弗雷德，是女王陛下在召喚我們，別磨磨蹭蹭的。」

阿爾弗雷德雙手插在口袋裡，懶洋洋地跟在她身後，晃了進來，「別急，既然是讓侍女來叫我們，那就不是什麼大事。如果真的有什麼重要的事，來的應該就會是庫珀了。」

兩人隨意敲了敲門，走了進來，看見一片混亂的宮殿中央後，阿爾弗雷德臉上的從容漸漸變成凝重。他悄悄往後退了一步，看向地上滾成一團的格雷蒂婭和太陽神，遲疑著說：「怎麼了？太陽神冕下終於因為求愛不成，瘋了嗎？」

神靈發瘋這種事，還真是說大不大、說小不小啊，要是在以前，這大概會成為滅世等級的災難，但是現在……

阿爾弗雷德看了芙蕾一眼。嗯？怎麼連這傢伙都愁眉苦臉的？這件事有這麼棘手嗎？他覺得自己或許判斷失誤了，王宮裡可能真的出大事了。

伊莉莎白已經上前把糾纏不清的太陽神和春季女神分開了，她有些苦惱地皺起眉頭，「這是怎麼了？」

她總覺得這兩人的表情不太對勁，如果她沒看錯的話，剛剛好像還是春季女神對著太陽神張開了雙手，甚至還要親、親上去？而太陽神居然還在抗拒。

伊莉莎白的臉色變得古怪了起來。

亞修露出了天真不諳世事的笑容，「阿爾弗雷德，幫我撿一下那個手鐲。」

阿爾弗雷德下意識地蹲下去伸出手，但他又猛地頓住，擰起眉頭。「魔王大人為什麼會抱著祢？他們這麼奇怪，不會是跟這個手鐲有關係吧？」

亞修還沒來得及稱讚他的警覺，太陽神就忽然跳起。祂一把按住了阿爾弗雷德的手，然後拽著格雷蒂婭的衣領，毫不憐惜地把祂的臉壓到了手鐲上。

伊莉莎白「唰」地站起來。她擺出攻擊的姿態，神色緊繃，「祢幹什麼！祢要背叛阿爾希亞嗎，太陽神斐迪南！」

斐迪南抬起眼，指了指倒在地上的兩個人，「等著瞧。」

伊莉莎白疑惑地看著已經昏過去的兩個人，他們的睫毛顫動，微微睜開了眼。

阿爾弗雷德長長地嘆了口氣，「美好的時光總是短暫，祢贏了，格雷蒂婭。我沒辦法用別的男人的身體來接近祢，也沒辦法忍受別人的靈魂操縱著祢的身體，讓祢來接近我。」

伊莉莎白覺得他不太對勁，這副神態彷彿換了個人。

另一邊的格雷蒂婭就更加呆滯。祂看了看自己身上的裙子，顫抖著聲音說：「我、我……我怎麼變成女人了！」

祂下意識地把手伸向胸部，結果瞬間就被阿爾弗雷德和伊莉莎白制服了。身在太陽神身體裡的格雷蒂婭自己都還沒來得及動手。

太陽神看向伊莉莎白，「妳懂了？」

伊莉莎白揉了揉眉心，「雖然還有點不太理解，但大概明白了。總之不能讓這個笨蛋隨意動手。」

格雷蒂婭漲紅了臉，急忙解釋道：「我沒有想摸！我對祂沒這個意思！我不是那種人！我只是一時之間沒有反應過來！伊莉莎白妳聽我解釋！」

阿爾弗雷德一臉冷酷，「除了對她解釋，你還得給我一個解釋。」

「跟您有什麼關係？」格雷蒂婭斜眼看他，「您和人家連八字都還沒有一撇呢，要解釋什麼！」

他這時也反應過來了，他們現在互換了身體，對面那個不拘一格的靈魂肯定就是太陽神！

阿爾弗雷德捂住了心臟，「不要用格雷蒂婭的身體對我說出這麼冷酷無情的話！你們根本不瞭解祂的真心！」

格雷蒂婭的嘴角掀起了冷酷的弧度，「哦，親愛的太陽神，其實我根本不愛祢，我覺得哪怕是那位名叫阿爾弗雷德的青年，都比祢好得多……」

「住口！」阿爾弗雷德明知祂是在挑釁，但還是忍不住惱怒了起來。

伊莉莎白沉默地看了格雷蒂婭一眼，格雷蒂婭便迅速收斂了臉上做作的嬌羞，清了清喉嚨，「當然，我也知道那位青年一心只有伊莉莎白小姐。」

說完，祂有些期待地偷看著伊莉莎白。

伊莉莎白捂住眼睛，太陽神也跟著嘆了口氣。

阿爾弗雷德卻似乎從祂的行為裡頓悟了什麼。祂輕笑一聲，站了起來，伸手拉住了伊莉莎白的手，溫柔地說：「親愛的伊莉莎白小姐，原本屬於這具身體的怯懦靈魂不敢接近您，但我無所畏懼，就讓我來親口訴說……」

「給我放開祢的手！」格雷蒂婭黑著臉、撲了上去。

伊莉莎白和太陽神幾乎是同時搖了搖頭，他們看向沒什麼變化的魔王。「這到底是怎麼回事？」

「放心，可以變回去的。」亞修笑咪咪地回答。

魔王理直氣壯地看著他們，「芙蕾覺得很好玩，就找大家一起來玩了。」

伊莉莎白一方面覺得這兩個人的腦子是不是有點問題，一方面又安慰自己。沒事的，他們好歹會知道分寸。她沉痛地看了還在互相攻擊的格雷蒂婭、阿爾弗雷德一眼，她問：「好玩嗎？」

「好玩吧？」亞修看向魔王。

魔王盯著祂盯了片刻，才慢吞吞地點頭，「嗯。」

伊莉莎白有些無奈，「就算很有趣，您也差不多該收手了，我們還有工作……」

聽到這話，困在格雷蒂婭身體裡的阿爾弗雷德，在和困在他身體裡的太陽神鬥嘴的間隙，補了一句，「如果只是為了這個的話，我覺得再玩一下也沒關係。」

伊莉莎白沉默地看著祂。

亞修眼中閃過一道光芒，「工作啊……的確也不能不做，不過大家難得聚在一起，就這麼散會也太無趣了。再玩最後一次吧？」

伊莉莎白有預感，祂所謂的「最後一次」肯定是要搞什麼大事，但那張圓呼呼的小孩臉看起來可憐巴巴又委屈，就算伊莉莎白覺得發生天大的事，都不能因此影響到日常工作，但她還是忍不住嘆了口氣。

「……最後一次。」

亞修笑顏逐開，拉了拉魔王的衣領，「那叫大家都圍過來，一起把手放到命運之環上，看看到時候誰會變成誰。如果正巧回到了自己的身體裡，那就可以離開。最後還沒回到自己身體裡的兩個人……」

「就負責把伊莉莎白和阿爾弗雷德今天的工作做完！」

聽到這話的阿爾弗雷德，不顧自己還在格雷蒂婭的身體裡，立刻興高采烈地參與，「我同意！不過我們今天的工作可不只有桌上那些，還有好多我還沒有擺出來……」

他擺明了就是想趁機把工作多推出去一點，伊莉莎白搖了搖頭，居然也沒有提出異議。

魔王環視一圈，「我當裁判，你們八個人玩。」

格雷蒂婭當即抗議，「為什麼您可以不參加，這樣不就完全沒有需要幫我們工作的風險了嗎！」

芙蕾聳了聳肩，「因為他是魔王吧。」

亞修強調，「是最受芙蕾女王寵愛的魔王哦，跟大家不一樣。」

魔王對著祂展了展翅膀，頗為驕傲地揚起下巴。「嗯。」

格雷蒂婭目光複雜，「您還挺驕傲的。」

「別廢話了。」亞修看向魔王，魔王領悟祂的意思，抬手讓風元素托著命運之環、漂浮而起。

八位積極主動、或被迫參與這個遊戲的成員，都自覺地圍繞著命運之環，站成一圈。

伊莉莎白面露難色，遲疑著再次強調，「說好了，這是最後一次。」

亞修點頭答應，「一定一定，就算到時候你們吵著要玩，我也會把命運之環收起來的，妳就放心吧！」

格雷蒂婭嗤之以鼻，「誰會吵著要玩這個，妳以為我們跟妳一樣，內心還是個幼稚的小鬼嗎？」

阿爾弗雷德現在和祂怎麼都不對盤，他動作優雅地撩了撩自己額前的碎髮，「能夠在每一次突發的意外中找到樂趣，這是如神一般強大的強者才能擁有的餘裕。小鬼，你不懂。」

庫珀表情冷淡，「我只希望你們能快點把我的身體還給我。」

妮娜聳了聳肩，「唉，你們都不覺得很有意思嗎？都沒人好奇我們魔族變換模樣時的感受嗎？不試試看嗎？」

芙蕾若有所思地撐著下巴，「等一下，如果好好使用這個手鐲……以後早上叫姊姊起床的時候，就可以和姊姊互換身體，我用她的身體自己梳頭，姊姊就能用我的身體再多睡一下了！」

格雷蒂婭表情微妙，「妳是不是太放縱她了？不只是妳，還有魔王大人，你們是不是都太放任她了？

「說起來，伊莉莎白妳不是一向都不能容忍在工作時間內玩鬧的嗎，為什麼不制止這傢伙啊！」

伊莉莎白沉默了半晌。「……她平時也很辛苦。」

亞修笑彎了眼，「看到了嗎，阿爾弗雷德，這就是成為女王的人的魅力！」

格雷蒂婭冷哼一聲，「不就是女王，我差點就……」

話說到一半，祂就自己住了嘴。不，好像有哪裡不對。

魔王挑了挑眉毛，「一起把手放上去吧。」

所有人都伸出手，亞修忍不住露出了微笑。祂咳了兩聲，眾人便把目光投向祂。

「我一直都沒有和大家好好道謝。」

眾人表情各異，似乎沒想到祂會突然開始說起這個。

「懸在頭頂、搖搖欲墜的神界已經不復存在，會汙染生靈的深淵大門也被我們關上了。大陸上製造混亂的諸神被凡人推翻，第三紀元的動盪正走向結尾。

「我們不知道之後還會不會出現更麻煩的災難，但至少此刻，在這個剛剛到來的春季裡，我們可以好好享受自己努力抗爭得來的好日子。

「儘管你們有人是自至高神中誕生的神靈，有人是神靈分散的權柄化身，還有深淵歸來的魔族，以及單純的笨蛋……」

格雷蒂婭忍不住抗議，「喂！」

太陽神踹了祂一腳，「不准用我的身體在這時候抗議。」

不然好像「單純的笨蛋」是在說祂一樣。

亞修忍不住笑了起來，「好啦，聽我說完嘛。

「但神界和深淵都不復存在了，如今這片浩瀚繁榮的大地，叫做人間。我很感謝在災難發生之時，諸位選擇站在我這邊。今後，就讓我們忘記出身，一起做為阿爾希亞的子民，像個人類一樣活下去吧！」

話音剛落，大家的身形微微搖晃，同時失去了意識。

魔王的視線在眾人臉上梭巡，忽然，他神色一動，看向剛剛睜開眼睛的太陽神。

對上視線的一瞬間，他就意識到對方是芙蕾。

他裝作不經意地挪開視線，風悄悄帶著命運之環落到祂眼前。太陽神眼睛一亮，祂一把抓過命運之環，躲過身旁亞修伸出來的手，直接對著芙蕾張開懷抱。

芙蕾面帶笑容，她對著太陽神張開了手，帶著長輩特有的溫和寵溺，「看到後輩這麼快樂地衝過來，做為長輩沒辦法無情地躲開啊。

「哦，不過我用這個身體抱了太陽神，魔王的表情似乎不是很好看。」

太陽神的臉上露出笑意，「之後我會哄他的。」

魔王微微晃了下尾巴。

妮娜在一片混亂的人群裡跳了起來，「偏心！你怎麼能不抵抗呢，庫珀！我剛剛看見魔王特地把命運之環遞給芙蕾了！這是作弊！」

在失去意識前，太陽神大喊一聲，「在妮娜身體裡的是阿爾弗雷德，小心，不要讓他回到自己的身體！」

阿爾弗雷德轉身就跑，迅速和妮娜拉開距離。此時妮娜身後的格雷蒂婭忽然撲了上來，強硬地拉著妮娜，靠近了命運之環。

芙蕾清醒過來時，正好看到格雷蒂婭臉上洋溢著快樂的笑容，「姊姊！我是第二名！」

芙蕾毫不吝嗇自己的讚美，「真了不起！」

魔王站到芙蕾身後，芙蕾微微往後，靠進了他像懷抱一般張開的翅膀裡。他就這樣半抱著芙蕾，下巴搭在她的肩膀上，微微偏過頭問：「……妳要怎麼哄我？」

芙蕾只覺得耳朵被熱氣吹得癢癢的，她微笑著縮了縮脖子，壓低聲音回覆，「當然是等他們不在的時候再好好哄您啦。」

魔王細長的尾巴忍不住轉了個圈。

芙蕾壞心眼地笑了一聲，故意說：「比如送您最愛吃的小甜餅，華而不實的小蛋糕，還有……」

魔王瞇起眼睛，尾巴的動作瞬間停頓。他語帶威脅，「就這樣？這些平常也有。」

芙蕾忍不住笑了起來，她促狹地眨了眨眼睛，「那麼，您想要什麼呢？」

魔王擰起了眉頭。他已經知道這傢伙是在故意逗他的了，但他一點都沒辦法生起氣來，只覺得心口又癢又柔軟。

要什麼呢？

想看她像現在這樣，擺出得意的笑容。想聽她帶著克制的低笑，想和她黏黏糊糊地蹭在一起，把她整個藏進自己的翅膀裡。

魔王垂下眼，答非所問，「我只會為妳變得更像個人類。」

「嗯？」芙蕾微微仰頭。

魔王注視著她，「人類不只有美好的品格，還會有填不滿的貪婪、悄悄作祟的獨占欲、意有所圖的引誘……」

他的尾巴偷偷繞住了芙蕾的手腕，把尾端遞進她的手心。就像某種默許，又像是誘人的陷阱。

芙蕾忍不住笑了起來。但她還是清了清喉嚨，看向蹲在他們身旁、毫無風度的太陽神，禮貌地開口：「尊敬的……不知道內裡是不是本人的太陽神冕下，我覺得這時候您應該稍稍回避一下。」

「唉。」太陽神深沉地嘆了一口氣，祂瞥了芙蕾一眼，「妳怎麼會明白我這種被命運眷顧的寵兒的心，雖然我一下子就回到了自己的身體裡，但是……」

反而覺得有點失落。

芙蕾微微搖頭，「這不正是個好機會嗎？祢可以去幫格雷蒂婭！」

伊莉莎白正好大喊一聲：「斐迪南！攔住我的身體！」

「這可是祢叫我做的！」太陽神眼睛一亮，祂渾身散發出光芒，「格雷蒂婭」瞬間被光牢囚禁在原地。

格雷蒂婭身體裡的阿爾弗雷德暴跳如雷，「只是個遊戲而已！你們這群傢伙怎麼能動用神力！犯規！這是犯規！」

太陽神深情款款地擁抱住祂，不顧自己的臉被祂推擠成奇形怪狀的模樣，祂大義凜然地開口：「來吧，格雷蒂婭，我無論如何都不會鬆手的！帶著命運之環來找我吧！」

伊莉莎白越過眾人，一把搶過命運之環，強行把格雷蒂婭的手放在上面。

兩人倒下，太陽神深情地擁抱著格雷蒂婭，而後命運之環又陷入了新一輪的爭搶。

這場混亂持續到最後，阿爾弗雷德和庫珀面面相覷，庫珀則捂住眼睛，「怎麼會這樣，我怎麼就逃不開這份工作……」

阿爾弗雷德溫和地笑著。「趁著我們這群老傢伙還能做點什麼的時候，就讓我們多為年輕人分擔一些吧。」

伊莉莎白有些猶豫，「……我來幫忙吧。」

庫珀立刻反駁：「不！我可不是個輸不起的人，妳好好享受贏來的悠閒下午吧，我一個人也能完成的！」

芙蕾忍不住笑了起來，「放心吧，我可不是那麼殘忍的人。都浪費這麼多時間了，你們兩個人要做完今天的工作會很辛苦吧？大家一起幫忙吧？我去叫艾曼達準備好點心。」

亞修嘴上抱怨了兩句，但還是跟著大家一起熱熱鬧鬧地朝著書房走去。

故事告一段落，逐漸演變成後世的傳說。
而人類的故事，依然綿延不絕地延續下去。

番外七

第一支舞

EXTRA
CHAPTER
VII

入夜，阿爾希亞最富饒的黃金之都。

外城區的燈火已經熄滅，但內城區中央，那座幾經變遷、卻依然是這個國度最榮耀之地的宮殿，仍然點著明亮的燈火。璀璨流光的水晶燈，黃金臺座上搖曳的燭火，一切都把整座王宮映得如同白晝。

王座之上，年輕的新任女王芙蕾·霍華德，正百無聊賴地看著眼前一波波上前又退下的年輕人。她神色懶怠，燦爛的金黃色長髮盤在腦後，偶爾還能看見她耳後閃耀著光斑。王都裡的貴族們，都以為這位容貌姣好的女王在自己的外貌上下了不少功夫——她甚至連在這種地方都擦了金粉。

然而實際上，這是芙蕾進入深淵時被魔氣腐蝕後留下的痕跡。她耳後有一小片透明的魚鱗，而且相當敏感。

當然，這件事除了魔王大人，其他人都沒有機會能得知。

她額上戴著純金打造、點綴著翠綠寶石的王冠——伊莉莎白送給她的那顆寶石總算能派得上用場了。

對於身分尊貴的女王來說，這樣的王冠似乎還顯得有些簡樸。但貴族們最近也逐漸習慣了芙蕾的肆意妄為，即使他們在貴族會議上花好幾個小時，對她的裝扮、舉動進行指導，她也只會照常行事。

最近甚至有不少貴族女孩，以像女王一樣離經叛道為榮，她們熱衷於學習狩獵的技巧，對她當年的事蹟津津樂道。據說今年在貴族小姐之間最流行的商品，不是香粉也不是寶石，而是和女王類似的長槍和弓箭。

不少保守的大貴族們都對此頗有微詞，但誰也不敢提出異議。

上一任帝王馮氏在位時，阿爾希亞的王座旁一邊擺著寶石權杖，一邊擺著尊貴的寶珠。權杖表示王室代行神的權力，而寶珠代表這個圓形的世界，也就是俗世的權力。

曾經的王室受制於某位神明，他們自稱是神的代行者、是被神授予管理人間俗事權力的管理者。這是他們的立身之本。

而如今，女王的王座左邊擺著風神弓，右邊擺著她從偏遠的綠寶石領帶出來的、據說獵過熊的那柄銀槍。所有人都知道，這就是她的立身之本，是她以凡人之力誅殺神明、奪下阿爾希亞王座的證明。也是她讓整個阿爾希亞立於大地之上，不必向任何神明俯首稱臣的倚仗。

貴族們忌憚她的力量，但也倚靠她的力量。

此刻舉行的，是一年一度豐收祭後的新人宴。

芙蕾下午特地騎上珍珠去狩獵，試圖用「一時興起，忘了時間」這種理由避開無聊的流程，誰知道這些貴族居然硬生生把新人宴延後到她回來之後。

以至於都大半夜了，芙蕾還得坐在這裡當個吉祥物，見證這場晉封儀式。所幸儀式已經進入尾聲了。

她懶洋洋地掃過眼前躍躍欲試的年輕臉龐，從他們臉上看出一點春風得意與閃亮的希冀。有時她會覺得，就算已經兵臨城下，這座繁榮的黃金之城也不會停止舞會。

庫珀因為抽籤失利，被迫擔當這場盛大宴會的主持。他正面無表情地念著冗長的爵位繼承講稿，時不時還會送來幽怨的視線。芙蕾全都當作沒看見。

阿爾希亞的女王美麗而強大，但也同樣慵懶且任性。芙蕾大概知道自己在外界的形象，這也是她故意為之的。

要當女王，太過溫柔可不行。

她偶爾也得做出喜怒無常、深不可測的表象來，從「六翼魔王」傭兵團打聽到的情報來看，她的表面功夫也做得還不錯。

以前局勢還不穩定的時候，她偶爾還能用憂心戰事，或者哪位神明做出了什麼舉動為由，拒絕出席宴會。但現在，天下已經太平很久了。

阿爾希亞富饒而瑰麗，這樣平靜的日子大概會持續很長一段時間。

諸神之戰沒有打響，那些從天而降、野心勃勃的神明，在魔王的使喚下，被黑夜女神一家大肆針對。解決了幾個難纏的傢伙，剩下的神明即使私下還有諸多不服，表面上也只能向尊貴的、與魔王共用力量的阿爾希亞女王低頭。

這片大陸走向了人與神共存的、繁榮而和平的時代。

也是女王除了和貴族們周旋外，幾乎是無所事事的時代。

芙蕾忍不住望了望自己身邊空著的座位，如果她可以像魔王一樣，隨心所欲地變成什麼，偷偷地溜走就好了。

「那麼，本次晉封儀式到此結束。」庫珀闔上手裡長長的名單，鬆了口氣地回頭看向芙蕾。芙蕾適時地坐起來，露出笑容，「那麼，馬上就是大家期待已久的舞會環節了。新人宴後的第一支舞可是有特殊含義的。」

她語帶揶揄，場中有不少臉皮薄的年輕人悄悄地紅了臉，但也因此有更多雙向著她的目光，緩緩地亮了起來。

芙蕾還沒來得及思考這炙熱的視線代表著什麼意思，庫珀就對著她揚起幸災樂禍的笑，「那麼，陛下，您的第一支舞……」

他還看了看空著的、屬於魔王的座位。

芙蕾：「……」

她現在理解，為什麼那些年輕人看著她的眼神會變得蠢蠢欲動的了。

看熱鬧的顯然不止庫珀一個。繼承了芙蕾伯爵名號，從爵位等級看起來並不是那麼尊貴，但誰都知道是女王最寵愛的妹妹——妮娜．霍華德，她忍不住「哼」了一聲，「魔王大人也真是的，居然在這種時候搞消失，這樣就算有人想要趁機上位，也怪不了別人了哦！」

「呵呵。」邦尼夫人掩唇笑了起來。她一身簡便裙裝，跟一般貴婦比起來顯得更加俐落。即便裝扮並不繁複，但她那身氣質卻讓人難以忽視。她意有所指地說，「這樣的話，不如就給這些年輕人一點機會吧？這些讓人眼花撩亂的年輕人中，可有女王想要採摘的花嗎？」

有不少人悄悄挺起了胸膛，芙蕾瞬間被熱情的視線淹沒。

——人類真是適應力相當可怕的生物。神明們才從神界落入人間不久，他們就已經敢開神明的玩笑，甚至是挖神明的牆角了。

芙蕾抖了抖眉毛，用盡出色的意志力才沒有讓自己的表情顯示出異樣。她掃視了場內一圈，假裝在打量著什麼。

平心而論，這裡確實有相當多如花一般的年輕人。

邦尼夫人身後，那位神色害羞、眼睛卻閃閃發光的棕色鬈髮少年，似乎是邦尼家的新侯爵。芙蕾記得他，他擁有很不錯的商業天賦，而人畜無害的模樣也相當能討到年長女性的歡心。

還有另外一邊，站在卡文迪許現任家主，伊莉莎白公爵身後的黑髮青年，雖然打扮得一絲不苟、神色冷峻，但在被她注視時，他還是從脖子一路紅到了耳根。

據說他是卡文迪許家新冒出來的私生子。儘管背地裡被人說了不少閒話，但卻是王都裡罕見的武力派，連偶爾來王都逛逛的霍華德子爵都會稱讚他是個了不起的騎士。

伊莉莎白用人唯賢，力排眾議地讓他進入了王都騎士團，現在他正是整個騎士團風頭最盛的新人。

——順便一提，芙蕾原本打算是讓父親晉升的，但他不願意離開自己經營了這麼多年的綠寶石領。況且，他也不覺得自己有什麼了不起的功績，就一直磨磨蹭蹭拖到了現在。這才有了女王的父親還是個子爵，而女王的妹妹居然是個伯爵的荒唐場面。不過霍華德家一向看得開，覺得這並不是什麼大不了的事情。

或許是芙蕾的目光停頓在他身上的時間太長了，青年的身形已經逐漸僵硬了起來。他似乎在猶豫自己是不是該主動開口，膽大包天地邀請女王跳第一支舞。

芙蕾總算回過神，又看向另一位相當引人注目的青年。他站在邦奇法師身邊，但他並不是格雷斯家族的人。他在華麗的舞會上穿著一身不合時宜的寬大法師袍，面色蒼白、氣質神祕，看起來好像不想跟其他人扯上關係。但在聽到「陛下的第一支舞」時，他卻抬頭看了過來。

還有邦奇法師另一邊站著的少女，也是春季女神教會的新任聖女。她有著一頭柔順的栗色長髮，自然而然地散發著溫柔的氣質。她擁有相當了不起的親和力，無論是在貴族、還是平民間，人望都相當不錯。在某些瞬間，她會讓芙蕾想起自己某位逝去的朋友。

芙蕾的視線讓她有些驚訝，但她很快就露出燦爛溫和的笑容。她的雙手擺在胸前，不由自主地浮現出太過幸福的神情。她小聲說：「大人，陛下正在看著我呢。」

邦奇大法師，「……冷靜點，年輕人，別給陛下添麻煩。」

託笨蛋女神的福，芙蕾和格雷斯家的關係一向很要好。他們與世無爭，有著對土地天然的喜愛，也對研究農作物很有一套。配合大地女神一家，整個阿爾希亞擁有了一年勝過一年的豐收。

芙蕾投去視線的這幾位，就是今年新人宴上最引人注目的幾位年輕人。

除此以外，還有更多從偏遠領地來到王都、她甚至叫不出名字的，漂亮、英俊的年輕人。

芙蕾深吸一口氣，這可真是……

身為女王，果然會面對無盡的誘惑啊。

她緩緩站了起來，姿態從容、神色淡然，從外表上完全看不出她內心的動搖——她當然明白，在這種時候的第一支舞，雖然大家多少有點揶揄她的意思，但其實並不僅僅是曖昧的象徵。大部分人是希望她能表態，看看在這些出色、優秀的年輕人裡，得到女王最多期許的人究竟是誰。

當然，這只是芙蕾過於樂觀的想法。

在貴族們的認知中，芙蕾女王和那位傳聞中的魔王，背地裡其實已經有了無數版本的傳聞。傳說他們只是一般眷者和神明的關係，結婚也更像是政治聯姻，畢竟在當初的婚禮中，大家也看不出他們有多相愛。

——當然，他們也不知道當初的婚禮，根本不是魔王和芙蕾本人出席的。

還有傳聞說，芙蕾女王只給了魔王「親王」的稱號，卻沒有賜予他領地和爵位，也就是在制衡他的意思。她其實相當需要一個體貼入微的人類情人。

不過這種話也沒有多少人敢說出來，畢竟會有被魔族套上麻布袋毆打的風險。

芙蕾已經站定。現在，她不得不做出選擇了。

她笑起來，「那麼……」

一陣風吹過。

宴會大廳的大門被粗暴的風推開，狂風席捲過剛剛被芙蕾看過的年輕人的衣襬，直衝芙蕾的面門。

在貴族的驚呼聲裡，芙蕾眼睛都沒有眨一下。她輕輕一笑，那些風便偃旗息鼓般在她面前消散，只是微微吹動了她的裙襬。她聽見魔王在她耳邊輕哼了一聲。他踩著搖曳的燈火，在眾人錯愕的目光中步入宴會大廳，懷中還抱著一大捧鮮豔欲滴的玫瑰。

他微微揚起下巴，「妳決定好要和誰跳舞了嗎？」

旁人只能看到他的傲慢，但芙蕾卻從他的聲音裡聽出了一點惱怒。

芙蕾忍不住笑了起來，姿態優雅地伸出手，「這就要看魔王大人打不打算邀請我了。」

魔王略微勾起嘴角。他抬起手，風代替他輕輕握住了芙蕾。

女王的第一支舞有了舞伴，新人宴的年輕人們只能遺憾地尋找其他合適的人選——那位曾經的神明雖然大部分時間都相當漫不經心，但偶爾，他也會顯露出非常可怕的壓迫感。比如此刻。

芙蕾和魔王在宴會廳中央旋轉，她臉上帶著擺給貴族們看的官方笑容，動作一板一眼的，像音樂盒上盡職旋轉的洋娃娃。「您明明說今天不會出席的。」

魔王哼了一聲，顯然還在鬧彆扭，「因為我討厭這種循規蹈矩的舞步。」

他看了芙蕾不算擅長的舞步一眼，眼裡閃過一絲笑意，然後又立刻收斂，擺出了還在生氣的模樣。

芙蕾笑咪咪地回答，「啊，其實我也不擅長，不過……雖然說不會出席，但宴會裡發生了什麼事，您卻知道得一清二楚呢。我剛剛看到天花板上爬過了一隻黑色的小蜘蛛，本來還要叮囑女僕記得清掃天花板上的蜘蛛網的，現在看來……那似乎是您？」

魔王板著臉，不願承認，「胡說。才不是我。」

芙蕾臉上的笑意更深了，「啊，還有，非常感謝您的玫瑰。」

魔王勉強應了一聲。

芙蕾接著說：「但是我看它們似乎有些眼熟，不會是妮娜最近新種下的吧？」

魔王：「……」

他有些心虛地別開了視線。芙蕾忍不住悶笑起來。魔王壓低了聲音，威脅般地在她耳邊說：「芙蕾‧霍華德。」

「是的，您的眷屬在這裡。」芙蕾眼帶笑意，翠綠的眼眸映照著燈火，漾起藏在優雅尊貴假面下的活潑開朗。

魔王覺得自己大概沒有辦法真的對她生氣，但他還是揚起了下巴，「說吧，如果我沒來，妳剛剛打算和誰跳舞？」

「嗯……」芙蕾故意做出苦惱的神色，「您看那邊，那個孩子，是邦尼夫人的某個侄子——我是搞不清楚那些大貴族家裡複雜的親戚關係啦，不過他很可愛對吧？像頭人畜無害的小鹿。」

魔王板起臉，拉著她在不合時宜的地方轉了個圈，把她的視線從那個像小鹿一樣的青年身上拉開。跟在他們身後跳舞的那對年輕人發出一聲驚呼，他們因為差點撞上女王而嚇得跳了起來。

芙蕾輕笑著扶了那位少女一把，換來少女紅著臉的道謝。

現在芙蕾的視線裡看不見那位邦尼家的少年了，於是她對著站在角落裡、冷眼看著舞會中央，沒有參與的法師露出笑容。「還有那位。在這個年代還有魔法天賦這麼出眾的年輕人，當時邦奇老師都以為他是哪位隱姓埋名的神明呢。他也不錯吧？雖然對其他人都愛理不理的，但邦奇老師說他曾經問過關於我的事情，我猜他大概對我很感興趣。」

魔王黑著臉，再次拉著她轉了個圈。這次他挑選了不會阻礙其他人的舞蹈，以免芙蕾再和誰產生一點糾葛。

但芙蕾還沒說完，她又笑著看向魔王身後的青年。「還有那位從偏遠小鎮來的黑髮騎士。啊，其實有時候，我會覺得他有點像您當初偽裝成傭兵時的樣子。

「他似乎相當害羞，上次在狩獵場上我只是稱讚了他的身手，他就一邊冷硬地道謝，一邊整張臉都紅透了呢。」

魔王沒想到她居然真的認認真真地分析起自己想要跳舞的人選，哪怕知道她是故意的、是恃寵而驕般地在撩撥他的情緒，他還是忍不住上鉤了。

他惱怒地壓低聲音說：「芙蕾．霍華德！我是不是太慣著……」

「是的。」芙蕾笑起來，她已經學會搶答了，「就是因為您太慣著我了，我知道您不會真的生氣，所以才會故意說這種話。」

魔王抿緊了唇。芙蕾扶著他的腰身，貼近他的耳邊，「而且您也明白，您是無可比擬、誰也無法替代的，所以才會縱容我這樣胡鬧，對吧？」

魔王板著臉，一邊想著這次絕對不能再被她輕而易舉地安撫，一邊又忍不住動搖著想——她剛剛坐在王位上發呆，大概就是在計畫怎麼讓他吃醋。

他不得不承認，他此時一點也不生氣，反而只想擁抱這個狡猾的傢伙。他抿了抿唇，壓低聲音說：「回去。」

儘管在眾人的注視下，和對方相擁著訴說情話也是個不錯的體驗，但魔王還是不喜歡這種麻煩的舞會。他更喜歡和芙蕾獨處的時間。

他想了想，給出了一點誘餌，「現在回去，今天就可以讓妳摸尾巴。」

芙蕾悶聲笑了起來，然後一本正經地說：「魔王大人，我已經是阿爾希亞的女王，不是以前那麼好哄的小女孩了，這麼一點甜頭可行不通的。

「畢竟如果我和您提前離開，明天的大貴族會議裡，他們肯定會把這件事拿出來翻來覆去地做文章。您得給我更多我無法拒絕的報酬才行。」

芙蕾挑了挑眉毛，試圖和他討價還價，想證明自己已經是個見過世面、經得起誘惑的成熟女王了。

魔王一眼就看出這傢伙的得意洋洋。但奇怪的是，只要看著芙蕾，他無論如何也不會覺得討厭，總是一次又一次地縱容她的撒嬌賣乖。

「貪得無厭的傢伙。」他妥協，「……角也可以摸。」

「成交。」她答應得太過俐落，以至於讓魔王瞬間產生自己是不是上當了的錯覺。但芙蕾很懂得見好就收，她沒有給魔王反悔的機會，在舞曲高潮時戛然而止，在舞池中央優雅地停下腳步。

她握著魔王的手開口：「好了，接下來就是你們自己的時間了。

「你們無論想尋找一分浪漫的愛情，還是打算聊一聊尊貴貴族的未來，我都不打算參與了。我已經累了，要回去休息了。」

她已經相當習慣在貴族面前扮演這種角色了，一開口就是不容拒絕的氣勢。

雖然在座的貴族們都知道，自己的女王是個能夠徒手獵熊、孤身屠神的狠角色，只是在舞池裡轉兩圈，根本不可能讓她感到疲累，但誰也沒有這個膽子去拆穿女王。他們十分有默契地對此保持沉默。

芙蕾轉身對魔王眨了眨眼。他似乎笑了一聲，但在芙蕾看清他的笑容之前，這位比女王還要我行我素的傢伙已經消失在原地，一點也不在乎會不會嚇到其他賓客。

就好像，他只是為了和女王跳這一支舞才來到這裡的。

貴族們目送女王離開，在埋怨的同時也稍稍鬆了口氣。這場延時舞會看樣子還會繼續下去。

芙蕾走進皇宮的通道。

她一向自由自在慣了，不喜歡別人跟著。揮退了身邊的侍女後，她獨自往前走了一段路。

她是風神的眷屬，生來自由而難以被拘束。會走上這個位置，也是被難以捉摸的命運所推動的。

她敏銳地捕捉到身後的腳步聲——她身邊的人是不會在她想要獨處的時候還前來打擾的，這恐怕是位有所求的不速之客。

如果是往常，芙蕾自然有辦法讓他找不到自己的蹤跡。不過今天，她難得心情不錯地打算聽聽他的來意。

她站在王宮走道的窗前，窗外的爬藤植物居然朝著窗內伸出了一點枝椏。她歪了歪頭，伸手點了一下這株膽大妄為的植物。也許它明天就會被修剪掉了。

芙蕾一邊想著不重要的事情，一邊等著身後那位躊躇的貴族先生靠近。

他似乎終於下定決心，小心翼翼地走了過來。他有些做作地做出偶遇的姿態，「哦，這是怎樣奇妙的緣分，我沒想到會在這種地方遇到您，尊貴的女王……」

沒想到會在她回房間的必經之路上遇到她本人嗎？

芙蕾忍不住笑了出來，那位先生這才意識到自己說了怎樣的蠢話。他支支吾吾了半晌，最後他狠下心，決定單刀直入。

「尊敬的女王大人，我聽說您在王都減免了商業稅，這、這究竟是什麼意思？還有那個發明補助基金，那到底是……」

他一開始以為減免「商業稅」，只是這位女王對邦尼家族的示好。畢竟誰都知道，掌握著阿爾希亞命脈的商業大手毫無疑問就是邦尼家族。但他逐漸意識到了不對。他的領地裡，有很多老實種地的傢伙們準備丟下土地、轉而去做一些生意，這樣下去，那些地都會荒廢的！

眾所周知，貴族擁有領地內土地的所有權，在他們的土地上種出任何東西都需要上供一部分給他們。如果種地的人變少了，糧食產量也會減少，這也等於是變相削減了他們的家產。

一開始春季女神一家前來改造土地時，貴族們還相當高興。但改善完他們的土地品質之後，這位女王似乎還打算在其他地方下功夫。

因為覺得自己的利益受到損害，這位貴族有些沉不住氣地前來，打算跟女王要個說法。不過在他見到女王本人以後，這股「要個說法」的怨氣，就變成了卑微溫和的詢問。

芙蕾大概記得他的名字。他是地位還算尊貴的偏遠領地伯爵，查理斯家的家主。

這些邊陲地帶的舊貴族，某些時候比王都裡的大貴族們還要難對付。他們住得偏遠，得到的消息也多少有些延遲——據說因為這樣，現在居然還出現了一些專門從王都傳遞消息的「商人」。他們沒有經歷過王都神降的當日，對這個國度差點受到怎樣的災難一無所知。不少人至今還對王位居然交給了芙蕾而感到耿耿於懷。

芙蕾上下打量著這位伯爵，露出笑容，「啊，那個的話，過幾天就會發出正式公告了。」還是伊莉莎白寫的草稿，前任王子阿爾弗雷德做的潤色。

伊莉莎白做事情相當有條理，但是在措辭方面卻很有問題，偶爾會顯得很不客氣。而那位王子雖然總是丟三落四、看起來吊兒郎當，但在待人處事上還算有點天賦。芙蕾對兩位相輔相成的執政官相當滿意，對他們的工作成果也很放心。

但這位貴族可就不會這麼想了。

查理斯伯爵變了臉色，「您這是什麼意思！我們的領地才剛剛嘗到一點甜頭，您怎麼能鼓勵那些賤民去做生意！這樣的話，誰來種地呢！」

「提高效率就好了。」芙蕾笑起來，「用更少的人手，種一樣的土地，這樣多出來的人手就能去做其他事情了。」

「您是說，讓他們去做更多工作？」這位貴族臉上的表情一時間有點精彩，他原本以為這位女王是個過度天真的傢伙，現在看來，她似乎比自己想像中的更加殘酷？

他忍不住開口，「但是，那群傢伙已經像是榨不出油的乾癟豆子了，就算讓他們再多做點，也……」

呢。

「不不。」芙蕾發現自己很難和他有共識，她嘆了口氣，「你似乎完全不清楚王都的進展

「就是因為你剛剛提到的發明獎勵，有人做出了用於農業的工具，能夠大大提高種植效率。你到時候可以考慮購買。」

那位貴族看起來似乎還打算說點什麼，但芙蕾已經失去和他說話的興致。她擺了擺手，顯露出一點厭煩，「好了，先生，我要離開了，我已經說過我很累了。做為今天相遇的『緣分』，我給你一點忠告吧。」

她逆光而立，和剛剛溫和笑著的模樣判若兩人，「坐擁礦山的卡文迪許家族和一位得到了發明獎勵的年輕人合作，正在研發利用礦石做為燃料的大型器械，那是凡人做出來、可以比擬煉金術一般的道具。

「格雷斯家族和土地的連結無人可比，除了幫助阿爾希亞內的領土提高產量，他們還和群島諸國建立了良好的關係，正在嘗試於國內種植異域香料和水果。

「商會遍布整個阿爾希亞的邦尼家族，放棄了一貫的拍賣會模式，開始嘗試建立固定價格的連鎖平民商店——隨著更多人從土地解放出來，平民們逐漸擁有購買其他東西的財力。邦尼夫人已經敏銳地嗅到了商機。

「而您……」

芙蕾輕輕笑了一聲，「您還在試圖用無力的雙手，阻擋歷史的車輪、拉住自己領土上那麼

一點領民、守著陳舊姓氏的榮耀嗎？

「小心一點，總有人無法適應浪潮，成為只存在於史書裡的過往。」

她轉過身，不再停留，朝著自己的寢宮走去。

才拐過一個彎，就看見魔王坐在窗臺上，揪著窗外的植物，折騰它的葉子。

——芙蕾大概知道那根枝枒為什麼會長進來了。

芙蕾笑了一聲，「您怎麼會在這裡，魔王大人？您不是說要回去了嗎？」

「因為妳太慢了。」魔王微微側目，「我還在想是被哪個『花』一般的年輕人絆住了，結果居然是個禿頭的中年人。」

芙蕾悶聲笑了起來，「很過分哦，魔王大人。」

魔王哼了一聲，他垂下眼提醒她，「說這種話，他會怨恨妳的。明明不全是妳的主意，但他們只會怨恨妳一個。」

「我明白。」芙蕾站到他身邊，「這是我身為女王應該承擔的責任。我擁有這個國度至高的榮耀，也同樣會承擔最多的怨恨。我很清楚，也已經做好了準備。

「也許有一天，這個國度不再需要王，到時候我也會被推上斷頭臺……」

魔王擰起了眉頭，「別說蠢話。」

「這只是一種設想。」芙蕾笑了起來，「就像我們不再需要神明，敢於向神揮刀一樣。也許有一天，『王』也會成為這個國度的枷鎖。我會見證這一切的。」

魔王沉默地看著她，接著微笑，「我在想，我當初是不是小看妳了。我當時還以為妳說要守護綠寶石領，只是隨口說說的而已。」

「這代表……」芙蕾笑著轉過身，輕輕一躍，也坐到了窗臺上。不管華麗的裙襬會不會沾上灰塵，她勾起一抹笑，「您的眼光也許比自己想像的還要好。」

魔王低低笑了一聲，他和她扭頭看著窗外，「如果真的有那一天，我會帶妳逃走的。扔掉王冠和權力，去做遊蕩於世間的魔王和魔女。

「我給予妳我的榮光和力量，也可以承擔妳將遭遇到的、未知的苦難。」他的目光落到芙蕾身上。他伸手摩挲著她的臉頰，屈腿向她靠近，「我只索求一樣東西。

「妳的愛，一點也不准分給其他人。」

他低頭親吻她的額頭。

芙蕾笑了起來，她伸出手指，「我的無名指上還刻著您的戒指呢。」

魔王思索了一下。「還不夠。」

他把她抵在窗臺上，「其他地方也幫妳刻上吧。

「也許我應該恐嚇那些不知道天高地厚的小鬼，叫他們不要覬覦魔王的新娘。」

——《魔王在上》全系列完

高寶書版集團
gobooks.com.tw

輕世代 FW392

魔王在上03（完）

作　　者　魔法少女兔英俊
繪　　者　四三
編　　輯　王念恩／莊書瑀
美術編輯　單宇
排　　版　彭立瑋
企　　畫　方慧娟

發 行 人　朱凱蕾
出　　版　三日月書版股份有限公司
　　　　　Printed in Taiwan
地　　址　臺北市內湖區洲子街88號3樓
網　　址　www.gobooks.com.tw
電　　話　(02) 27992788
電　　郵　readers@gobooks.com.tw（讀者服務部）
傳　　真　出版部　(02) 27990909　行銷部 (02) 27993088
郵政劃撥　50404557
戶　　名　英屬維京群島商高寶國際有限公司台灣分公司
發　　行　英屬維京群島商高寶國際有限公司台灣分公司
　　　　　Global Group Holdings, Ltd.
初版日期　2023年5月

本著作物《魔王在上》，作者：魔法少女兔英俊，由北京晉江原創網絡科技有限公司授權出版。

國家圖書館出版品預行編目(CIP)資料

魔王在上/魔法少女兔英俊著.-- 初版. -- 臺北市：三日月書版股份有限公司出版：英屬維京群島高寶國際有限公司臺灣分公司發行, 2023.05-
面；　公分. --

ISBN 978-626-7152-65-2(第3冊：平裝)

857.7　　　　112001224

三日月書版

三日月書版